la pe

Les phénomènes révolutionnaires

DU MÊME AUTEUR

Politique de Trotsky, 1968.
Les Phénomènes révolutionnaires, 1970.
Les Origines du capitalisme, 1971.
Les Suicides, 1975.
Qu'est-ce que l'idéologie ?, 1976.
Le Pouvoir pur, 1978.
Démocraties, 1985.
La Solution indienne. Essai sur les origines du régime des castes, 1988.
Europe and the rise of Capitalism (en collaboration), 1988.
La Grande Parenthèse (1914-1991). Essai sur un accident de l'histoire, 1993.
Précis de la démocratie, 1994.
Le Capitalisme, 1995.
Contrepoints et commentaires, 1996.
Nature et histoire, 2000.
Esquisse d'une histoire universelle, 2002.

Jean Baechler

LES PHÉNOMÈNES RÉVOLUTIONNAIRES

La Table Ronde
14, rue Séguier, Paris 6e

Première publication : Presses Universitaires de France, 1970.

ISBN : 2-7103-2843-7

Préface

Rééditer un livre écrit il y a plus de trente-cinq ans et épuisé dès longtemps exige, du point de vue de l'auteur, la réunion de trois conditions. La première est de se résoudre à reproduire tel quel le texte original. Prétendre le corriger pour l'amender est une tâche impossible, car l'entreprise se développerait irrésistiblement en rédaction d'un ouvrage inédit. Il est risqué de proposer au public une œuvre de jeunesse, dont les défauts sont nombreux et apparents. Courir le risque, c'est parier que les imperfections n'abolissent pas des qualités qui pourraient intéresser et servir le lecteur. L'auteur est le plus mal placé pour juger du bon sens d'un tel pari. La sagesse conseille d'en confier la décision aux autres.

La deuxième condition à remplir est l'intérêt actuel du propos. Celui-ci portait explicitement sur toutes les formes d'opposition à un ordre social quel qu'il soit, sur leur diversité, leurs raisons d'être, leurs contenus et leurs expressions. Quoique l'intention fût, à l'époque, tout aussi manifeste d'adopter le point de vue de l'espèce humaine et de saisir les phénomènes révolutionnaires dans la diversité des contextes historiques et culturels, une dominante européenne et occidentale était, malgré tout, sensible. Un tiers de siècle plus tard, la réalité des thèmes abordés est devenue patente à l'échelle de la planète et de l'humanité entières. L'effacement presque achevé d'un état du monde créé par la Seconde Guerre mondiale rend aux phénomènes étudiés une actualité insoupçonnable il n'y a pas quinze ans.

La troisième condition est la pertinence maintenue de la vision et de la démarche. La construction reposait sur trois piliers. L'un était la conviction que rien d'humain ne peut être compris ni expliqué, si l'on ne conjoint pas la philosophie, la sociologie et l'histoire. Un autre était l'idée que la matière historique est composée d'objets définis comme possibles dans des champs susceptibles d'être parcourus par une démarche hypothético-déductive et devenus actuels par la réunion contingente de conditions déterminées d'actualisation. Un dernier était l'intuition que le politique est la condition la plus décisive. J'ai consacré toute ma carrière intellectuelle à justifier, approfondir et consolider tant la nécessité de faire collaborer et converger les disciplines et les sciences du règne humain que la dialectique histori-

que du virtuel et de l'actuel et que la centralité du politique dans les affaires humaines.

Loin de penser aujourd'hui que les phénomènes révolutionnaires composent un épisode historique dépassé, je campe sur ma position de jeunesse qu'ils sont constitutifs de l'humain à tous les niveaux de réalité, spécifique, culturel et personnel. Une espèce libre s'incarne dans des individus toujours disposés à se révolter contre leur condition, qu'ils aient ou non de bonnes raisons de le faire, qu'ils s'y prennent bien ou mal et malgré la dispersion des résultats. Le fait avéré que, par rapport aux années 1960, l'humanité est désormais engagée dans une étape inédite de son aventure me paraît conforter cette position et l'illustrer par une abondance de contestations et de convulsions multiformes. Si ce livre a encore quelque enseignement à dispenser, je ne pense pas qu'il soit rétrospectif, mais, à condition d'élargir l'horizon, d'aiguiser la perception et d'affûter les outils d'analyse, très actuel voire prospectif.

2005.

INTRODUCTION

PRINCIPES ET MÉTHODES

Nous entendons par Science des Phénomènes révolutionnaires l'étude systématique de toutes les formes de remise en cause de l'ordre social. Etude systématique signifie que l'on prétend d'abord recenser toutes les manifestations de contestation observables dans tous les types de sociétés et à toutes les époques, puis les comparer pour en dégager l'unité et la diversité. La remise en question indique que les phénomènes étudiés sont seconds et se définissent par rapport à un ordre en place, la question étant précisément de déterminer dans quelle mesure chaque ordre particulier entretient ses formes particulières de remise en cause. Il découle de cette définition que nous n'envisagerons pas ici les grandes transformations qui peuvent affecter une civilisation en son être ; nous préférons les appeler des *mutations*, non par coquetterie lexicographique, mais parce que ces phénomènes de grande amplitude nous paraissent relever d'une autre forme d'analyse (1). Nous n'étudierons pas non plus les innombrables phénomènes qualifiés de révolutionnaires (révolutions de la mode, des poudres à laver, de la médecine...) et qui définissent des ruptures au sein d'un ordre voué par

(1) Nous appellerons mutations, par exemple, les changements survenus en Grèce entre l'invasion dorienne et la mise en place du système de la cité, Rome aux deux derniers siècles de la République, la chute de l'Empire romain, les débuts du système capitaliste, les Etats-Unis de 1865 à 1914, les démocraties populaires depuis 1945, etc. Nous nous sommes attaché à une mutation dans notre Essai sur les origines du système capitaliste, in *Archives européennes de Sociologie*, IX (1968), n° 2, p. 205-263.

nature au changement. Ainsi, la science se définit par l'accumulation de propositions élaborées à partir d'une problématique ; une problématique peut être remplacée par une autre, entraînant un bouleversement profond de la science ; mais il est de la nature de la démarche scientifique de connaître de temps à autre ces « nouvelles donnes ». Aussi bien ne peut-on parler ici de révolution que métaphoriquement ; ou, du moins, les phénomènes révolutionnaires qui font l'objet de notre étude relèvent d'une réalité toute différente, celle du conflit. Par contre, feront partie de notre discipline les attitudes *anti*scientifiques que certains groupes peuvent nourrir, par exemple le refus qu'opposent certaines sectes millénaristes contemporaines à la médecine. De même, les transformations, même les plus radicales, que connaît la mode, ne sont pas des phénomènes révolutionnaires, tant que ces transformations ne sont pas ostensiblement destinées à manifester une contestation.

Nous prétendons donc nous attacher à un aspect spécifique de la vie des sociétés humaines, à quelque chose comme les *antisociétés*. Peut-être serait-il bon, pour asseoir notre légitimité scientifique, de forger un vocable particulier pour désigner notre discipline. Malheureusement, la langue française, comme l'on sait, se prête mal aux néologismes et ne nous propose guère que « Science des Révolutions », qui risque de prêter à confusion, car le mot « révolution » peut être pris dans son acception étroite et désigner un fait politique, ou dans son acception large et caractériser tout changement brusque. Le mieux sera de faire, une fois de plus, appel au grec et de proposer *Staséologie*, qui a le mérite d'être disponible et de correspondre très exactement à notre objet (1), mais l'inconvénient de suggérer l'existence d'une discipline qui en est à ses premiers balbutiements.

(1) Car dans στάσις il y a le fait de « se dresser contre ».

Dans notre entreprise, de quels ouvrages antérieurs pouvons-nous espérer une aide ? La bibliographie est, en un sens, démesurée, indigente en un autre. Pour le constater, il nous suffira de passer rapidement en revue les principales orientations de la littérature sur la question (1).

1. Les historiens

La production consacrée aux phénomènes révolutionnaires, du moins celle qui s'attache aux grandes révolutions politiques, est proprement monstrueuse et constitue un objet d'étude particulier. Comment nous situerons-nous par rapport à elle ? Elle nous servira de matière première, c'est-à-dire que nous ne prétendons pas nous substituer aux historiens pour rechercher, dégager, élaborer les sources, même si, à l'occasion, nous y sommes obligé sur tel ou tel point qu'ils auront pu négliger. Cette pratique, que l'on pourrait appeler de science prédatrice, est inévitable, ne serait-ce que du fait des limites que la nature impose aux capacités de travail d'un homme. Tout ce que nous pouvons faire, c'est reprendre à notre compte le souhait de Max Weber, que les spécialistes ne découvrent dans les faits que nous évoquerons rien d'essentiel qui soit faux.

Cela dit, il n'est pas question de pratiquer une compilation fastidieuse, mais de construire un savoir qui ne vaille pas seulement en tant que tel, mais puisse être également utile aux historiens, selon deux procédures. D'une part, nous sommes convaincu que la méthode comparatiste a des vertus heuristiques propres, qui, en faisant surgir des interrogations et des questions nouvelles, permettent de définir des objets nouveaux et, donc,

(1) Il ne s'agit pas d'une analyse bibliographique systématique, mais d'un inventaire rapide destiné à situer notre propre démarche. En cours d'exposé, nous aurons l'occasion de signaler tel ou tel titre qui nous a été particulièrement profitable.

d'élargir le champ des investigations historiques. D'autre part, elle doit permettre d'aborder sous un éclairage nouveau des questions traditionnelles et de reprendre sur des fondements nouveaux l'analyse de faits dont le statut paraissait fermement constitué. Autrement dit, si nos réflexions accusent une dette énorme envers l'historiographie, nous avons l'espoir, sinon de rembourser le capital, du moins de payer les intérêts (1).

2. Les essayistes

Le principal résultat de la Révolution française ayant été l'apparition du mythe de *La Révolution*, cette rubrique est également bien achalandée. Malheureusement, le genre de l'essai, par nature, prend prétexte d'un aspect particulier de la réalité pour développer des considérations générales. Sur de telles bases, il est impossible de construire une science, d'autant moins que l'essai n'est jamais neutre, il défend toujours le pour ou le contre. Aussi bien, les essais ne doivent-ils être utilisés qu'avec grande précaution, moins pour le savoir qu'ils dispensent, que pour l'imagination scientifique qu'ils stimulent (2).

3. Les révolutionnaires

C'est la littérature qui, de très loin, est la moins utilisable pour notre propos. A vrai dire, non, elle vaut un peu plus que la littérature contre-révolutionnaire ! L'apport

(1) S'il faut absolument se placer sous la bannière d'un glorieux ancêtre, nous choisirons Max Weber comme porte-drapeau. Ce qui ne nous empêchera nullement de rallier, çà et là, le camp de Marx, de Pareto ou de Durkheim.

(2) Nous recommanderons plus particulièrement deux titres : Alexis de Tocqueville, *L'Ancien Régime et la Révolution*, Paris, Gallimard, 1952 ; Hannah Arendt, *Essai sur la Révolution*, Paris, Gallimard, 1967. On lira également avec intérêt le livre suggestif de André Decouflé, *Sociologie des Révolutions*, Paris, Presses Universitaires de France, « Que sais-je ? », 1968.

des théoriciens de la révolution à l'interprétation des phénomènes révolutionnaires est remarquablement pauvre. Remarquable, c'est-à-dire que cela fait problème. Pensons à l'interprétation marxienne et marxiste de la Révolution française, comme passage d'une société féodale à une société bourgeoise, qui n'a pas la plus petite ombre de rapport à la réalité. En fait, les théories sur la révolution font partie du système de pensée révolutionnaire et constituent, à ce titre, un objet important de notre science.

4. Les sociologues

La littérature sur la question est remarquablement limitée — essentiellement allemande et anglo-saxonne — en quantité aussi bien qu'en qualité (1). On peut distinguer plusieurs modes d'attaque du problème, presque toujours appliqués à ce qu'il est convenu d'appeler les grandes révolutions, c'est-à-dire les grandes conflagrations politiques inaugurées en Occident par les Révolutions anglaises du XVIIe siècle.

a) *L'analyse des causes*

Cela consiste toujours à valoriser tel ou tel facteur, dont on fait *la* cause du phénomène étudié. Comme il

(1) A dire vrai, il existe au moins une étude des révolutions qui nous paraît mériter le qualificatif de scientifique : celle d'Aristote dans sa *Politique*. S'il n'y avait quelque fatuité à se réclamer d'un aussi illustre exemple, c'est lui que nous aimerions suivre. Car la problématique d'Aristote est merveilleuse d'intelligence. Outre une documentation empirique qui force le respect, il est parti d'une intuition centrale juste : les révolutions sont, en leur essence, des phénomènes politiques. A partir de là, il analyse les faits à travers une typologie des régimes politiques et les formes de corruption qui leur correspondent. Pour l'essentiel, les séquences auxquelles il aboutit pour les trois régimes fondamentaux : monarchique, aristocratique et démocratique, qui donnent, par corruption, la tyrannie, l'oligarchie et la démagogie, restent solides. Bien entendu, il n'envisage que les révolutions au sens étroit du terme, et dans le système de la cité. Il n'en reste pas moins que sa tentative reste exemplaire et que nous nous étonnons qu'elle n'ait pas connu une descendance mieux conformée.

s'agit de dégager *la* cause d'un phénomène général, on laisse dans l'ombre les autres variables dont l'absence ou la présence déterminent les situations concrètes. Voici quelques exemples. D'après L. P. Edwards (*The natural history of Revolution*, Chicago, 1927), le projet révolutionnaire naît d'abord dans le groupe des intellectuels, qui font défection, affaiblissent la classe dirigeante et sapent l'ordre établi. Toute une école trouve la racine du phénomène dans le ressentiment qu'éprouvent les classes inférieures à l'égard des privilégiés. Citons quelques titres : Charles A. Ellwood, A psychological Theory of Revolution, in *American Journal of Sociology*, XI (July 1905) ; Theodor Geiger, *Die Masse und ihre Aktion : ein Beitrag zur Soziologie der Revolutionen*, Stuttgart, 1926 ; Max Scheler, *L'homme du ressentiment*, trad. fr., Paris, 1958. Une troisième direction insiste sur la contradiction explosive qui peut apparaître entre la volonté d'ascension qui apparaît dans les couches inférieures de la société et les possibilités objectives que l'ordre offre à ces ambitieux. On aura un exemple de cette argumentation dans l'article de William J. Goode, Mobilität und Revolution, in *Kölner Zeitschrift für Soziologie und Sozialpsychologie* (1966), 18, n° 2, p. 227-252.

Il va de soi qu'il n'est nullement question de rejeter avec mépris toutes ces thèses, dont chacune comporte une part de vérité, vérité qui s'apparente fort à la banalité tant que l'on isole telle ou telle variable sans l'analyser comme élément dans un système d'explication qui lui donne sens et valeur.

b) *L'anatomie des révolutions*

Il s'agit d'une démarche radicalement différente, qui consiste à prendre plusieurs révolutions et à les comparer systématiquement : causes, déroulement, conséquences. On découpe un phénomène historique en ses composantes et l'on note les points communs et les différences. Tout dépend du principe du découpage, sans parler du critère qui décide que telle et telle révolution constituent un matériel homogène. Si l'on laisse de côté le vieux livre d'Arthur Bauer, d'ailleurs remarquable (1), cette orientation est le mieux représentée par l'ouvrage de Crane Brinton (2). L'auteur s'est emparé de quatre révolutions : anglaise du milieu du XVIIe siècle, américaine du XVIIIe siècle, française et russe. Pourquoi ces quatre-là et pas 1848, la Commune, les révolutions mexicaine, chinoise... ? La seule explication proposée est qu'il a plu à l'auteur de choisir ces quatre, mais qu'il ne voit aucun inconvénient à ce que d'autres choisissent un échantillonnage différent et parviennent à des résultats tout autres. L'absence d'un critère solide de sélection des phénomènes à comparer est pourtant gênante, car tout le livre montre que la révolution américaine, soulèvement national contre une puissance extérieure, n'a rien à voir avec les trois autres, qui sont endogènes. Autrement dit, l'hétérogénéité du matériel ne permet pas de construire une comparaison efficace. Un deuxième inconvénient de la méthode paraît plus grave. La comparaison, terme à terme, des principaux épisodes risque sans cesse de dégager des analogies purement extérieures et sans grand intérêt. Par exemple (p. 84), l'auteur établit un rapprochement entre la phrase célèbre de Mirabeau (« nous sommes ici par la volonté du peuple... »), le speaker Lenthall défiant Charles Ier de s'emparer de cinq députés, et Patrick Henry, grand maître des cérémonies en Nouvelle-Angleterre, rappelant au roi le sort tragique de certains souverains.

Cela dit, la thèse générale est juste, mais passablement banale. Le point de départ de ces révolutions, c'est-à-dire les causes, peuvent être les plus variées possibles. Suit

(1) Arthur BAUER, *Essai sur les Révolutions*, Paris, 1908.
(2) Crane BRINTON, *Anatomy of Revolution*, New York, 1952.

une première phase de dissolution de l'ancien ordre, caractérisée par une dyarchie, c'est-à-dire par la coexistence du pouvoir ancien déclinant et d'un pouvoir parallèle montant. Une deuxième phase suit, d'approfondissement et de terrorisme. Enfin une troisième phase, de stabilisation et de dictature, vient clore les événements.

c) *L'analyse des phénomènes sociaux en période révolutionnaire*

On considère les révolutions comme un moment particulier de la vie des sociétés et l'on étudie les transformations que subissent les principaux aspects de la vie en société. L'exemple le plus remarquable de cette orientation est l'ouvrage de Pitirim Sorokin (1). La thèse est la suivante. L'homme est un composé d'instincts fondamentaux : besoin de nourriture ; instinct de conservation, individuel ou collectif ; besoins matériels élémentaires ; instinct sexuel ; instinct de propriété ; désir de reconnaissance ; instinct de lutte, de rivalité. Toute société les réprime plus ou moins. Si la répression est trop forte sur l'un des instincts ou, à plus forte raison, sur plusieurs ou sur tous, il se produit une réaction qui entraîne la révolution. Pendant un certain temps, les instincts se donnent libre cours, d'où les excès révolutionnaires, que Sorokin étudie longuement. La perversion du comportement se traduit par l'abandon des habitudes acquises pendant des décennies ou des siècles, qui viennent se greffer sur les instincts naturels et les limitent. Il s'ensuit que le comportement révolutionnaire est un retour à l'animalité, le règne des tendances primaires. Puis de nouvelles pressions interviennent, les instincts sont à nouveau comprimés et un nouvel ordre s'instaure, généralement proche, pour l'essentiel, de l'ordre ancien.

Tout cela est fort intéressant, à condition de laisser de

(1) Pitirim Sorokin, *Sociology of Revolution*, Philadelphie, 1925.

côté toute la tonalité contre-révolutionnaire du livre, de rapprocher ces notations d'un phénomène bien connu des ethnologues : la fête — nous y reviendrons —, et de ne pas oublier qu'il ne s'agit que d'un aspect de certains types de révolutions.

Ne poussons pas plus avant l'investigation bibliographique et retenons ses traits principaux. Le plus frappant est son étonnante dispersion dans des directions qui n'ont que peu ou point de contact. Cela tient, évidemment, à l'impossibilité où l'on s'est trouvé jusqu'à ce jour de construire une problématique d'ensemble susceptible d'ordonner les points de vue et de définir des objets concrets. Cette impossibilité découle probablement du caractère nettement ethnocentrique des études, victimes, selon toute évidence, de la fascination exercée par la Révolution française, perçue comme l'archétype des révolutions, et des passions soulevées, pour ou contre, par le projet révolutionnaire, autour de quoi tourne une bonne partie de la pensée sociale depuis lors. Une dimension toute nouvelle a été conférée à l'analyse par l'extension récente de l'histoire humaine à la planète et par la nécessité où l'on s'est trouvé de rendre compte des phénomènes comme la décolonisation et les ferments révolutionnaires qui travaillent le monde non occidental. La recherche s'est orientée vers l'étude de faits qui n'avaient retenu l'attention que de quelques spécialistes, par exemple les mouvements millénaristes et messianiques. A partir de là, la perception de l'histoire humaine comme une succession de conflits, de soubresauts, de bouleversements s'est imposée peu à peu et a mené à reconsidérer le passé de l'humanité en mettant l'accent sur les guerres paysannes, les mouvements révolutionnaires du Moyen Age occidental, de l'Antiquité classique et des civilisations extra-européennes, dans la mesure où la recherche historique nous éclaire sur cet aspect de leur passé.

Le moment est peut-être venu, non pas encore de faire

le bilan de ces travaux extraordinairement dispersés, mais de tenter de construire une problématique, c'est-à-dire *l'ensemble ordonné* des interrogations pour lesquelles on aimerait avoir des réponses. Le lecteur ne trouvera donc pas ici, ou peu, un savoir constitué, mais un ensemble d'hypothèses de travail et d'orientations de recherches. Que l'on nous pardonne nos silences et nos expectatives, en se souvenant qu'en science la difficulté n'est pas de trouver les réponses, mais de poser les questions et de construire les axes autour desquels les matériaux viendront s'ordonner.

Est-il besoin d'ajouter que nous ne sommes ni pour ni contre les phénomènes révolutionnaires ? Cette exigence d'objectivité, banale dans tous les ouvrages de sciences sociales, n'est pas rappelée ici par simple souci de sacrifier à un rite. Le mot même de révolution est investi d'une telle charge passionnelle, fascinante ou répulsive, que vouloir en traiter comme d'un autre problème social fait inévitablement hurler au blasphème ou à la complaisance. Nous nous trouvons, un peu et toutes proportions gardées, dans la situation des premiers savants qui osèrent analyser les phénomènes religieux comme des faits sociaux, sans référence aucune à une quelconque orthodoxie, sinon scientifique. Il n'est point de remède immédiat à une telle situation. Contentons-nous de prévenir les révolutionnaires, de quelque bord qu'ils soient, qu'ils ne trouveront pas ici de quoi nourrir leur amour ou leur haine. Nous nous adressons exclusivement à ceux qui sont prêts à considérer avec nous qu'il ne serait pas d'un intérêt scientifique médiocre d'analyser les sociétés humaines en se plaçant au point de vue des opposants. Point de vue qui pourra peut-être déboucher un jour sur une vision de l'histoire humaine comme conflits et rapports de forces.

La staséologie reste donc à construire. Sur quoi asseoir ses fondations et quels seront ses rapports avec les autres sciences sociales ? Il n'est peut-être pas inutile, avant d'entrer dans le vif du sujet, de nous arrêter à quelques points d'épistémologie et de préciser notre position concernant les sciences sociales.

Nous nous proposons de soutenir l'hypothèse que les disciplines qui constituent les sciences sociales n'existent pas et de suggérer qu'il convient de les redéfinir en fonction des niveaux d'analyse de la réalité sociale. Nous pensons toucher d'assez près la vérité en distinguant quatre niveaux, que l'on pourrait appeler niveaux I, II, III, IV, mais que l'on baptisera respectivement : niveaux de l'Unité, de la Diversité, des Corrélations et des Cas.

Le niveau de l'Unité ne fait guère difficulté, car il est toujours possible de mettre en évidence ce qui fait l'unité de tous les phénomènes étudiés dans un ordre donné. Cela ne fait pas difficulté, à condition que l'on admette le postulat de l'unité du genre humain et l'existence de quelque chose comme la nature humaine. Le postulat, en tant que tel, ne peut pas être démontré, mais s'impose implicitement dès que l'on prétend œuvrer en sciences sociales. La deuxième exigence risquerait de soulever des protestations véhémentes ou ironiques, si l'on ne s'empressait de préciser que notre conception des sciences sociales exclut que l'on attribue à la nature humaine un contenu quelconque. La nature humaine est un ensemble de tendances ou de formes, incapables, par elles-mêmes, de se doter d'un contenu déterminé. Il n'y a pas de société sans politique, ce qui ne veut pas dire que la monarchie ou la démocratie soient inhérentes à la nature de la vie en société, mais seulement que la concurrence des projets et des ambitions entraîne nécessairement la mise au point d'un mécanisme quelconque qui permette de régler les conflits et d'imposer la concorde intérieure (sans parler de la sécurité extérieure, liée à la coexistence d'entités politiques souveraines). Si la nature humaine est une forme sans contenu, cela signifie aussi que le contenu ne peut être déterminé par la forme, que celle-ci le reçoit d'ailleurs ; considéré du point de vue de la forme, le contenu est donc toujours rigoureusement contingent. Seuls les autres niveaux peuvent lui conférer une rationalité naissante, l'idéal étant qu'au niveau IV le contenu apparaisse comme parfaitement nécessaire.

Le niveau de la Diversité est l'exploitation de ce fait que le contenu est contingent, ce qui signifie simultanément qu'il est multiple. Si un seul plat, un seul système politique, une seule symphonie... étaient possibles, la distinction de nos quatre niveaux disparaîtrait *ipso facto*. Le deuxième niveau repose donc, en premier lieu, sur la constatation de la pluralité des possibles et de leur équivalence par rapport au niveau I. La première étape est la construction d'une typologie. La typologie est, en son acception étroite, la recension et la description des types connus. Nous considérons l'œuvre de Max Weber comme une tentative géniale de typologie générale des sciences sociales, avec ce que cette caractéristique implique d'érudition fabuleuse et, en même temps, de limité dans la démarche scientifique. On peut et l'on doit viser plus loin et tenter d'atteindre les systèmes. Cette tentative repose sur l'hypothèse (et non plus la simple constatation) que les types constituent des systèmes, c'est-à-dire des combinaisons ordonnées d'éléments isolables. Le stade ultérieur et ultime est atteint lorsqu'on est en mesure de fonder une combinatoire. Il va de soi que cette systématique et cette combinatoire sont idéales, mais que rien ne permet, *a priori*, de décider qu'elles seront toujours possibles : il se peut que telle ou telle science sociale soit condamnée à s'en tenir au stade typologique. Au vrai, autant que l'on puisse savoir, seules la science des langues, la science des mythes et la science des systèmes de parenté sont parvenues, à l'heure actuelle, à une élaboration consistante de ce niveau.

Le niveau des Corrélations se définit par la volonté de mettre en relation un ordre de phénomènes avec un ou plusieurs autres ordres qui définissent un système social. Par conséquent, il y a analyse corrélative, non lorsqu'on relie un fait politique à un autre fait politique, mais un fait politique à un fait économique, esthétique, religieux... Cette démarche repose, une fois de plus, sur deux postulats. Le premier, qui devrait entraîner l'adhésion de tous, est que chaque ordre ou sous-système social n'a pas de contenu entièrement déterminé par ses propres exigences. Si, par exemple, tous les faits économiques que l'on peut constater en un moment et en un lieu donnés s'expliquent *entièrement* par le système économique en vigueur, le niveau III est impossible et, au demeurant, inutile. Si, de même, les systèmes de pensée sont rigoureusement clos sur eux-mêmes et intégralement définis par leurs propres hypothèses, toute sociologie de la connaissance devient impossible et inutile. En d'autres termes, la possibilité même d'une telle analyse repose sur l'hypothèse que, en chaque ordre de phénomènes, tout fait n'est que la réalisation d'une possibilité définie au niveau typologique et que cette réalisation trouve sa raison d'être en un autre ordre. Une conséquence pratique de cette hypothèse est l'exigence de ne jamais rien considérer de ce qui apparaît dans la vie des sociétés comme un en soi, mais de toujours tout relativiser. A ce titre, l'étude de Marcel Mauss sur les techniques du corps est une merveilleuse intuition, d'une étonnante fécondité (1). Le deuxième postulat est l'inverse du premier : on ne peut admettre qu'un sous-système quelconque détermine, en dernière instance ou non, les autres sous-systèmes. Car, ce faisant, on aplatit, en quelque sorte, le système social en le ramenant à un sous-système et l'on se condamne ou bien à perdre de vue la complexité du réel ou bien à multiplier les tautologies de l'épiphénoménisme. C'est pourquoi la rentabilité scientifique du

(1) Marcel MAUSS, *Sociologie et anthropologie*, Paris, Presses Universitaires de France, 1966, p. 365-386.

marxisme, interprété comme une analyse du système social à partir du sous-système économique, sa rentabilité est très exactement nulle.

La conjonction de ces postulats, indispensables pour que le niveau III des sciences sociales soit possible, dessine une situation épistémologique très précise. Chaque sous-système doit être simultanément autonome, doté d'une rationalité propre et perméable aux influences issues des autres sous-systèmes. La monarchie absolue de Louis XIV recèle, d'une part, une rationalité propre en tant que type particulier de système politique, et, d'autre part, doit pouvoir être reliée à des phénomènes d'ordre économique, psychologique, militaire, voire même esthétique. Ou encore la mentalité de l'*intelligentsia* russe au début du XXe siècle doit pouvoir être interprétée comme phénomène psychologique avec ses lois propres et comme résultante de faits politiques, sociaux, économiques... Il va de soi que l'on ne préjuge en rien du degré d'autonomie de chaque sous-système. Il est hautement probable que la musique, du fait de son caractère remarquablement formel, ou les mathématiques, pour les mêmes raisons, sont difficilement réductibles à autre chose qu'elles-mêmes et condamnent leurs analystes pour l'essentiel au niveau II. A l'autre extrême, la politique apparaît comme le lieu où s'apurent tous les comptes de la société. Par conséquent, la quantité de liaisons observables entre le sous-système politique et tous les autres est énorme, ce qui, incidemment, devrait faire de la science politique le lieu stratégique privilégié d'où se peuvent observer les phénomènes de dynamique sociale.

Un dernier point mérite qu'on s'y arrête. L'on peut ne pas cerner ce qui distingue le niveau III du niveau IV. L'un et l'autre étudient les tenants et les aboutissants d'un possible réalisé. Cela est vrai. Cependant, la pondération de ces facteurs suppose la méthode comparatiste. Affronté à un fait quelconque, le savant se trouve en présence d'une quantité infinie d'autres faits qui peuvent lui être reliés. La seule issue qui lui reste pour introduire une hiérarchie entre ces faits et déterminer les plus pertinents consiste à rechercher d'autres faits de même espèce et à procéder par élimination. Ainsi les grandes purges staliniennes, que l'on peut interpréter de diverses manières, font figure de phénomène religieux au premier chef, dès qu'on les met en rapport avec les procès en sorcellerie d'autrefois. Le niveau III tire donc sa spécificité et sa raison d'être de ce qu'il est systématiquement comparatiste. A ce titre, et en faisant confiance au niveau I qui lui assure l'unité du genre humain, il cherche son bien en toutes époques et en tous lieux, indifférents aux séparations artificielles, introduites par le hasard et consacrées par l'usage, entre civilisations primitives et civilisations développées, entre Occident et Orient, etc. Il se donne pour champ d'étude l'universalité de l'aventure humaine.

Le niveau des Cas se comprend de soi : ce ne peut être que l'analyse d'un possible réalisé et de toutes les liaisons en rapport avec cette réalisation. Cette proposition repose, elle aussi, sur un postulat ou, plutôt, tend à éliminer deux autres conceptions. En effet, ce niveau historique repose sur l'étude des événements, que nous définissons comme des réalisations de possibles. Si, au contraire, on suit Cournot et que l'on entende par événement la conjonction de plusieurs séries de causes, ou, avec Hegel, un moment dialectique, tout événement devient unique et incomparable et l'on tombe nécessairement dans l'anecdotique. Ou bien, si l'on veut réintroduire une rationalité, on aboutit aux errements du finalisme ou de l'évolutionnisme, où l'événement n'est que le prétexte d'une histoire qui le dépasse. Précisons que cela ne préjuge en rien des dimensions des phénomènes à analyser. On peut et on doit concevoir un niveau IV du suicide qui serait l'analyse d'un suicide précis et défini, tout comme l'on peut et l'on doit envisager un niveau IV de la science des civilisations. Si celle-ci est possible, l'objet propre de ce niveau serait la civilisation occidentale, ou chinoise ou musulmane... Cela ne laisse pas d'entraîner quelques conséquences importantes. Le temps et l'espace étant des formes pures, il n'y a pas d'objet qu'ils puissent définir par eux-mêmes. Il s'ensuit qu'il ne peut être déterminé de niveau IV d'un objet dont la réalité viendrait d'une unité de temps ou d'espace. C'est ainsi qu'il n'y a pas d'histoire de la France au XVIIe siècle, car le XVIIe siècle n'est que la réalisation purement formelle d'un possible déterminé au niveau II par la succession des siècles et au niveau I par le temps lui-même. Quant à la France, prise absolument, ce n'est qu'une portion d'espace inscrite dans la disposition générale des terres émergées et des mers et rien de plus. Ce mot vide ne reçoit de contenu déterminé, susceptible de devenir l'objet d'une analyse scientifique, que si cette portion d'espace sert à circonscrire des phénomènes économiques, ou politiques, ou climatiques, ou religieux. Autrement dit, il y a une science de la religion en France au XVIIe siècle, ou de l'agriculture, ou de la politique, mais pas de science de la France au XVIIe siècle. Les ouvrages qui prétendent analyser un tel objet ne peuvent aboutir (et l'expérience prouve qu'il en est bien ainsi) qu'à un tableau composé d'éléments hétérogènes et éclectiques, disposés de façon parfaitement arbitraire. Par contre, toutes les analyses fondées sur un objet réel, parce que fondées sur une problématique précise, peuvent prétendre à une grande rigueur scientifique. Telle étude sur l'agriculture byzantine, ou telle autre sur le système politique de Dioclétien sont des travaux scientifiques, alors que telle histoire des XVIe et XVIIe siècles ou de Rome n'est que littérature sans consistance (1). L'histoire n'est science que dans la mesure

(1) Il serait intéressant de préciser pourquoi l'historiographie occidentale s'est construite en fonction d'un objet spatio-temporel. Il est

où elle est particulière ; lorsqu'elle se dit générale elle est, dans le meilleur des cas, un agréable livre d'images destiné à égayer nos loisirs. Une autre conséquence importante de nos positions est que le niveau IV n'est en rien lié au passé (1). Telle étude sur les bandes de jeunes est une analyse au niveau des cas de la science des Révolutions (2) ; telle autre sur les usages sociaux de la photographie est un cas de la science de la culture.

La mise en évidence de quelques conséquences épistémologiques de notre position nous permettra de la préciser et d'atténuer son caractère abrupt et abstrait.

1) Le philosophe comme l'historien pourraient nous adresser quelques critiques. Le premier nous montrera sans aucune difficulté que le niveau des cas ne peut être construit qu'à partir des trois autres niveaux, parce que la construction du concret et du singulier repose sur un appareil conceptuel lui-même construit aux trois autres niveaux. Mais inversement, les trois premiers niveaux ne peuvent être élaborés que si le quatrième est déjà constitué, car il représente la matière première sur laquelle travaille l'entendement pour en extraire ses lois et ses principes. En bonne dissertation philosophique, la science est, en conséquence, impossible ; pour nous, cela signifie simplement, et c'est une expérience banale, que le travail scientifique est un va-et-vient perpétuel entre le général et le singulier, entre la synthèse et l'analyse..., perpétuel, c'est-à-dire que ce travail n'est jamais achevé, toujours à

probable que la définition spatiale est d'origine politique, puisque aussi bien l'histoire est née au XVIIIe siècle pour des raisons politiques. Quant à la définition par le temps, elle fait problème. D'après Robert A. NISBET elle serait constitutive de la perception occidentale de la société et de l'humanité. Cf. *Social Change and History. Aspects of the Western Theory of Development*, New York, Oxford University Press, 1969.

(1) Il faudrait ressusciter le sens étymologique du mot histoire et la définir comme enquête, ce qui nous permettrait de qualifier le niveau IV d'historique.

(2) Voir *infra*, pp. 86-88.

recommencer, avec, en plus, la conviction intime que parler d'un état définitif de la science est probablement une absurdité.

Sur le plan pratique, cette objection du philosophe comporte pourtant une certaine vérité. En effet, jusqu'à présent, les sciences sociales ont eu tendance à se diviser selon l'horizontale, pour donner la philosophie (ainsi que d'autres disciplines, comme la psychologie, qui visent l'universel en l'homme), la sociologie et l'histoire.

Quant au niveau II, nous tendons à considérer qu'il était disponible et qu'il est à la gloire des linguistes d'avoir été les premiers à l'exploiter systématiquement, suivis par tous les structuralismes, où, abstraction faite des modes et de la confusion mentale, il y a démarche scientifique véritable. Or cette spécialisation horizontale a pour conséquence d'isoler chaque niveau et de lui retirer, de ce fait, toute rationalité. Nous montrerons dans un instant qu'il convient de réarticuler les sciences sociales en fonction d'un découpage vertical qui reprenne les quatre niveaux.

L'objection de l'historien sonne clair et haut : je n'ai que faire de ces élucubrations pseudo-philosophiques. C'est un fait que maintes productions sociologiques ou philosophiques ne sont d'aucun intérêt pratique pour l'historien, et l'on se souvient de la querelle courtoise (1) menée entre Georges Gurvitch et Fernand Braudel, où celui-ci avait évidemment raison. Car si l'on définit la sociologie comme une discipline qui privilégie l'étude de la société et des groupes sociaux, on aperçoit mal comment un historien sérieux ne serait pas toujours sociologue, avec la compétence en plus. Si on la définit comme une discipline généralisante alors que l'histoire serait singularisante, il n'y a pas le moindre espoir que

(1) Dans le *Traité de sociologie* (t. I, p. 83-99) ouvrage collectif dirigé par le premier nommé.

celle-ci en retire le moindre profit. Pour nous, le niveau des corrélations est comparatiste, c'est-à-dire qu'il note, décrit et explique les différences. Or l'historien procède toujours ainsi, inconsciemment, s'il veut dépasser le stade de la simple littérature. S'il veut saisir la singularité et l'originalité de tel fait ou phénomène (politique, économique, culturel...), il doit disposer, même à l'état le plus vague, de points de référence, c'est-à-dire d'éléments de différenciation. De même, s'il veut expliquer l'apparition d'un phénomène, par exemple une déclaration de guerre, il doit procéder par élimination dans toutes les variables possibles, pour dégager la ou les variables pertinentes. Or ce travail d'élimination ne peut se faire que par comparaison avec d'autres phénomènes du même type. Ce que l'historien fait toujours plus ou moins consciemment, avec plus ou moins de rigueur, il est scientifiquement plus rentable de le pratiquer systématiquement, en réservant à l'analyse comparatiste un moment particulier.

2) Dans la ligne de la remarque précédente, il faut admettre que nos quatre niveaux sont légitimes et nécessaires au même titre. Il ne saurait être question d'en privilégier un au détriment des autres, en affirmant que là gît la science. Il est bon de montrer l'universalité des attitudes agressives chez l'homme, il est absurde de s'en contenter, sans montrer comment les différentes sociétés organisent et utilisent cette agressivité suivant les moments et les lieux. A l'extrémité opposée, il est bon de montrer comment un système politique déterminé est profondément singularisé par un ensemble de données sociales, mentales, économiques..., mais il est absurde de nier la spécificité du fait politique et son noyau universel. Si les quatre niveaux sont légitimes, il faut prendre bien soin de les distinguer, car, à chaque pas, l'objet à étudier subit un traitement original, et nous apparaît sous un

aspect différent. Les systèmes de parenté, au niveau II, ont un air de rigueur quasi mathématique et l'avoir montré constitue un acquis de la science. Cependant, cela ne dispense pas d'examiner comment les groupes sociaux s'accommodent de cette rigueur et la tournent au besoin dans la stratégie de leurs calculs politiques ou économiques.

Les quatre niveaux sont également nécessaires. Cela signifie qu'une science sociale ne mérite cette dénomination qu'à partir du moment où elle se révèle capable de construire ces quatre niveaux avec des contenus précis. C'est pourquoi il n'y a pas, et il ne peut y avoir, de science d'un objet défini seulement par le temps et l'espace. La Renaissance ne peut devenir objet de science en tant que telle, qu'à partir du moment où on l'envisage comme niveau IV de quelque chose comme une science des systèmes de valeur. De même la géographie, qui se définit par rapport à l'espace, n'a de réalité scientifique qu'en tant qu'elle se spécialise dans l'analyse de l'organisation de l'espace. A ce titre, il existe une science des paysages agraires comme de l'organisation des relations. Par contre, se donner pour objet la France ne peut qu'aboutir à de l'éclectisme, éventuellement justifié par le talent littéraire particulier de l'auteur.

3) Il convient donc de substituer au découpage horizontal des sciences sociales un découpage vertical. Il s'ensuit nécessairement que le nombre des sciences sociales est indéfini. Figurera au nombre des sciences sociales toute discipline fondée sur une question, à partir de laquelle peut être découpé un objet dans le flux infini des choses humaines. Cette discipline sera d'autant plus sérieuse qu'elle aura davantage réussi à constituer ses quatre niveaux d'analyse.

Il existe déjà des sciences de l'économie, de la population, des guerres et des relations internationales, de la politique, des mythes, de la langue, etc., mais la liste n'est pas close et ne le sera probablement jamais.

Il s'ensuit que la vision que nous pouvons espérer de la réalité n'est et ne sera jamais que partielle. Autrement dit, la saisie de la société comme d'une totalité est non seulement impossible, mais c'est surtout une revendication scientifiquement dangereuse. En effet, on ne peut jouir de l'illusion de saisir la totalité que si l'on valorise un point de vue en affirmant que c'est *le* point de vue. Ce ne serait qu'une manie sans conséquence, si, simultanément, cela n'obligeait à ramener les différents phénomènes à un seul et à les considérer, de ce fait, comme des épiphénomènes. Le résultat est, par conséquent, toujours tautologique. Considérer que les forces qui s'affrontent dans l'arène politique sont à quelque égard en rapport avec la stratification sociale est une affirmation raisonnable et scientifiquement féconde. Prétendre que la stratification sociale détermine le jeu politique, les règles du jeu et les enjeux, est une absurdité dangereuse, car elle mène à ignorer la spécificité du politique.

Bien entendu, on peut admettre dans l'abstrait que la réalité sociale est une totalité, mais sa saisie scientifique est toujours un point de vue particulier, limité par ses présupposés et sa méthode. Kant nous paraît avoir dit des choses définitives sur la question. Il y a un fossé infranchissable entre le noumène, à jamais insaisissable, et le phénomène construit par l'entendement, susceptible d'une saisie rigoureuse. Il va de soi que, sur le plan pratique, les phénomènes sont plus ou moins isolables de la totalité. Par exemple, la population fait intervenir des variables moins nombreuses et relativement plus indépendantes que les systèmes économiques, et à leur tour, ceux-ci sont mieux déterminables que les systèmes politiques. On peut en inférer qu'une science sociale est d'autant plus rigoureuse qu'elle est davantage capable d'isoler des phénomènes homogènes et relativement indépendants. C'est pourquoi, dans l'état actuel des choses, la science sociale la mieux constituée paraît être la linguistique et, parmi ses sous-sections, la phonologie. Leur réussite ne tient nullement à l'excellence de la méthode, mais à la possibilité d'isoler des phénomènes sans les mutiler trop gravement. Aussi bien, toutes les tentatives pour utiliser la méthode des linguistes en d'autres secteurs de la réalité sociale, où les faits ne se laissent pas cerner de façon aussi rigoureuse, sont vouées à l'échec. Constatation qui, incidemment, nous permet d'établir une règle hygiénique essentielle au bon maniement des sciences sociales : il est absurde et inutile de rechercher la Méthode, il n'y a que des méthodes propres à chaque science, qui ne sont pas données avant, mais s'élaborent au cours du travail scientifique.

Cela dit, il est malgré tout étrange que, en dépit des échecs répétés des tentatives pour saisir la totalité, les hommes de science ne se soient pas encore convaincus de la vanité d'une telle exigence. Un certain nombre d'ouvrages paraissent encore, introduits par l'invocation rituelle à la nécessité d'abandonner les errements traditionnels et de fonder enfin les sciences sociales en sciences rigoureuses. La répétition de ces formules ne serait que comique, si elle ne nous renseignait sur un trait fondamental de la raison, qui vise toujours la totalité et s'oppose ainsi à l'entendement, condamné au partiel. Ce serait un chapitre intéressant de la science des systèmes intellectuels, que celui qui s'attacherait à saisir et à expliquer les différentes hypostases que les hommes se sont ingéniés à imaginer pour combler ce fossé. Nous proposons d'appeler idéologies ces systèmes de pensée qui visent la totalité, et appelons de nos vœux la constitution d'une science des idéologies, dont le champ de recherche est prodigieusement vaste, depuis les systèmes religieux jusqu'aux systèmes de pensée politique contemporains, en passant par les systèmes philosophiques.

4) Les sciences sociales sont donc multiples, autonomes et légitimes au même degré. Qu'est-ce qui permet, dans ce cas, de les regrouper en un ensemble unique, appelé précisément sciences sociales ? Il en va ici comme dans d'autres secteurs de l'activité scientifique. De même que l'astronomie, la physique, la chimie... sont fondées par le concept de nature, et les sciences biologiques par le concept de vie, les sciences sociales s'appuient sur le concept de société. Or ces trois concepts sont vides de tout contenu. Ou plutôt leur contenu est l'ensemble des propositions définies par les sciences qu'elles regroupent ; ce sont des concepts vides, dépourvus de toute vertu opératoire, mais qui décrivent un champ de recherche. Il va de soi qu'ils peuvent aussi devenir des concepts idéologiques, c'est-à-dire des êtres de pensée qui sont censés fonder une science de la totalité. Dans cette perspective, on peut écrire une histoire de la science idéologique et montrer comment la Nature, la Vie, la Société sont des substituts du concept par excellence de la totalité : Dieu.

Il en découle qu'il n'existe et ne peut exister rien comme une science de la Société, pas plus qu'il n'existe *une* science de la Nature ou de la Vie. Max Weber considérait à juste titre que si l'on pouvait distinguer des faits politiques, économiques, religieux, démographiques..., il n'y avait rien qui correspondît à des faits sociaux, car *tout*, dans les sciences sociales, est social. Par conséquent, définir, avec Durkheim, la sociologie comme la science des faits sociaux ne veut rigoureusement rien dire, tout comme est vouée à l'échec toute tentative pour isoler un phénomène qu'on appellerait la Société.

Le lecteur se demandera peut-être pourquoi nous avons constamment utilisé l'expression « sciences sociales », au lieu de « sciences humaines », qui est plus communément répandue, en France du moins. Simplement parce que les sciences humaines ne pourraient être définies que par un autre concept vide : l'Homme. Or le statut idéologique de ce concept saute aux yeux, encore plus nettement que Nature, Vie ou Société. Même pour la conscience naïve, il n'y a que des hommes, c'est-à-dire des groupes, c'est-à-dire des sociétés. Par conséquent, on ne voit guère quel champ scientifique pourrait être décrit par ce concept. Dira-t-on que la psychologie et ses multiples variétés se donnent comme objet privilégié l'Homme, sans le relier à ses composantes sociales ? Dans notre terminologie, cela signifie simplement que la psychologie est une spécialisation au niveau I de la science des mentalités. Sans prétendre attacher une quelconque importance à ces querelles de mots, nous préférons donc, pour notre compte, parler de sciences sociales plutôt que de sciences humaines.

5) Un dernier point, qui n'est pas sans importance. Dans la définition que nous avons donnée du niveau des cas — analyse d'un possible réalisé — n'apparaît pas le devenir, pas plus qu'il n'apparaît aux autres niveaux. La construction d'ensemble semble donc dangereusement statique. En fait, il n'en est rien. La prise en compte du changement peut intervenir dans plusieurs occasions. Et d'abord *à l'intérieur d'un système donné*. Il y a, par exemple, une logique du pouvoir totalitaire. Un pouvoir tend toujours vers l'absolu, et il est absolu lorsque aucune entrave d'aucune sorte ne lui fait plus obstacle. Il tend donc à supprimer tous les corps intermédiaires, tous les groupements, afin d'avoir à ses pieds une société parfaitement atomisée. Cependant, un corps social ne se gouverne qu'à l'aide d'un certain nombre d'institutions ou organismes spécialisés (police, armée, administration, parti, techniciens) qui tendent nécessairement à s'ériger en privilèges et centres autonomes de décision. Par conséquent, un pouvoir totalitaire procède toujours par épurations capricieuses destinées à empêcher que ces centres autonomes ne restent aux mains des mêmes individus, qui pourraient

finir par contester le pouvoir. Dans la même logique, le dictateur doit s'entourer de personnages obscurs, sans attaches particulières dans aucune fraction de la population, à qui l'on peut déléguer des pouvoirs exorbitants, sans crainte de les voir les détourner à leur propre usage, à condition qu'on prenne soin de les changer souvent et de jouer les uns contre les autres. Autrement dit, un pouvoir totalitaire connaît toujours les épurations et les favoris, la règle de la grandeur et de la décadence étant le caprice. L'on peut ainsi interpréter beaucoup de faits qui font l' « histoire » du nazisme et du stalinisme. L'on peut de même mettre en évidence la logique interne d'un système économique et révéler une certaine succession d'événements nécessaires qui constituent une partie de son histoire.

Notre perspective permet de dégager le devenir à un autre niveau encore. La méthode comparatiste, propre au niveau des corrélations, permet ou doit permettre de dégager les conditions propres à l'apparition d'un événement dans un secteur particulier. On peut et l'on doit expliquer l'apparition d'un fait littéraire, politique, démographique, avec un degré satisfaisant d'approximation. Autrement dit, chaque science sociale particulière a la possibilité de résoudre par elle-même les problèmes de devenir qui se posent à elles.

Cela dit, rien ne nous interdit de fonder une science sociale particulière, qui partirait de l'interrogation suivante : qu'est-ce qui fait que les sociétés humaines sont toutes, sans exception, soumises au changement ? Un objet d'étude découle aussitôt de cette interrogation. Il concerne les lois et les modalités du devenir dans tous les compartiments de la vie en société, aussi bien dans les sous-systèmes (esthétique, économique, politique...) que dans le système global (la civilisation). On peut donc espérer construire quelque chose comme une science du devenir ou des mutations, où, bien entendu, nous aurions à nouveau à dégager les quatre niveaux fatidiques :

Niveau I : La racine anthropologique du devenir, qui tient d'abord à la pluralité des possibles. Il est évident que si un seul possible était possible, il s'appellerait nécessité et l'on vivrait dans un monde éléatique. Il s'ensuit deux cas généraux de changement : ou bien les possibles niés dans une société donnée s'érigent en contre-sociétés et finissent par investir la société antérieure. Ou bien deux groupes indépendants réalisent des possibilités différentes, entrent en contact et déterminent, les unes chez les autres, des mutations. Le deuxième cas paraît de loin le plus fréquent, c'est-à-dire que la racine anthropologique du devenir est, fort probablement et dans la majorité des cas, la guerre.

Niveau II : la typologie des mutations, où il faudrait distinguer, d'une part, en fonction de la nature et de la modalité de la mutation (brutale-lente ; violente-pacifique ; générale-localisée...) et, d'autre part, en fonction du système mutant (civilisation, art, régime politique...). Le champ est extraordinairement vaste et divers.

Niveau III : étude comparative pour dégager les variables fondamentales de chaque type de mutation. Par exemple, les variables fondamentales qui déterminent les phénomènes révolutionnaires semblent être d'ordre politique, économique, social et éthique.

Niveau IV : on tenterait de résoudre un certain nombre de problèmes fondamentaux comme : la révolution néolithique, la formation de l'Empire romain et sa chute, les origines du système capitaliste (1)... Ou plus particuliers : les révolutions politiques dans les sociétés

(1) Nous nous sommes essayé à l'analyse de ce dernier problème. Voir Jean Baechler, Essai sur les origines du système capitaliste, in *Archives européennes de sociologie*, IX, 1968, n° 2, p. 205-263.

complexes, la formation des nations... ou encore les changements de la mode.

L'on voit que la science des mutations, si jamais elle devait voir le jour, s'attaquerait à un domaine immense et parsemé d'embûches, parce que presque entièrement vierge. Nous gardons l'espoir de revenir un jour sur ces problèmes.

Dans le présent ouvrage, nous nous attacherons à un aspect particulier des mutations, que nous avons appelé les phénomènes révolutionnaires. Les réflexions qui précèdent permettent de définir de façon plus rigoureuse le statut de la staséologie. Cette science part de l'interrogation suivante : qu'est-ce qui fait que, dans toutes les sociétés connues, des individus et des groupes rejettent l'ordre et partent en guerre contre lui ? La staséologie est donc, en son cœur, une science des conflits internes aux sociétés. Elle est le pendant de la science des conflits externes, entre sociétés (1). En suite de ce qui vient d'être dit, nos analyses porteront sur trois niveaux (2). Au niveau I nous tenterons d'établir et d'expliquer la permanence des faits révolutionnaires. Nous avertissons aussitôt le lecteur que l'état de nos recherches ne nous permet guère, pour le niveau II, d'aller au-delà d'une typologie descriptive, avec, çà et là, des amorces de systématique : la combinatoire, à supposer qu'elle soit possible, nous échappe encore. Enfin, nous poserons les premiers jalons du niveau III. Dans un dernier chapitre, nous aborderons ce que nous avons appelé les « objets de l'analyse ». Nous entendons par là, qu'au-delà des niveaux, il faut aller

(1) Que l'on nous permette d'exprimer notre dette envers les deux auteurs qui nous ont le plus aidé dans nos recherches : Clausewitz d'un côté, et Raymond ARON, de l'autre, en particulier par son livre, *Paix et guerre entre les nations*, Paris, Calmann-Lévy, 1962.

(2) Le niveau IV n'a pas sa place ici. Comme déjà indiqué, la production historique et l'étude des cas nous serviront de matière première, ainsi que d'illustration.

jusqu'à la saisie des phénomènes concrets. Or — comme nous aurons l'occasion de le préciser en son temps — cette saisie présuppose le découpage des phénomènes en plusieurs objets, dont chacun est passible d'une analyse particulière. Ainsi l'idéologie révolutionnaire relève d'une branche de la science des idéologies ; les sociétés révolutionnaires d'une branche de la science des groupements. Ainsi la staséologie — du moins nous osons l'espérer — est une science sociale réelle, mais elle ne peut être coupée d'autres sciences sociales.

Notre propos, en présentant ces quelques réflexions, était avant tout d'ordre pratique. Dans l'état actuel des sciences sociales, caractérisé par une prolifération prodigieuse de publications, il nous a semblé que le temps était venu d'une certaine clarification, sous peine d'aboutir à l'écrasement de l'appareil scientifique sous ses propres productions. C'est pourquoi nous considérons que la définition traditionnelle des sciences sociales, en histoire, sociologie, ethnologie, psychologie..., est parvenue en fin de course, c'est-à-dire que la conserver présente plus d'inconvénients que d'avantages. A vrai dire, le seul avantage que nous lui reconnaissions est son ancienneté et le caractère officiel que lui confère son statut universitaire. Si l'on s'en tient à la recherche de l'efficacité scientifique, il nous paraît préférable de constituer des équipes spécialisées en telle ou telle science particulière — avec, bien entendu, des sous-spécialisations à différents niveaux d'analyse — plutôt que de continuer à disperser les efforts entre des disciplines sans consistance. Que le prix à payer pour cette efficacité soit l'abandon de la totalité à son sort nouménal ne nous paraît devoir chagriner que les croyants, nous voulons dire ceux pour qui la science est une religion, aussi bien que ceux qui la confondent avec une idéologie.

Chapitre Premier

L'UNITÉ DES PHÉNOMÈNES RÉVOLUTIONNAIRES

Nous nous proposons, dans ce chapitre, d'analyser, en leur plus grande généralité, les traits communs à toutes les formes de révolutions (1). Nous nous intéressons ici exclusivement au Même, nous réservant de traiter ultérieurement des différences. La réflexion nous paraît devoir s'orienter dans trois directions : la racine des révolutions, leur logique ou, pour parler comme Clausewitz, leur concept, enfin leurs fonctions.

A) LA RACINE DES RÉVOLUTIONS

Les révolutions étant définies comme les formes de remise en question de l'ordre relèvent bien évidemment du conflit. A ce titre, elles ont quelque rapport à l'agressivité, dont on peut considérer, avec Konrad Lorenz, qu'elle est un instinct naturel, nécessaire à la préservation et à la progression des espèces. L'originalité de l'homme tient à ce que « la pensée conceptuelle et la parole ont

(1) Dans ce chapitre, « révolution » sera pris au sens très large de « phénomène révolutionnaire », tel que nous l'avons défini ci-dessus : toute forme de remise en question de l'ordre social.

changé toute l'évolution de l'homme, car elles ont produit quelque chose d'équivalent à l'hérédité des caractères acquis. (...) Si un homme invente, par exemple, l'arc et les flèches, ce n'est pas seulement sa progéniture, mais toute la communauté qui hérite de la connaissance et de l'emploi de ces armes et qui les possède d'une façon aussi sûre qu'un organe qui pousse sur son corps. Et leur perte ressemble en tout point à la régression d'un organe ayant la même valeur pour sa survie. Ainsi peut s'accomplir, au cours d'une ou deux générations, un processus d'adaptation écologique qui, dans l'évolution normale, sans le concours de la pensée conceptuelle, aurait pris un temps d'une échelle très différente, bien plus grande. Rien d'étonnant, au vrai, que l'évolution des instincts sociaux et, ce qui est encore plus important, des inhibitions sociales n'ait pu marcher d'un pas égal avec le développement rapide que l'accroissement de la culture transmise par tradition, et surtout celui de la civilisation matérielle, a imposé à la société humaine » (1). On peut parler d'une perversion de l'agressivité, du fait d'un décalage croissant entre ses moyens et ses fins phylogénétiques. Nous avons ainsi la racine anthropologique de toute forme de conflit, de la guerre comme de l'émulation, de la lutte contre la nature comme du sport, des Jeux Floraux comme des révolutions. Sur cette racine indifférenciée qu'est l'agressivité, une pluralité de formes peut se développer. Pour saisir l'étiologie de ces diverses formes, il faut introduire des principes de spécification. C'est ainsi que, seule, la pluralité des unités politiques souveraines explique que l'agressivité puisse prendre la forme de la guerre.

Le trait spécifique des phénomènes qui nous occupent est de se fonder sur l'agressivité *à l'intérieur* d'un groupe.

(1) Konrad LORENZ, *L'agression. Une histoire naturelle du mal*, Paris, Flammarion, 1968, p. 253-254.

Or, si la finalité de toute vie en société est d'assurer, d'un côté, la sécurité à l'égard de l'extérieur (hommes, animaux ou choses), elle est, de l'autre, d'éliminer tendanciellement la violence entre les membres du groupe, en transférant son usage légitime à une instance que nous qualifierons de politique. La fonction du politique est donc, dans sa plus grande généralité, d'assurer la sécurité et la concorde. Pour qu'il y ait révolutions, il faut et il suffit que cette deuxième fonction s'opère mal. Il nous apparaît que trois facteurs permanents agissent constamment comme éléments perturbateurs du mécanisme d'arbitrage des conflits : l'arbitraire des valeurs, l'arbitraire du choix et les contraintes de la rareté.

1. L'arbitraire des valeurs (1)

Si nous nous plaçons au degré nécessaire de généralité, nous pouvons définir une civilisation par la hiérarchie qu'elle introduit entre les activités humaines possibles. Celles-ci sont en nombre limité : religieuses, politiques, militaires, économiques et ludiques. En toute société, on trouve au moins des éléments de ces activités, mais toujours l'une ou l'autre se voit conférer une importance majeure, aussi bien dans les faits que dans la représentation que les sociétaires se font de l'idéal. Nous avons ainsi des sociétés à dominante politique, militaire, religieuse... Notons, en premier lieu, qu'aucune rationalisation ne peut justifier l'une quelconque des hiérarchies de valeurs : celles-ci sont arbitraires, mises en place à la suite de conflits et reflètent des rapports de force. Il va de soi que ces rapports sont instables, que de nouveaux conflits sont constamment possibles (2). Une deuxième source de

(1) Nous aurons l'occasion de développer ce point dans le chapitre IV.

(2) Le sorcier s'oppose toujours au chef, le pape à l'empereur, le marchand au militaire, l'artiste à tous les autres..., et réciproquement.

conflits peut provenir de l'importance exagérée que s'arroge une activité par rapport aux autres : il se produit des mouvements de compensation, qui peuvent se traduire soit par la fuite, soit par la contestation. Comme exemple du premier cas, nous donnerons le cas du monachisme, apparu à partir du IVe siècle, à une époque où l'Empire romain, pour des raisons politico-militaires, tendait à imposer à la société une structure rigide, hiérarchisée et immuable (1). Le deuxième cas nous est contemporain. Notre civilisation actuelle est dominée par les valeurs économiques ; il est probable que nous avons présentement atteint un point de rupture et que des mouvements de compensation, d'origine religieuse et ludique, commencent à se manifester.

Entendons-nous bien : ces quelques lignes ne prétendent pas dévoiler la cause des révolutions, mais simplement établir leur *possibilité.* Car il va de soi que s'il n'y avait qu'une hiérarchie de valeurs possible ou si l'une s'imposait comme une nécessité de nature à tous les membres du groupe, il n'y aurait pas de mouvement de contestation possible. Or il n'en est rien. Bien entendu, l'arbitraire des valeurs est d'autant mieux perçu qu'une société a une histoire longue, qui a vu se succéder plusieurs systèmes, ou qu'elle coexiste avec des sociétés qui en connaissent d'autres : le traitement rationnel des systèmes de valeurs, c'est-à-dire la perception de leur relativité irréductible suppose la constatation de la pluralité réelle. Il s'ensuit qu'une société placée dans cette situation verra nécessairement se multiplier les contestations.

(1) Dans son *Histoire de l'Eglise,* H.-I. MARROU propose une autre explication. Le monachisme tint lieu de substitut aux persécutions et aux martyrs, comme expression la plus intense de la ferveur religieuse. N'est-ce pas accorder une importance exagérée aux persécutions ? Ensuite, l'on ne voit pas du tout pourquoi la ferveur exigeait le retrait. Enfin et surtout, on note des vagues de monachisme dans d'autres sociétés, sans rapport avec de quelconques persécutions.

Nous pouvons dégager un premier trait constant des phénomènes révolutionnaires : ils visent toujours des valeurs particulières contre des valeurs officielles. A ce titre, un projet révolutionnaire est toujours éthique en son fond.

2. L'arbitraire du choix

Il est de même nature que le précédent, mais atteint tous les aspects de la vie en société. Ici aussi la contestation découle de la pluralité des possibles. Ainsi, il y a plusieurs systèmes de parenté possibles, plusieurs systèmes culinaires, plusieurs régimes politiques, plusieurs modes d'appropriation, etc., car aucun aspect de la vie en société ne réalise un seul possible, c'est-à-dire n'est nécessaire. Or un seul possible peut être réalisé effectivement à un moment donné dans un groupe donné. Toute institution sociale est choix et tout choix est arbitraire. Il s'ensuit que toute institution est contrainte et que toute institution peut être remise en question. Il va de soi que la contrainte est d'autant plus grande que l'institution est plus essentielle à l'équilibre social : elles sont particulièrement fortes, par exemple, dans les secteurs sexuel, politique ou religieux, très faibles, par contre, dans le domaine alimentaire, où les interdits sont facilement acceptés.

La même remarque que ci-dessus s'impose. Plus la perception de la pluralité des possibles est nette, plus la contestation a des chances de se déchaîner. A quoi l'on peut ajouter une précision supplémentaire : plus une institution a perdu son caractère fonctionnel, plus elle a des chances d'apparaître comme contrainte pure et de se voir combattue.

Un deuxième caractère fondamental de tout projet révolutionnaire se trouve ainsi dégagé. Il est, par nature et en profondeur, volonté de retour aux origines, au moment où tous les choix sont possibles. La liberté, au sens d'absence de toute contrainte, est une visée capitale. Cela recoupe un troisième trait : la vision révolutionnaire est nécessairement dualiste, catastrophiste-optimiste. Le monde présent est intégralement mauvais, mais pourrait être parfaitement bon. Ce qui mobilise deux sentiments fondamentaux : le désespoir et l'espoir, et pose le problème du passage d'un état à l'autre, c'est-à-dire des moyens ou du système d'action.

3. Les contraintes de la rareté

Les trois biens les plus désirables, qui meuvent avec le plus de force les individus et les groupes, sont probablement le pouvoir, la richesse et le prestige. Or *ils sont rares par nature*. Cela est évident pour le pouvoir, défini comme la possibilité d'imposer sa volonté à autrui, et le prestige, conçu comme la position d'où un individu ou un groupe désigne à autrui ce qui est désirable. Si pouvoir et prestige étaient également répartis entre tous les sociétaires, ils disparaîtraient purement et simplement. Pour la richesse, définie comme tout ce qui est susceptible d'entrer dans la consommation des hommes, cela l'est moins. En effet, à partir du moment où l'agencement des moyens de production permet une croissance continue, le mythe de l'abondance peut revêtir quelque réalité. A condition d'oublier ou d'ignorer que cette notion, outre son versant objectif, a un versant subjectif, qui est le désir. L'abondance signifierait donc que les désirs peuvent être intégralement comblés. Ce qui est absurde ; l'expérience la plus quotidienne et le bon sens indiquent suffisamment que les désirs sont illimités et excèdent toujours toute satisfaction possible. Par contre, on pourrait soutenir avec quelque raison que plus les désirs sont limités, plus le stade de l'abondance est accessible. Par conséquent, les sociétés d'abondance sont les sociétés primitives où les désirs font l'objet d'une définition étroite et immuable.

Etant rares, ces trois biens deviennent l'enjeu d'une concurrence entre les individus et les groupes. Le plus fort, le plus rusé, le plus intelligent ou le plus chanceux emporte une part plus importante que les autres. La répartition est donc nécessairement inégalitaire. Pour simplifier, nous dirons qu'elle se fait en fonction du rapport des forces, étant entendu que le contenu concret de ces forces peut être tout facteur qui décide d'un plus ou d'un moins dans la répartition. Or le rapport des forces est quelque chose d'instable, non seulement parce qu'il doit constamment être maintenu, ce qui entraîne un minimum de tension et de conflit entre les parties prenantes (celle qui resterait passive serait rapidement éliminée ou rejetée en marge), mais aussi parce que des facteurs endogènes (mutation économique par exemple) ou exogènes (guerre, conquête) peuvent venir perturber cet équilibre instable.

Le simple bon sens pousse à admettre, au moins en première approximation, que les bénéficiaires du rapport des forces, c'est-à-dire les individus ou les groupes qui se trouvent en position de force, ont intérêt au maintien de l'équilibre existant. La probabilité qu'ils deviennent révolutionnaires est donc très faible (1). Les contestataires sont toujours des exclus à quelque titre. Il s'ensuit un autre trait fondamental du projet révolutionnaire : la revendication d'égalité (2). Cette revendication s'applique aux trois formes de rareté, ce qui nous donne, avec une constance remarquable à travers l'histoire, le mythe de l'abondance et la volonté de partage, le mythe d'une

(1) Elle n'est pas nulle, loin de là, car l'expérience montre que, pour des raisons variables, d'ordre psychologique et individuel, certains privilégiés rallient la contestation.

(2) Egalité pour les membres du groupe qui conteste. Cela peut s'allier et s'allie généralement, en toute bonne foi, avec le maintien d'une inégalité pour les autres. Les Pères Fondateurs n'ont pas supprimé l'esclavage.

société sans pouvoir et la conquête du pouvoir, le mythe de l'éminente dignité du peuple (1) et le refus des distinctions de statut.

Ces trois revendications majeures d'égalité se retrouvent toujours, au moins à l'état latent. Cependant, suivant les temps et les lieux, l'une ou l'autre domine et décide de l'orientation fondamentale du mouvement. Autant que l'on puisse savoir, c'est l'aspect économique de la contestation qui apparaît le plus souvent, suivi par l'aspect politique. Ce qui n'a rien d'étonnant, puisque aussi bien, jusqu'à l'époque contemporaine, la rareté des richesses est apparue comme la donnée première de la condition humaine.

La détermination de l'équilibre social comme rapport de forces nous permet de dégager le premier caractère des situations révolutionnaires (et non plus des mouvements). Elles découlent toujours d'une modification dans le rapport des forces et débouchent nécessairement, après un temps plus ou moins long, sur un nouveau rapport. Cela nous amène à l'analyse de ce que nous appellerons le concept des révolutions.

B) LE CONCEPT DES RÉVOLUTIONS

Nous entendons concept au sens de Clausewitz, c'est-à-dire l'essence abstraite d'un phénomène. Car la révolution, qui est un conflit, est passible des analyses appliquées à la guerre. Rappelons brièvement les principales articulations du chapitre I du livre I de *De la guerre* (2), avant d'examiner dans quelle mesure elles s'appliquent aux révolutions.

La guerre relève du duel ; à ce titre, « la guerre est

(1) Même remarque que ci-dessus. Le peuple, ce n'est pas tout le monde, mais le groupe qui revendique.

(2) Karl von CLAUSEWITZ, *De la guerre*, Paris, Editions de Minuit, 1955.

donc un acte de violence destiné à contraindre l'adversaire à exécuter notre volonté » (p. 51). La violence physique est le moyen, le seul, car la violence morale suppose l'Etat et la loi ; la guerre met en contact des unités qui vivent, les unes à l'égard des autres, à l'état de nature. Quant à la fin, l'imposition de la volonté, elle s'identifie au désarmement de l'ennemi, qui devient l'objectif des opérations de guerre.

De ces données initiales, Clausewitz conclut sans difficulté à ce qu'il appelle « la montée aux extrêmes », c'est-à-dire que la guerre en son concept est une lutte à mort. Cela, en vertu de trois raisons, nommées actions réciproques :

— Celui qui use sans ménagement de la force et ne craint pas les effusions de sang est avantagé et l'emportera ; or l'adversaire est obligé d'en faire autant, sous peine de défaite certaine ; donc il n'y a pas de limite intrinsèque à la manifestation de la violence.

— Le désarmement est le but des *deux* adversaires ; donc « tant que je n'ai pas abattu l'adversaire, je peux craindre qu'il m'abatte. Je ne suis pas mon propre maître, car il me dicte sa loi comme je lui dicte la mienne » (p. 54).

— Comme la force de résistance dépend des moyens et de la volonté, les efforts doivent être proportionnels à ceux-ci ; or chacun des deux fait le même calcul ; nous montons derechef aux extrêmes.

Par conséquent, en théorie pure, toute guerre devrait toujours être une lutte à mort. Or il n'en est rien, l'expérience historique le prouve. C'est donc qu'interviennent des freins qui viennent limiter la manifestation de la violence. Ils sont trois aussi :

— Les deux adversaires ne sont pas des inconnus l'un pour l'autre et peuvent grossièrement calculer les moyens et la volonté de l'autre. Ce calcul joue le rôle de principe modérateur.

— Dans la réalité, il est impossible de réunir tous les moyens en même temps ; en règle générale, donc, la première décision n'est pas décisive et la guerre se trouve ainsi engagée dans la durée ; il s'ensuit que chaque adversaire proportionne son effort à ce qu'il estime être le degré de concentration de son adversaire. D'où une nouvelle limitation de l'acte de violence.

— La défaite n'est pas une fin absolue ; l'avenir peut lui porter remède et retourner les situations les plus désespérées. Cette possibilité de toujours conserver espoir en l'avenir incite à la modération dans l'engagement des forces.

Ces trois aspects majeurs de la guerre : le duel, la montée aux extrêmes et la limitation de la violence, peuvent-ils utilement servir à l'analyse des révolutions ?

1. Le duel

Un phénomène révolutionnaire met toujours en contact deux camps et deux seulement, du moins tendanciellement, car l'on a, d'un côté, l'ordre et ses défenseurs et, de l'autre, celui ou ceux qui le remettent en question (1). Cela ne laisse pas d'entraîner quelques conséquences importantes. Dans les faits, un phénomène révolutionnaire opère toujours une dichotomie irréductible dans la société, c'est-à-dire qu'il équivaut toujours à une rupture du contrat social, non par simple dissolution de celui-ci, mais par un acte de volonté de la dissidence. Dans la pensée, il s'ensuit qu'une idéologie révolutionnaire a nécessairement une vision dualiste de la société. Il en découle que, plus une société concrète se rapproche effectivement du modèle dualiste, plus les révolutions sont probables et même, à la limite, certaines. C'est ainsi que la source la plus constante et la plus efficace de contes-

(1) Notons le singulier. Nous verrons dans le chapitre consacré à la typologie, qu'il y a des phénomènes révolutionnaires qui font intervenir la société et un individu. Citons-en nous réservant de préciser plus tard — l'anachorétisme, le suicide, la folie, le crime...

tation a toujours été la sujétion d'une société par une autre. A vrai dire, nous sommes ici aux confins des phénomènes révolutionnaires et de la guerre.

Comme la guerre, le duel révolutionnaire fait intervenir la violence. La vie en société repose sur l'élimination tendancielle de la violence à l'intérieur de l'unité sociale, par transfert de l'usage légitime de la violence à une instance politique reconnue par tous. Les conflits qui naissent des intérêts particuliers et de l'intérêt général, des interprétations divergentes concernant la marche de la société ou de la concurrence pour des biens rares doivent être réglés par des institutions arbitrales. Par conséquent, les phénomènes révolutionnaires interviennent dès que ces institutions ne permettent pas de régler certains conflits, ou qu'elles ne sont pas reconnues par certains sociétaires, ou que les règles sont transgressées, bref, dès que l'ordre est menacé de quelque façon : seule la violence effective ou la menace de la violence peut, dès lors, vider les conflits. Cela nous permet de préciser notre définition des phénomènes révolutionnaires, qui désigne toute contestation de l'ordre qui fait intervenir la violence physique, d'un côté et/ou de l'autre.

Ce duel a pour enjeu de contraindre l'Autre à exécuter notre volonté. Le contenu de cette volonté est la définition de la vie en société, car s'il n'y avait pas divergence d'interprétation à ce sujet, le conflit pourrait être réglé dans le cadre des institutions régnantes. Les deux définitions en concurrence sont incompatibles, sinon, derechef, il n'y aurait pas lieu de faire intervenir la violence. Il s'ensuit que tout mouvement révolutionnaire est, en puissance, une contre-société, et vise à construire un ordre nouveau destiné à remplacer l'ordre ancien. C'est pourquoi les révolutions ne sont pas simples chocs de volontés et de forces, mais conflits irréductibles entre deux modes de sociabilité exclusifs l'un de l'autre. Par conséquent, contrairement à ce qui se passe dans les conflits qui opposent deux unités indépendantes, la diplomatie et le compromis ne peuvent pas jouer ici.

2. La montée aux extrêmes

Outre les trois actions réciproques établies par Clausewitz et qui jouent dans tout conflit où se heurtent les volontés armées, il faut considérer quelques traits spécifiques aux phénomènes révolutionnaires et qui aggravent la tendance vers la lutte à mort. Le premier trait a déjà été noté, c'est l'incompatibilité profonde entre les visées des duellistes. Si le conflit porte, par exemple, sur la propriété des terres, il n'y a aucun arbitrage possible, seule la violence décide ; or, comme il s'agit d'une question de vie ou de mort, les antagonistes n'hésiteront pas à mettre leur vie en jeu. De même, des interprétations divergentes du dogme ne sont pas négociables et les plus féroces des guerres civiles sont les guerres de religion.

Le deuxième trait tient à la rupture du contrat social que représente tout mouvement révolutionnaire. Le contrat social repose sur l'élimination de la violence entre les sociétaires. Ceux des sociétaires qui s'y soustraient, s'exposent donc à user de et à subir la violence. Or cette violence se trouve à l'état pur. En effet, dans les relations internationales, qui peuvent se poursuivre pendant des siècles, il finit toujours par s'élaborer quelque chose comme un code de la guerre, un bon usage de la violence entre ennemis, car les ennemis finissent par parler la même langue (1). Au contraire, les guerres intestines sont brèves, intermittentes et ne permettent pas l'élaboration d'un bon usage. La violence surgit toute nue, d'autant plus terrible.

(1) Cela ne vaut pas pour les systèmes hétérogènes, qui mettent en contact des unités politiques où le décalage de civilisation est maximal. Par exemple entre les Européens et les Indiens d'Amérique du Nord. Cf. Raymond Aron, *Paix et guerre entre les nations*, Paris, Calmann-Lévy, 1962, p. 112.

3. Les freins

Ceux que Clausewitz proposait pour la guerre entre unités politiques ne jouent pas ici, c'est-à-dire que la montée aux extrêmes et la lutte à mort se produisent effectivement dans les événements révolutionnaires. Cependant, toutes les sociétés sont constamment secouées par des phénomènes de ce genre, et pourtant elles survivent, alors que la logique du conflit et l'absence de freins devraient amener leur suicide et leur disparition. Il faut donc qu'intervienne un régulateur qui, sauf exception, empêche les sociétaires de s'entre-tuer jusqu'au dernier. Ce régulateur semble pouvoir être trouvé, comme Clausewitz l'avait déjà noté pour la guerre, dans une dissymétrie entre l'attaque et la défense, nous voulons dire entre la contestation et l'ordre, celui-ci ayant, en règle générale, un tel avantage, que l'usage de la violence se trouve être quantitativement limité. Pour prouver cette assertion, examinons les trois facteurs de la force que sont le nombre, les moyens matériels et la volonté et voyons comment ils se répartissent entre les antagonistes.

a) *Le nombre*

Une société se fonde, nous l'avons dit, sur un équilibre du rapport des forces. Le bon sens et l'expérience historique montrent que cet équilibre tend à se perpétuer, c'est-à-dire que des contreforces naissent dès qu'il est rompu, et qu'il faut des circonstances extrêmement graves — la guerre par exemple — pour le rompre définitivement. Sur cet équilibre s'édifient les institutions, les normes qui règlent les relations entre individus et groupes, les représentations mentales et intellectuelles qui définissent la vie culturelle... Tout cela constitue l'ordre qui, en durant, tend à faire partie de l'horizon quotidien des individus et des groupes, qui, de leur côté, développent une idéologie (ou bien la reçoivent de l'extérieur), qui se présente à la fois comme explication et comme justification de la place qu'ils y occupent. Bref, il s'instaure, à la longue, une adaptation de chacun à la société où il vit. Si cette adaptation ne se produisait pas, nous aurions un chaos social dont l'histoire nous offre des exemples : la fin de la République romaine, la plupart des sociétés primitives pulvérisées par le contact avec l'Occident, la Chine de 1840 à 1949, etc. Nous préférons appeler ces conjonctures des mutations, car, du fait même de l'absence d'ordre ou d'une situation où un ordre se cherche, on ne peut parler de révolution. Une révolution se fait « contre », pas une mutation.

En l'absence de mutation, la majorité des sociétaires, quelle que soit la société considérée, est, en gros, satisfaite de son sort, ou, mieux, maintient son mécontentement entre des limites qui ne remettent pas en cause le système social. Il s'ensuit que seule une minorité est structurellement révolutionnaire, en se plaçant résolument hors du système et en le contestant. Il faut des circonstances exceptionnelles — qu'il nous faudra préciser — pour que des fractions plus ou moins larges de la population rallient leur drapeau et entrent en dissidence. Or l'expérience prouve que les situations où les dissidents gagnent la majorité sont rares. En dehors des « grandes » révolutions comme l'Angleterre au XVIIe siècle, 1789, la Révolution russe, la guerre civile chinoise..., les groupes révolutionnaires entrent en action en position minoritaire (1). De ce fait, l'autre camp, celui de l'ordre, bénéficie, au minimum, de la neutralité de la majorité et n'a, généralement, guère de mal à l'emporter (2). Cela ne veut pas dire que, à l'égard des dissidents, l'ordre fasse preuve de mansuétude : rien n'est plus féroce que la répression des guerres serviles, dont il n'y a pourtant aucun exemple

(1) Sans parler des dissidences individuelles, pour qui cela va de soi.
(2) D'où, aussi, le caractère conservateur du suffrage universel, souvent noté et encore constaté dernièrement.

qu'elles l'aient jamais emporté. Il y a lutte à mort, mais la moisson de la mort est limitée par le nombre limité des combattants dans un des deux camps.

b) *Les moyens matériels*

Nous entendons par là avant tout les armes, mais aussi les moyens de communication, l'argent, les techniques de lutte efficaces... La vie en société consistant toujours, nous l'avons rappelé à plusieurs reprises, dans le transfert à une autorité quelconque de l'usage légitime de la violence, il s'ensuit que les révolutionnaires sont, sauf exception, désarmés, peu ou mal armés ; dispersés ou disposant de liaisons insuffisantes ; dotés de réserves limitées et moins habiles à user de la violence que les forces de l'ordre. Le combat est donc toujours inégal et doit se solder, à brève échéance, par la défaite des dissidents. Ce point est capital. En effet, si nous convenons d'appeler élite dirigeante l'ensemble des hommes qui, dans une société, occupent les positions de force qui découlent de la rareté du pouvoir, des richesses et du prestige, et si nous y joignons les hommes qui en dépendent directement (les clientèles), cette élite dirigeante dispose bien évidemment de l'usage légitime de la force. Or tant que cette élite est unie et décidée à faire usage de sa force, il n'y a aucune possibilité pour un mouvement révolutionnaire quelconque de remporter la victoire. *La conséquence, fondamentale, en est que les révolutions ne triomphent que si l'élite dirigeante est divisée* (1). Sinon elles échouent toujours, quelle que soit l'ampleur des foules mobilisées. Nous avons écrit qu'une situation révolutionnaire naissait d'une modification dans le rapport des forces. Nous

(1) Une autre possibilité existe, à savoir que la classe dirigeante soit éliminée ou affaiblie par un ennemi *extérieur*. Nous laissons, provisoirement, ce cas de côté, car nous n'envisageons ici que les phénomènes endogènes.

pouvons maintenant préciser : une situation révolutionnaire débouche sur un bouleversement de l'ordre à la seule condition que la modification s'effectue dans l'élite dirigeante et la divise.

Une deuxième conséquence, plus banale, de l'importance des moyens matériels est que la forme la plus constante et la plus efficace — du moins dans les sociétés complexes — de subversion est le coup d'Etat militaire. Ceux qui disposent de la force par excellence, l'armée, sont le mieux placés dans l'élite dirigeante pour s'emparer du pouvoir. Lorsque le coup d'Etat est bien préparé et que les forces armées sont en majorité acquises au coup, le succès est assuré et est remporté généralement avec le minimum d'effusion de sang, pour la bonne raison que les opposants éventuels sont désarmés (1). Inversement, quand les moyens matériels font défaut à l'élite dirigeante, nous voulons dire que l'armée fait défection ou reste neutre, la révolution l'emporte presque sans coup férir (2). Mais, répétons-le, l'attitude de l'armée est toujours déterminée au sein de l'élite dirigeante, sur laquelle doit se concentrer l'analyse.

Nous avons ainsi une deuxième raison de la limitation de la violence dans les phénomènes révolutionnaires — de la quantité de violence. Le rapport des forces est tel que les dissidents sont rapidement éliminés. En fait, la violence n'atteint son paroxysme — la guerre civile — que si l'élite dirigeante est divisée en camps sensiblement égaux, appuyés par des troupes populaires équivalentes. Ainsi la guerre civile ne découle pas du concept de la révolution, elle n'en est qu'un cas très particulier, même s'il est le plus spectaculaire.

(1) Lorsque les forces armées sont elles-mêmes divisées, le coup d'Etat militaire peut déboucher sur la guerre civile. Le meilleur exemple contemporain en est la guerre d'Espagne.

(2) Voir la Révolution russe, aussi bien en février qu'en octobre, ou bien 1830, février 1848, septembre 1870.

c) *La volonté*

A première vue, la volonté de vaincre doit être égale dans les deux camps et devrait mener chacun jusqu'au sacrifice suprême. En fait il n'en est rien. Du côté de l'ordre, la victoire est une question de vie ou de mort ; le simple instinct de conservation suffit à armer la volonté et à l'amener jusqu'au point où il est préférable de mourir que de survivre dans la défaite. Cette volonté est d'autant plus tendue que, comme le montrent les deux points précédents, l'élite dirigeante est en position de force. Bien entendu, cette volonté repose sur l'unanimité, c'est-à-dire que, une fois de plus, la division de l'élite dirigeante lui est fatale.

Au contraire, du côté des dissidents, la volonté présente un caractère instable. En dehors des révolutionnaires structurels, qui sont généralement prêts à mourir pour leur cause, les troupes sont constituées d'un matériel occasionnel, hétérogène, où l'exaltation collective tient souvent lieu de motivation. Il en résulte que, dès que les armes parlent et que les morts commencent à tomber, les rangs se défont, chacun retournant à son lieu social d'origine. Innombrables sont les guerres serviles, les soulèvements paysans, les émeutes urbaines qui se sont débandés à la première riposte sérieuse.

Ainsi la dissymétrie de l'ordre et de la révolution nous paraît bien établie. C'est elle, et elle seule, qui a, jusqu'à présent, limité les guerres intestines et évité que les sociétés n'en vinssent toutes à se suicider. Il y a bien lutte à mort, mais le nombre des combattants est réduit. Seule la guerre civile fait exception, mais elle découle de la division de l'élite dirigeante et de l'égalité dans le rapport des forces en conflit. Or, si la première condition est des plus fréquentes, la seconde est rarement remplie.

4. Le but des révolutions

Les phénomènes révolutionnaires sont nécessairement amenés à poser les problèmes en termes de violence, soit directement, de leur propre fait, soit indirectement, du fait de la réaction de l'ordre. D'un autre côté, les mêmes problèmes sont exprimés en termes de rapport des forces, cela doit être clair maintenant. Il en découle que tout phénomène révolutionnaire a quelque rapport avec la politique. Définissons, avec Julien Freund, la politique comme « l'activité sociale qui se propose d'assurer par la force, généralement fondée sur le droit, la sécurité extérieure et la concorde intérieure d'une unité politique particulière, en garantissant l'ordre au milieu de luttes qui naissent de la diversité et de la divergence des opinions et des intérêts » (1). Toute notre argumentation a tendu, jusqu'à présent, à montrer que les phénomènes révolutionnaires doivent être étudiés dans leur liaison dialectique avec l'ordre établi. A ce titre, ils sont éminemment politiques. Même pour des phénomènes aussi particuliers que la folie — qui, pour nous, est, à quelque égard, manifestation révolutionnaire — ce point de vue doit être envisagé, ne serait-ce que pour déterminer l'attitude de l'ordre à l'égard de ses fous, qu'il les tolère ou les enferme (2).

Or l'enjeu de la politique est la prise ou la conservation du pouvoir. Par conséquent, le but des phénomènes révolutionnaires, le lieu où ils tendent, consciemment ou non, efficacement ou non, est le pouvoir, d'où ils pourront construire un ordre nouveau. Telle nouvelle racontant l'histoire d'un asile, où les enfermés avaient réussi à prendre le pouvoir et à enfermer à leur tour leurs gar-

(1) Julien Freund, *L'essence du politique*, Paris, éd. Sirey, 1965, p. 751.
(2) Michel Foucault, *Histoire de la folie à l'âge classique*, Paris, Plon, 1961.

diens, n'illustre pas seulement une idée piquante, mais va au fond des choses. Le suicide lui-même n'est-il pas une façon de dénoncer l'ordre social et humain, de se soustraire à son pouvoir et de s'affirmer maître de sa vie ?

C) LES FONCTIONS DES RÉVOLUTIONS

Comme toujours en sciences sociales, la notion de fonction fait référence à l'équilibre social, c'est-à-dire à l'ensemble de ce qui permet à un organisme social de persévérer dans l'être. On n'envisage ici que l'aspect positif des choses, ce en quoi elles se révèlent indispensables à la bonne marche des sociétés. Nous nous en tiendrons à quelques généralités, car ce point ne paraît pas faire problème. On peut, semble-t-il, distinguer trois fonctions.

1. La prévention de l'équilibre

Nous avons dit que la vie en société supposait des choix arbitraires, que ces choix se présentaient, à certains égards, comme des contraintes. Il est hautement probable que, dans n'importe quelle société, certains individus ne puissent accepter cette contrainte. Ils sont donc, potentiellement, des révolutionnaires. Une première solution est de sortir de la société, d'organiser un mode de vie autre et fondé sur d'autres valeurs. Tels sont les anachorètes, les ermites, les moines, certains vagabonds, les aventuriers, les beatniks, les hippies, etc. Certaines sociétés bénéficient d'un agencement assez admirable pour prévoir, à l'intention de ces marginaux, des centres d'accueil qui ne remettent pas en cause le système d'ensemble. L'exemple le plus frappant est celui du système hindou des castes : les renonçants, ceux qui sortent du monde, peuvent fonder des sectes, qui, en se perpétuant, se muent en castes (1) ! De tels procédés préservent l'équilibre, parce que, en mettant hors circuit des éléments perturbateurs, ils les neutralisent (2).

2. La restauration de l'équilibre

L'équilibre peut être rompu par violation unilatérale du contrat social. Le cas est très fréquent dans le système économique. Lorsque la grande propriété ou la grande exploitation s'édifient aux dépens de la petite (Rome au IIe siècle av. J.-C. ; l'Angleterre tout au long des XVIe, XVIIe et XVIIIe siècles), il se produit généralement une réaction violente de cette dernière en vue de restaurer les choses en leur premier état. Depuis la mutation industrielle, caractérisée par des gains prodigieux de productivité et une obsolescence rapide des techniques et des hommes, cette forme de protestation contre l'ordre, par volonté de retour au *statu quo ante*, est devenue banale. On le trouve parfois aussi dans le domaine politique, lorsque les institutions ont été interprétées par les gouvernants dans un sens qui les éloigne fort de leur sens originel. L'exemple parfait, en tout cas le plus célèbre, est la réaction de l'élite anglaise contre l'interprétation absolutiste du système politique par les Stuarts. Par conséquent, la volonté de restaurer l'équilibre par retour à un stade antérieur n'est pas vouée à l'échec, du moins pas nécessairement, comme tendrait à nous le faire croire l'air du temps, d'imprégnation fortement évolutionniste.

Un deuxième mode de restauration de l'équilibre se

(1) Louis Dumont, *Homo Hierarchicus*, Paris, Gallimard, 1966, p. 235-242 et 324-350.

(2) D'où le danger qui peut naître de la volonté de l'ordre de les éliminer, pour les fondre artificiellement à la société. La probabilité est que ces marginaux deviennent des délinquants. Ce processus est typique pour les bandes de jeunes, qui versent dans la délinquance caractérisée *après* un contact avec la police, la justice et la prison.

présente différemment. On peut parler de simple décharge d'énergie accumulée et disponible, une explosion sans rime ni raison, en tout cas hors de proportion avec le motif initial ni le but poursuivi. De là découle le caractère dévastateur de certains phénomènes révolutionnaires, d'autant plus choquant ou exaltant — selon les points de vue — qu'il est parfaitement gratuit : brûler des châteaux, massacrer des bourgeois ou des aristocrates, violer des religieuses — missionnaires... n'a jamais amélioré en quoi que ce soit le sort des opprimés. C'est cet aspect, fort probablement, qui explique la fascination qu'exercent les phénomènes révolutionnaires, surtout les grandes révolutions politiques. Il se produit une vacance de l'ordre, des contraintes, des interdits, des tabous, pendant laquelle tout devient possible et permis. On a reconnu le phénomène bien connu de la fête, au sens ethnologique du terme (1). En généralisant les faits évoqués par Roger Caillois, il semble que la fête est définie par quatre traits distinctifs : l'exaltation collective, l'excès, la transgression des interdits et l'inversion de l'ordre social. Or deux autres grands événements sociaux — et deux seulement (2) — présentent les mêmes caractères : la guerre et la révolution (3). Bien entendu, ces trois phénomènes ne peuvent être confondus, car ils ont, en plus, chacun, des fonctions spécifiques : la fête vise la refonte périodique du contrat social par sa remise en cause radicale ; la guerre a pour objectifs éternels la sécurité, la puissance et la gloire (4), les révolutions poursuivent les buts que nous tentons présentement de définir. Il n'en reste pas moins qu'ils

(1) Roger CAILLOIS, *L'homme et le sacré*, Paris, Gallimard, coll. « Idées », 1963.

(2) On doit exclure les vacances, comme fait R. Caillois : elles sont l'inverse de la fête.

(3) En fait, seulement certains types révolutionnaires, comme nous le verrons ultérieurement : il n'y a pas de fête dans un coup d'Etat militaire !

(4) Cf. Raymond ARON, *Paix et guerre entre les nations*, Paris, Calmann-Lévy, 1962, p. 82-83.

ont en commun de marquer les temps forts de la vie sociale, de rompre avec la monotonie du quotidien, de resserrer les liens sociaux — du moins, pour les révolutions, entre les dissidents — et d'offrir un exutoire à l'agressivité (1).

3. La fondation de l'équilibre

Cette fonction se comprend de soi, puisqu'elle désigne la mise en place d'un nouvel ordre social. On peut distinguer deux cas généraux. L'un concerne la création d'une unité nouvelle, disons, pour simplifier, d'une nation. Nous sommes ici à la limite entre le phénomène révolutionnaire et le phénomène guerrier. Deux grandes possibilités sont offertes, que Raymond Aron définit ainsi :

> « On appellera *super-étatiques* ou *impériales* les guerres qui ont pour objet, origine ou conséquence l'élimination de certains belligérants et la formation d'une unité de niveau supérieur. On appellera *infra-étatiques* ou *infra-impériales* les guerres qui ont pour enjeu le maintien ou la décomposition d'une unité politique, nationale ou impériale » (2).

L'autre cas désigne la redéfinition, à l'intérieur d'une unité donnée, des règles du jeu. Comme nous aurons encore l'occasion de le montrer, ce cas connaît toute une gamme d'intensités, pouvant aller du simple remplacement du personnel dirigeant au changement de civilisation.

(1) Il serait du plus haut intérêt d'étudier de plus près les liens qui unissent et distinguent ces trois phénomènes et de tâcher d'établir dans quelle mesure ils s'excluent ou se suppléent l'un l'autre. Une société qui mène une politique extérieure victorieusement agressive tend-elle à limiter les phénomènes révolutionnaires ? Par exemple, l'Angleterre au XVIIIe siècle, l'Allemagne bismarckienne et wilhelminienne. Inversement, une paix prolongée peut-elle être compensée par une recrudescence des dissidences internes ? Il n'est pas impossible que la situation actuelle réponde à ce cas.

(2) Raymond Aron, *op. cit.*, p. 160-161.

4. La dialectique des fonctions

Les trois fonctions distinguées ont le statut épistémologique des types, c'est-à-dire qu'elles sont décrites dans leur spécificité, abstraite par développement unilatéral de certains traits considérés comme pertinents. Dans la réalité, il n'y a aucune raison qu'un même phénomène révolutionnaire doive correspondre à une fonction unique. Il faut distinguer deux points de vue auxquels peut se placer l'analyste. Il est bien évident que pour telle secte marginale, la fonction de préservation de l'équilibre n'est pas un but conscient, mais qu'elle vise la restauration d'un équilibre perdu, par l'instauration d'un équilibre nouveau. Cela est particulièrement frappant pour les sectes messianiques et millénaristes. Si l'on prend, au contraire, le point de vue du système social dans son ensemble, elles apparaîtront avant tout comme des phénomènes de préservation. Dans l'étude des phénomènes concrets, il faut donc prendre soin de distinguer leur finalité interne, leur « pour soi », et leur rôle dans la société globale, leur « en soi ».

Il est tout aussi clair qu'un même phénomène peut, en raison des circonstances et de la durée, assumer successivement les trois fonctions. Une secte révolutionnaire peut recueillir les inadaptés ; dans un deuxième temps, elle peut être l'étincelle qui provoque la décharge qui restaurera l'équilibre ; dans un troisième, elle peut instaurer, si elle s'empare du pouvoir, un ordre nouveau.

Enfin, dans certains phénomènes de grande ampleur correspondant aux « grandes » révolutions, comme la Révolution française, les trois fonctions peuvent jouer simultanément, soit qu'elles sont assumées par des groupes différents, soit qu'un même groupe les assume toutes trois. Le premier cas peut être, grossièrement, illustré par la populace parisienne (décharge), une fraction de l'élite dirigeante (retour à une monarchie équilibrée), une autre fraction de la même élite dirigeante (instauration d'une monarchie constitutionnelle, voire d'une république égalitaire), la prolifération des sectes politico-religieuses (mise hors circuit). Le deuxième cas signale la paysannerie française, qui visait simultanément la reconstitution des communautés agraires, la suppression des droits seigneuriaux et a connu la Grande Peur.

Chapitre II

TYPOLOGIE GÉNÉRALE

Commençons par rappeler le rôle que nous attribuons à la typologie, à la suite de Max Weber. Il n'est nullement question de partir à la recherche d'essences éternelles, dont les phénomènes concrets seraient des reflets fugaces. La construction des types a un but éminemment pratique. Il s'agit de forger les instruments qui permettront d'isoler, dans le flux infini des choses humaines, quelques faits caractéristiques, d'en dégager la singularité, de les rapprocher et de les opposer à d'autres faits parents, mais non identiques... Bref la typologie a, avant tout, un rôle classificatoire et, à ce titre, elle vise avant tout à l'efficacité. Il n'est donc pas question de présenter *la* typologie, mais *une* typologie qui, dans l'état actuel de nos recherches, nous paraît utile à leur poursuite.

Ce rôle attribué à la typologie précise par là même ses limites. Elle est exclusivement descriptive. Sa tâche est de construire des modèles idéaux, par développement unilatéral d'un ou de plusieurs traits pertinents. Une telle procédure n'explique jamais le pourquoi du phénomène ainsi dégagé. Elle se contente, et ce n'est pas peu, de présenter les objets à propos desquels on pourra ensuite s'interroger utilement.

La construction de toute typologie repose sur des

critères. Or le risque d'arbitraire dans le choix des critères est considérable. Il n'y a pas de méthode rigoureuse qui permette de désigner le ou les critères pertinents, car leur pertinence est définie à l'intérieur d'un système conceptuel particulier. Il n'y a donc pas de science de la typologie, mais un art, qui, comme tous les arts, vise à l'efficacité par la combinaison prudente d'éléments variables. Plusieurs systèmes classificatoires sont, ainsi, possibles. L'on pourrait partir des types de sociétés et rechercher les types révolutionnaires qui leur correspondent. Si, en certains cas, cette procédure est efficace — par exemple, il n'y a, évidemment, de révoltes serviles que dans les sociétés esclavagistes —, elle manque, en général, de précision, du fait de l'incertitude qui règne dans la typologie des sociétés, que l'on peut classer selon des critères techniques, économiques, politiques, culturels, religieux..., sans que ces diverses classifications se recoupent, ce qui accentue leur caractère arbitraire. A quoi il faut ajouter qu'un même phénomène, comme le brigandage, peut se retrouver dans divers types de sociétés.

On ne peut pas davantage utiliser comme critère les groupes sociaux. D'abord parce que l'arbitraire le plus complet règne dans la détermination des divers groupes, ensuite parce qu'il est impossible de rapprocher tel phénomène révolutionnaire de tel groupe. En effet, suivant les circonstances, un même groupe — par exemple les paysans — animera telle ou telle forme : révolution politique (Grèce classique), décharge irrationnelle (guerres paysannes), millénarismes...

Nous nous sommes finalement arrêté à la typologie qui nous apparaissait la moins arbitraire et la plus efficace, en utilisant comme critère central ce qui nous est apparu comme l'essence du phénomène révolutionnaire, à savoir une lutte à mort pour le pouvoir. Trois grands types se dégagent immédiatement. Un premier type, où la visée du pouvoir apparaît mal ou pas du tout, que toute société sécrète de façon permanente et où la fonction de restauration de l'équilibre est essentielle. Nous proposons de nommer ce type celui des *marginalités*, pour indiquer que ces phénomènes sont périphériques à la société, c'est-à-dire qu'ils lui sont étroitement liés, tout en la combattant ou la niant. Le deuxième type vise le pouvoir, mais sans possibilité objective de l'emporter. La disproportion entre la fin poursuivie et les moyens est telle que, sous peine d'inconsistance, ces mouvements se constituent en contre-sociétés, ostensiblement opposées à la société globale, reniée en bloc. Ces formes constituent de véritables sociétés, avec leurs aspects politiques, économiques, culturels, religieux..., sociétés fondées sur des valeurs antagoniques de celles de la société en place. Nous proposons d'appeler ce type celui des *contre-sociétés*. Enfin, un troisième type vise le pouvoir et le conquiert effectivement. Nous le nommerons celui des *révolutions*.

Un dernier point, avant d'aborder le vif du sujet. Si nous avions prétendu étayer toutes nos affirmations par des exemples précis, développés de façon à satisfaire les curiosités les plus aiguisées, cette brochure aurait été remplacée par plusieurs épais volumes. Inversement, nous aurions pu nous en tenir à des propositions générales, et notre ouvrage se serait transformé en traité abstrait et indigeste. Il fallait donc choisir un moyen terme entre l'abstraction et la pléthore. Il nous a semblé que le moindre mal était l'allusion, plus ou moins développée selon les cas. Pour le lecteur désireux d'approfondir l'étude des exemples, nous proposerons en notes quelques ouvrages que nous avons utilisés, en nous dispensant de le faire pour tout exemple où la recherche bibliographique est d'un abord aisé, comme les révolutions anglaise, française ou russe (1).

(1) Il nous faut plaider coupable sur un point. Notre documentation sur les sociétés primitives est des plus réduites et nous aurons rarement à les évoquer, en dehors des messianismes et des millénarismes. A notre

A) LES MARGINALITÉS

Nous regroupons dans ce type général toute une série de phénomènes, que l'on peut distinguer en faisant intervenir une série de critères plus précis. Celui qui semble s'imposer en premier est la distinction entre passif et actif. Les phénomènes du premier sous-type apparaissent comme des fuites, des négations muettes, des démissions, des déviances individuelles, bref relèvent d'une sociologie qu'un auteur appelait de ses vœux : « une sociologie des poubelles » (1). Le deuxième sous-type regroupe des faits plus proprement révolutionnaires, parce que collectifs et violents.

1. Les marginalités passives

Nous les citons ici presque pour mémoire, car elles ont fait l'objet d'études nombreuses, voire même définissent des disciplines autonomes. Il n'est pas niable que les maladies mentales, le suicide, la criminalité sont des formes de contestation de l'ordre. Cela s'entend d'abord au sens que l' « on n'est fou que par rapport à une société donnée » (2) ; cela vaut aussi pour les crimes et les suicides. Cela signifie aussi que l'attitude adoptée par la société envers ces trois formes de déviance est variable. Autre-

décharge, nous avancerons que notre formation, historienne avant tout, nous fait scrupule d'utiliser des faits qui sortent de notre compétence. Piètre excuse, qui se renforce du fait que, autant que nos lectures nous ont permis de le constater, les ethnologues n'ont que peu étudié les phénomènes révolutionnaires. Si les faits politiques ont été suffisamment analysés pour permettre une première synthèse, Georges Balandier, *Anthropologie politique*, Paris, Presses Universitaires de France, coll. « SUP », 1967, l'étude des faits révolutionnaires reste exceptionnelle dans la production ethnographique.

(1) Roger Bastide, *Sociologie des maladies mentales*, Paris, Flammarion, 1965, p. 249.

(2) *Ibid.*, p. 254.

ment dit, ces phénomènes peuvent et doivent être étudiés à quatre poins de vue :

— En eux-mêmes, comme formes particulières d'accomplir la destinée humaine, et dans leurs rapports variés avec la société globale (1).

— Les uns par rapport aux autres, car l'on a souvent noté que ces divers phénomènes sont interdépendants. On pourrait partir de l'hypothèse générale que toute société comporte une fraction déterminée d'éléments inassimilés et que ces inassimilés se répartissent de façon variable selon les circonstances dans les diverses catégories.

— Conceptions que la société se fait de ces déviants. Pour la folie, le sujet a été magistralement traité par Michel Foucault (2). Pour la sorcellerie — forme très particulière de criminalité — il a été renouvelé par Robert Mandrou (3). Et l'on connaît la grande thèse d'Albert Bayet sur le suicide (4).

— Enfin, attitude concrète de la société à l'égard des déviants. En vertu de la logique des conflits, l'ordre doit les éliminer. Une attitude compréhensive ou tolérante doit donc être expliquée à partir d'autres motivations, d'origine religieuse ou philosophique généralement. Il suffit que ce voile idéologique soit déchiré, pour que la lutte à mort réapparaisse (5).

(1) Pour la *folie*, on trouvera une mise au point commode dans l'ouvrage cité de Roger Bastide. Pour le *suicide*, outre l'ouvrage classique de Durkheim, on notera : G. DESHAIES, *Psychologie du suicide*, Paris, Presses Universitaires de France, 1947 ; surtout J. D. DOUGLAS, *The social Meanings of Suicide*, Princeton University Press, 1967, quire nouvelle entièrement la question. Sur la *criminalité*, on pourra consulter les manuels de Ernst SEELIG, *Traité de criminologie*, Paris, Presses Universitaires de France, 1956 et de Sutherland CRESSEY, *Principes de criminologie*, Paris, éd. Cujas, 1966.

(2) Michel FOUCAULT, *Histoire de la folie à l'âge classique*, Paris, Plon, 1961.

(3) Robert MANDROU, *Magistrats et sorciers en France au XVII*e *siècle*, Paris, Plon, 1968.

(4) Albert BAYET, *Le suicide et la morale*, Paris, Félix Alcan, 1922.

(5) L'euthanasie perpétrée par les nazis contre les malades mentaux

L'on peut discuter et considérer qu'il est abusif d'inclure ces faits dans une science des phénomènes révolutionnaires. Nous n'irions pas jusqu'au martyre pour soutenir notre position. Quelques faits plaident en notre faveur. La folie, le crime et le suicide ne sont pas des données structurelles dans une société, c'est-à-dire que, quelles que soient les circonstances, chaque société produirait son contingent à peu près fixe de marginaux. L'on sait, depuis Durkheim, que les suicides diminuent en temps de guerre et de révolution, parce que, en ces périodes d'effervescence sociale, l'individu se trouve mieux intégré au groupe. Inversement, une exclusion radicale peut le mener à une sorte d'anorexie vitale et à la mort (1). Il en va de même pour la folie, comme si les gens avaient, en période de tension sociale, autre chose à faire que d'entretenir des névroses (2). Pour la criminalité, on peut discuter ; il est, pourtant, certain que, dans les grandes commotions collectives, une fraction des bas-fonds rejoint les sociétaires et prend une part active aux événements. Autrement dit, ces formes marginales seraient des solutions alternatives à d'autres, proprement révolutionnaires. D'autre part, en esquissant le problème du personnel révolutionnaire nous verrons que cela amène nécessairement à envisager un point de vue psychiatrique.

Tout cela est assez banal et ne devrait pas faire difficulté.

manifeste un cas-limite, un véritable modèle. De même, le suicide — ou droit à la mort — est d'autant plus réprimé et déprécié que le système politique s'oriente vers le totalitarisme.

(1) Cf. la belle étude de Marcel Mauss, Effet physique chez l'individu de l'idée de mort suggérée par la collectivité, in *Anthropologie et sociologie*, p. 311-330, Paris, Presses Universitaires de France, 1967. L'on ose à peine signaler les cas de suicide comme forme ultime de protestation et de libération, dans les camps de concentration. Cf. Paul Citrone, Le suicide dans les camps de concentration, in *Cahiers internationaux de Sociologie*, 12 (1952), p. 147-149.

(2) On trouvera, *passim*, des indications dans André Stéphane, *L'univers contestationnaire*, Paris, Payot, 1969, sur cet aspect dans les événements de mai-juin 1968 en France.

Mais il y a plus troublant. L'on se souvient de l'affaire des sœurs Papin (1). Deux sœurs, employées de maison dans une famille bourgeoise du Mans, se déchaînent un jour et massacrent de façon épouvantable la mère et la fille. Le dossier, tel que le présente Le Guillant, ne permet de discerner aucune motivation qui serait liée à la mentalité, au passé, au contexte physiologique des sœurs, ni à l'ambiance de la maison du crime. Celui-ci reste donc mystérieux pour tous les observateurs de l'époque. Or tout se dévoile lorsqu'on rapproche ce crime de dizaines d'autres perpétrés par des bonnes contre leurs maîtres. On découvre ainsi une forme typique de réaction du subordonné, dans une relation où la distance entre lui et son maître est maximale. Lorsque les deux pôles antagonistes n'ont rien en commun, aucune médiation n'est possible ; le rapport conflictuel prend immédiatement sa forme absolue de lutte à mort. On note exactement les mêmes réactions dans d'autres situations. L'esclavage par exemple ; il débouche rarement, comme nous le verrons, sur la guerre servile, c'est-à-dire une révolte collective, mais souvent sur le meurtre du maître, d'où le caractère terrible de la législation romaine dans ce domaine. On a pu noter les mêmes réactions dans certaines colonies, là où la distance entre colonisés et colonisateurs a été maintenue très grande, par exemple au Congo belge au moment de l'indépendance (2). Par conséquent, la limite entre le crime qui n'est que crime et le crime qui est protestation irrationnelle, est floue, pour ne pas dire artificielle (3). Il ne nous paraît donc pas inutile, lorsqu'on s'intéresse aux phénomènes révolutionnaires, de fixer une

(1) Dr Louis LE GUILLANT, L'affaire des sœurs Papin, in *Les Temps modernes*, 210 (nov. 1963), p. 868-913.

(2) On trouve dans les livres de Franz FANON, en particulier dans *Les damnés de la terre*, toute une série de remarques qui vont dans le même sens.

(3) Inversement, cela explique les trésors d'indulgence de la gauche pour les criminels, tant que la gauche n'est pas au pouvoir.

partie de son attention sur le crime, la folie et même le suicide (1).

D'autres faits peuvent figurer dans notre sous-type de la marginalité passive. Faute de place, nous ne parlerons pas du *marronnage*, remarquablement étudié par Yvan Debbasch (2) pour nous arrêter quelque peu au *vagabondage*. C'est un phénomène fort complexe, qui a été bien mis en lumière par Alexandre Vexliard (3). L'auteur distingue deux grands sous-types, qui se retrouvent en proportions fort variables suivant les époques et les sociétés :

« Nous appelons vagabondage élémentaire, celui qui suit les destructions ou bouleversements naturels tels que : inondations, famines, disettes, incendies, tremblements de terre, épidémies, ainsi que, d'autre part, les guerres ou autres grands bouleversements sociaux. Le vagabondage *élémentaire* n'est pas directement lié à la structure ou à l'organisation de la société. Il apparaît comme une conséquence d'événements le plus souvent naturels, imprévisibles et indépendants de la structure sociale.

« Le vagabondage *structural*, par contre, résulte directement de la structure et des institutions d'une société donnée. Par exemple, le vagabondage des esclaves malades ou vieillis, abandonnés par leur maître ; celui des « bannis » ou « exilés » du Moyen Age, pour des raisons religieuses ou politiques ; le vagabondage des dépossédés et des chômeurs dans une société individualiste et concurrentielle » (4).

Ces faits ne sont évidemment pas directement révolutionnaires, mais — nous aurons encore l'occasion de l'évoquer — ils servent fréquemment de base à d'autres faits,

(1) Il va de soi que le suicide que Durkheim appelle altruiste, c'est-à-dire héroïque ou religieux (le capitaine qui sombre avec son vaisseau, par exemple), n'entre pas du tout dans notre problématique.

(2) Yvan Debbasch, Le marronnage. Essai sur la désertion de l'esclave antillais, in *L'Année sociologique*, 3e série, 1962, p. 1-112 ; 1963, p. 117-195. C. R. de Roger Bastide, Nègres marrons et nègres libres, in *Annales E.S.C.*, 20 (1965), n° 1, p. 169-174.

(3) Alexandre Vexliard, *Introduction à la sociologie du vagabondage*, Paris, Marcel Rivière, 1956.

(4) A. Vexliard, *op. cit.*, p. 20.

comme les mouvements millénaristes, les guerres paysannes ou le brigandage. Ces liens apparaissent plus clairement dans une troisième forme de vagabondage, que l'on pourrait appeler *frontalier* (1). Il est caractérisé par la concentration en certaines zones, marginales par rapport à une organisation sociale déterminée, d'éléments sociaux eux-mêmes marginaux. Cette situation se présente soit à la lisière du front pionnier dans une société en voie d'expansion spatiale, soit sur le front pionnier où s'affrontent en des combats indécis deux sociétés antagoniques. Le cas le plus célèbre de la première situation est celui des Cosaques qui hantaient la lisière méridionale du monde russe ; pour la seconde, on citera les Almogavares espagnols du Moyen Age, qui guerroyaient contre les Arabes. On retrouve ces deux situations dans l'Amérique espagnole et portugaise du XVIe siècle à nos jours, avec les mêmes manifestations de déprédations (vol de bétail en particulier), de coups de main, de rapts, de guérillas. On y trouve aussi bien des créoles que des métis ou des Indiens. Or ce fonds commun a pris, au cours des siècles, des formes diverses selon les temps et les lieux : il donne naissance aussi bien au caudillisme qu'au millénarisme ou au brigandage.

Ainsi le vagabondage, simple retraite anomique comme l'entendait Durkheim, peut, sous ses trois formes : élémentaire, structurale et frontalière, et lorsque les circonstances le concentrent en une zone, devenir une puissance et servir de terreau à des formes révolutionnaires typiques.

2. Les marginalités actives

Nous les nommons actives parce que, d'emblée et non occasionnellement, elles usent collectivement de la vio-

(1) Mario Gongora, Vagabondage et société pastorale en Amérique latine (spécialement au Chili central), in *Annales E.S.C.*, 21 (1966), n° 1, p. 159-177.

lence contre l'ordre. Leur spécificité est déterminée par le caractère de décharge agressive qui les signale, l'absence de fins clairement définies, l'irréalisme des méthodes utilisées, le contenu élémentaire des idéologies qui les sous-tendent, et, enfin, leur brièveté et leur récurrence. Le terme de décharge, malgré sa résonance mécaniste, nous paraît bien décrire ces phénomènes : ce sont des explosions brutales, où la violence se déchaîne librement, qui peuvent gagner des aires géographiques énormes, mais qui sont régulièrement dispersées et avec une facilité déconcertante par les forces de l'ordre. Toutes les sociétés complexes connaissent des événements de ce genre. Par exemple, même les sociétés industrielles connaissent des grèves sauvages, déclenchées sans le soutien ni l'accord des syndicats ; à leur aube, les mêmes sociétés industrielles ont connu les mouvements luddistes de bris des machines. Cependant, les manifestations les plus nombreuses et les mieux connues concernent les sociétés traditionnelles, nous voulons parler des guerres paysannes, des guerres serviles et des émeutes plébéiennes. En raison de leur actualité, nous ferons également un sort aux émeutes étudiantes.

a) *Les guerres paysannes* (1)

Le schéma général des soulèvements paysans est extrêmement simple et se retrouve identique à travers le temps et l'espace. La meilleure image pour les décrire est celle de l'explosion, qui indique la soudaineté inattendue, l'aspect destructeur et la brièveté. A partir de là, toute une série de

(1) La littérature sur la question est gigantesque, mais elle est purement historique. Nous voulons dire qu'elle concerne tel ou tel soulèvement paysan bien localisé dans le temps et dans l'espace. Curieusement, ces faits n'ont jamais donné lieu à une étude générale systématique. La première tentative, consacrée aux soulèvements paysans au XVIIe siècle, en France, en Russie et en Chine, est celle de Roland MOUSNIER, *Fureurs paysannes. Les paysans dans les révoltes du XVIIe siècle (France, Russie, Chine)*, Paris, Calmann-Lévy, 1967.

précisions peuvent et doivent être introduites, d'ordre statistique essentiellement : extension (le soulèvement est-il local, régional ou général ?), fréquence (courbe des soulèvements pour une région ou un pays, courbe qui doit être généralement séculaire pour devenir significative), intensité, qui est la combinaison de la fréquence et de l'extension (l'on obtient ainsi des phases chaudes, froides ou tièdes).

Les difficultés commencent lorsqu'on s'interroge sur le sens de ces soulèvements. Des discussions enflammées ont opposé les historiens (1), sur le point de savoir s'il s'agit de guerres de classes ou non, c'est-à-dire si la racine du conflit est d'ordre économico-social ou non. Une étude des principaux mouvements permet de répondre — comme il fallait s'y attendre — que cela dépend. Pour simplifier et aller vite, on distinguera les guerres paysannes selon quatre critères, suivant que les paysans y interviennent comme pauvres, comme exploitants agricoles, comme citoyens ou comme nationaux (2).

Les soulèvements liés à une conjoncture économique sont de loin les plus fréquents. Dans une économie agricole à faible productivité, les récoltes sont toujours à la merci d'aléas, climatiques avant tout, parfois aussi militaires (par exemple, en Allemagne pendant la guerre de Trente ans). Suivant le système agraire — techniques, types de culture, densité agricole — la probabilité d'une mauvaise récolte ou d'une série de mauvaises récoltes en une région donnée est plus ou moins grande. Ainsi la rizière inondée paraît moins fragile, en moyenne, que la culture du blé, soumise, en climat tempéré, aussi bien aux hivers trop froids qu'aux étés trop humides. Or,

(1) Cf. par exemple, le conflit — intellectuel — entre Roland Mousnier et Boris Porchnev, à propos du livre de celui-ci : *Les soulèvements populaires en France de 1623 à 1648*, trad. franç., Paris, Sevpen, 1963.

(2) On trouvera une excellente analyse des cas anglais dans C. S. L. Davies, Les révoltes populaires en Angleterre (1500-1700), in *Annales E.S.C.*, 24 (1969), n° 1, p. 24-60.

comme l'a montré Emmanuel Le Roy Ladurie (1), le climat a son histoire, marquée par des alternances de périodes favorables et défavorables pour l'agriculture. Enfin, le problème des subsistances dépend également des échanges : dans quelle mesure une mauvaise récolte en un lieu peut-elle être compensée par des importations venues des régions voisines ou de l'étranger ? Cela pose le problème de l'existence ou de l'absence d'un marché des subsistances, de son extension géographique et du degré d'efficacité de l'appareil gouvernemental. Bref, le problème des subsistances, dans un régime à dominante agraire, dépend de trois variables fondamentales : le système agraire, le climat et les échanges. Or, depuis la mutation néolithique jusqu'au XIXe siècle (2), la conjoncture déterminée par ces trois variables a très souvent entraîné des disettes, qui se transformaient en famines lorsque au moins deux mauvaises années se succédaient. Les révoltes, dans ce cas, apparaissent comme des manifestations du désespoir et de l'instinct de conservation (3).

Les soulèvements peuvent être liés aussi aux « rapports de production ». Tout le monde connaît le problème des « enclosures » — dont le caractère général a été fortement

(1) Emmanuel LE ROY LADURIE, Climat et récoltes aux XVIIe et XVIIIe siècles, in *Annales E.S.C.*, 15 (1960), n° 3, p. 434-446. Du même, *Histoire du climat depuis l'an mil*, Paris, Flammarion, 1967.

(2) Et, pour les pays sous-développés, jusqu'à nos jours pour les deux premières variables. Seule la troisième, l'amélioration des échanges, a permis d'éviter les catastrophes, grâce aux exportations des pays développés.

(3) En fait, c'est, évidemment, plus compliqué. Il faut tenir compte des tempéraments nationaux, eux-mêmes dépendant du système politique et social. Par exemple, les paysans chinois semblent caractérisés par une plus grande résignation que les paysans européens. Ils réagissent à la famine par l'avortement, l'infanticide et l'inanition. Les révoltes ne fusent que lorsque le pouvoir impérial faiblit. Cf. Kung-Chuan HSIAO, *Rural China-Imperial control in the nineteenth Century*, Seattle, University of Washington Press, 1960. Les paysans japonais, de leur côté, réagissaient par la désertion, espérant rencontrer en d'autres lieux des conditions de vie plus favorables. Cf. Ivan MORRIS, *La vie de cour dans l'ancien Japon au temps du prince Genji*, Paris, Gallimard, 1969, p. 86.

exagéré, par Marx en particulier. Il n'en reste pas moins que là où les propriétaires ont cherché à évincer les tenanciers et à partager les communaux pour édifier de grandes exploitations, consacrées en particulier à l'élevage du mouton, des révoltes se sont produites pour défendre l'ancienne communauté agraire. Parfois le conflit a des origines remarquablement subtiles. Ainsi la révolte du Norfolk en 1549, qui se situe au moment du passage d'une phase de bas prix du grain à une phase de prix élevés. Le Norfolk connaissait un système agraire original, dit du *feld-course system*, caractérisé par l'alternance de la culture céréalière et de l'élevage du mouton. En période d'abondance des grains et de bas prix, le propriétaire avait tendance à élargir les bases de l'élevage, pour profiter d'un « boom » sur la laine, lui-même lié aux bonnes récoltes qui permettaient aux paysans d'acheter des textiles. Or un renversement de la conjoncture mettait en évidence le déséquilibre ainsi introduit dans le système, et l'on voyait tenanciers et petits propriétaires aisés se dresser contre les grands propriétaires. Le même processus se reproduit en 1607 (1). On pourrait multiplier les exemples, qui tous mènent à une variable fondamentale : le passage d'une économie agricole de subsistance à une économie d'échange (2).

Dans une troisième situation, le paysan apparaît comme citoyen, nous voulons dire en tant qu'il fait partie d'une communauté politique, qui dépasse ses horizons professionnels. C'est le point auquel s'est surtout attaché Roland Mousnier. Laissons-lui la parole :

« C'est avant tout l'impôt royal, son poids, ses modes d'établissement, d'assiette et de perception, qui ont provoqué les révoltes,

(1) Davies, *op. cit.*, p. 30-32.

(2) Jusqu'aux Etats-Unis qui ont connu, de 1865 à la fin du siècle, des vastes mouvements agraires liés, plus précisément, à la divergence entre la courbe des prix de la production agricole et la courbe du prix du loyer de l'argent.

avec, en bien des points, des coalitions de toute une ville ou de toute une province contre le gouvernement. L'impôt royal est la manifestation la plus sensible de l'Etat moderne, centralisateur, égalisateur et uniformisant. Un facteur commun à toutes ces révoltes (en France au XVIIe siècle), c'est l'horreur qu'inspire le Conseil du Roi en voulant imposer des édits, des arrêts, c'est-à-dire des lois, des règlements, des décisions générales, qui tendaient à réduire le royaume à l'uniformité, les sujets du roi à l'égalité dans le service de l'Etat, en passant outre aux privilèges locaux, aux libertés traditionnelles, aux droits acquis dans les hiérarchies existantes » (1).

Dans un contexte institutionnel différent, on retrouve les mêmes motivations en Russie : l'horreur de l'impôt, de l'empiétement de l'Etat sur les droits des communautés paysannes. Ainsi, contrairement à la légende, les paysanneries ne se sont pas laissées sans combattre incorporer dans des Etats centralisateurs et à tendance bureaucratique. Ce point est important, car d'autres groupes sociaux menaient le même combat, tout particulièrement les aristocrates de sang. D'où la direction fréquente des guerres paysannes par des nobles, contre les agents du pouvoir central (2).

Dans une dernière conjoncture, une paysannerie peut avoir des réactions patriotes. Le cas survient lorsqu'un pays est occupé par un ennemi abhorré. L'exemple le

(1) Roland MOUSNIER, *op. cit.*, p. 332.

(2) *Ibid.*, p. 331. — Pendant la Révolution française, cette opposition au centralisme parisien et cette fidélité à l'organisation sociale et culturelle traditionnelle ont conduit les paysans vendéens à une guerre longue, farouche et sanglante. Pour prendre un autre exemple célèbre, la guerre des paysans allemands de 1525 relève très nettement de ce troisième sous-type : lutte farouche des paysans en Allemagne du Sud et de l'Ouest contre la constitution des principautés territoriales fondées sur le principe absolutiste. Cf. Norman COHN, *Les fanatiques de l'Apocalypse*, Paris, Julliard, 1962, p. 254-255. Dans un contexte tout différent, on trouve des faits actuels analogues, par exemple au Maroc ; cf. Ernest GELLNER, Patterns of rural Rebellion in Morocco : tribes as minorities, in *Archives européennes de Sociologie*, 3 (1962), n° 2, p. 297-311 ; du même, The Great Patron. A reinterpretation of tribal rebellion, *ibid.*, 10 (1969), n° 1, p. 61-69.

plus célèbre est la guerre contre l'occupation française par les paysans espagnols. On peut citer également les paysans chinois, qui ont rallié en masse les troupes communistes, lorsque celles-ci eurent fait la preuve de leur plus grande efficacité dans la lutte contre les envahisseurs japonais. A dire vrai, la guerre paysanne, dans une telle conjoncture, est une réponse parmi d'autres possibles ; une autre est le messianisme et le millénarisme.

Ainsi les guerres paysannes comportent au moins quatre sous-types. Répétons que types et sous-types ne sont pas exclusifs l'un de l'autre, mais sont des outils mentaux servant à construire les phénomènes. Dans la réalité, un même mouvement peut comporter plusieurs sous-types. En particulier, le quatrième donne lieu à des phénomènes d'une intensité extrême lorsqu'ils sont accompagnés de plusieurs autres. Ainsi, un mouvement de libération nationale appuyée par la paysannerie se double nécessairement — ne serait-ce que pour décupler les énergies — d'une remise en question des rapports sociaux dans les campagnes (1).

Le fait remarquable est que, quelle que fût l'ampleur des soulèvements — et certains, tel celui de Pougatchev, gagnèrent la quasi-totalité du pays — ils aboutirent rapidement à la défaite. Cela s'explique aisément par le fait que, sauf le quatrième sous-type, la conquête du pouvoir de l'Etat n'est possible ni objectivement (premier sous-type), ni subjectivement (dans le deuxième, les problèmes sont locaux ; dans le troisième, le but poursuivi exclut la prise du pouvoir). Sauf le quatrième sous-type, disons-nous, car, dans ce cas, la guerre paysanne intervient comme composante dans un mouvement plus vaste : nous avons alors une révolution, ce qui pose de tout autres

(1) C'est pourquoi le dilemme que pose Lucien BIANCO — dans son excellente mise au point, *Les origines de la Révolution chinoise*, Paris, Gallimard, 1967 —, la Révolution chinoise est-elle nationaliste ou sociale ? est un faux dilemme. Elle est évidemment les deux à la fois.

problèmes. Inversement, en période révolutionnaire, l'absence ou la présence de mouvements paysans est un facteur capital. La différence d'intensité entre les révolutions anglaise et française, du moins à leur début, tient essentiellement à ce fait : les campagnes anglaises sont restées remarquablement calmes, alors que la province française a connu la Grande Peur. De même, Lénine a commencé à entrevoir la possibilité de s'emparer du pouvoir, lorsque les campagnes se sont mises à bouger, en août-septembre 1917 (1).

b) *Les guerres serviles*

L'aspect le plus frappant est leur rareté. Pour un observateur contemporain, nourri depuis des siècles d'une idéologie fondée sur les exigences de liberté et d'égalité, la condition de l'esclave paraît la plus propre à nourrir des mouvements révolutionnaires. Il n'en est rien. Pour des raisons évidentes. Le fond de la condition d'esclave est la coupure brutale — à la suite de guerres ou de rapts — d'hommes d'avec leur environnement physique et social ; cela entraîne un véritable effondrement mental, caractérisé, en particulier, par la perte très rapide de toute mémoire préesclavagiste. La révolte ne peut donc être, en son essence, une volonté de ressaisir un passé ni de retrouver une condition qui ont disparu. Les nouvelles conditions de vie tendent à développer de nouvelles formes de socialisation, marquées soit par l'intégration subordonnée dans la société des maîtres (cas des esclaves domestiques), soit par la constitution de groupements originaux, qui répondent à l'oppression par une libération imaginaire dans la sphère mystique (cas des esclaves des plantations). En fait, la révolte intervient généralement lorsqu'on tente de les retirer, pour les vendre, de ces liens nou-

(1) Voir la mise au point de Pierre Sorlin, Lénine et le problème paysan en 1917, in *Annales E.S.C.*, 19 (1964), n° 2, p. 250-280.

veaux ; cette révolte se traduit souvent par la fuite ou marronnage (1). Une autre forme, fréquente chez les esclaves domestiques, est le brusque sursaut, irrationnel et sanglant, qui mène au massacre des maîtres (2). Enfin, rappelons une forme individuelle de révolte et de libération : le suicide (3).

Pour que de telles explosions dépassent le cadre purement local, il faut, ou bien que de grandes masses d'esclaves soient réunies en un même lieu (4), ou bien que les forces de l'ordre soient affaiblies (soit en raison de troubles intérieurs ou extérieurs, soit en raison d'un déséquilibre organique entre la masse des esclaves et les forces de répression disponibles), ou bien, mieux encore, que ces deux conditions soient réunies. L'absence de toutes ces conditions explique l'absence de guerres serviles aux Etats-Unis (5).

Par contre, l'une ou l'autre, ou toutes, ont été remplies à plusieurs reprises dans l'Antiquité. Dans le monde grec classique, la seule concentration importante d'esclaves se rencontrait sur les mines de plomb argentifère du Laurion (6). C'est en ce lieu que l'historiographie note deux

(1) Yvan DEBBASCH, Le marronnage. Essai sur la désertion de l'esclave antillais, in *L'Année sociologique*, 3e série, 1962, p. 1-112 ; 1963, p. 117-195.

(2) Le parallèle avec les crimes des « bonnes à tout faire », déjà signalé, est évident. D'où, à Rome, la législation sanguinaire qui vise les crimes d'esclaves : toute la « familia » du maître assassiné est vouée à une mort atroce.

(3) Roger BASTIDE, Le suicide du Nègre brésilien, in *Cahiers internationaux de Sociologie*, 12 (1952), p. 79-90.

(4) Ce qui suppose, à son tour, le bon marché de la main-d'œuvre servile, l'existence d'entrepreneurs disposant d'énormes capitaux et un mode de production requérant la concentration d'armées serviles dans une même entreprise. Toutes conditions exceptionnellement remplies dans le passé.

(5) Une exception, peut-être : la révolte de Nat Turner en 1831, qui survient en une phase de lutte abolitionniste. Aucune statistique sérieuse ne permet d'en apprécier l'ampleur. Cf. Herbert APTHEKER, *Nat Turners slave rebellion*, New York, Grove Press, 1968.

(6) On ne dispose évidemment pas de statistiques, mais l'on sait que Nicias, à l'époque de la guerre du Péloponnèse, louait mille esclaves aux concessionnaires de l'Etat athénien.

grandes révoltes, en 130 et en 103 av. J.-C., à une époque où Athènes était déjà exsangue. Une autre révolte est signalée à Délos en cette même année 130 (1), Délos, le grand marché des esclaves, qui s'y concentraient avant d'être dispersés vers l'Occident romain. C'est précisément dans l'aire romaine, en Sicile et en Italie du Sud, que sont nées, à trente ans d'intervalle, deux des guerres serviles les plus célèbres. En ces régions, de riches habitants de la Ville avaient succédé aux Grecs (Sicile orientale) ou aux Carthaginois (Sicile occidentale) sur de grands domaines latifundiaires, consacrés à l'élevage et au blé (2). Endémiquement, ces territoires étaient troublés par un banditisme entretenu par des esclaves évadés. En 135 av. J.-C., à la suite de l'assassinat d'un couple de maîtres particulièrement haïs, une révolte se développe dans la partie grecque de l'île. Un certain Eunous, originaire d'Apamée, qui se disait en relations avec la déesse syrienne (3), se met à la tête du mouvement et se consacre roi, sous le nom royal d'Antiochos. Une autre révolte éclate dans la partie punique, sous la direction d'un Cléon de Cilicie. Il accepte l'allégeance à Antiochos, qui se trouve à la tête d'une armée de 20 000 hommes. Des expéditions punitives lancées par Rome échouent, et les troupes comptent 70 000 hommes. Des séditions éclatent dans toute la péninsule et même dans Rome. Ce n'est qu'en 132 qu'une expédition mieux menée vient à bout du mouvement et l'écrase dans un bain de sang (4). Une deuxième révolte, survenue dans les mêmes conditions et dans les

(1) La concordance des dates oblige à soulever la question d'une diffusion possible. Cette hypothèse — indémontrable à partir de notre documentation — peut se fonder sur le fait que les nouvelles étaient transmises par des messagers qui étaient eux-mêmes des esclaves.

(2) C'est pourquoi les révoltes ont généralement lieu en été, au moment de la moisson.

(3) Notons, au passage, cet aspect idéologique, important.

(4) Jérôme Carcopino, Des Gracques à Sulla, in *Histoire générale de Gustave Glotz*, Paris, Presses Universitaires de France, 3e éd., 1952, p. 186-190.

mêmes régions (1), éclate en 104 et n'est matée, après de nombreux revers, qu'en 101. La troisième guerre et la dernière, la plus célèbre, éclate en 73 av. J.-C. dans une école de gladiateurs, sous la direction de Spartacus (2). Elle regroupe rapidement 60 000 insurgés des grands domaines d'Italie du Sud, essentiellement des Celtes et des Germains, réduits en esclavage à la suite des guerres contre les Cimbres et les Teutons. Il fallut à Rome monter une véritable expédition pour en venir à bout en 71 et en tirer une vengeance exemplaire : 6 000 insurgés furent crucifiés tout au long de la Via Appia, de Rome à Capoue. Ensuite, les guerres serviles disparaissent de l'histoire de Rome, d'abord parce que les guerres civiles offrent des débouchés aux esclaves en rupture de ban dans les armées des concurrents, ensuite parce que les troupes d'esclaves disparaissent avec la fin des grandes conquêtes.

Répétons-le, ces mouvements sont fort rares, parce que les conditions requises sont exceptionnellement remplies. Ils sont également entièrement dépourvus de perspectives réalistes — sauf des velléités chez Spartacus — parce que l'esclave, coupé de ses origines, ne peut vouloir un retour à un passé magnifié. Cette impossibilité objective de trouver une solution réelle à leurs problèmes explique le caractère férocement sanguinaire de ces guerres : une tension qui ne se résout pas en action rationnelle débouche toujours sur une violence sauvage. On comprend, enfin, aisément les échecs répétés et rapides. Une guerre servile fait l'unanimité de tous les sociétaires, qui sont tous également menacés, non qu'ils profitent tous de l'exploi-

(1) Notons que le chef de la révolte à l'est, Salvius, devenu roi sous le nom de Tryphon, était versé dans l'haruspicine ; à l'ouest, le chef, Athénion, avait une réputation d'astrologue, *ibid.*, p. 343-344.

(2) Originaire de Thrace, peut-être d'ascendance royale. On ne lui connaît pas d'auréole mystique. C'est probablement ce qui explique l'aspect réaliste de son aventure, puisqu'il voulut entraîner ses troupes à travers toute l'Italie, pour les ramener dans leur pays d'origine. Parvenus en Gaule cisalpine, ils rebroussèrent chemin, sans qu'on sache pourquoi.

tation du travail servile, mais parce que la violence des esclaves, du fait de son irrationalité, ne respecte personne. Les tensions s'apaisent provisoirement et les factions se réconcilient devant le danger commun. L'issue est donc inévitable : les esclaves n'ont jamais réussi de révolution, à supposer qu'ils l'aient jamais tenté (1).

c) *Les émeutes plébéiennes*

Nous proposons de réserver le terme de plèbe non pas à l'ensemble des groupes sociaux qui composent les couches inférieures des populations des grandes villes, mais à un groupe social spécifique dont les traits caractéristiques sont les suivants (2). On ne la trouve que dans des capitales, siège du souverain (chef d'une Eglise, dans le cas de Rome et du pape), entouré d'une cour, d'un gouvernement de dignitaires, d'aristocrates, le tout constituant une élite dirigeante nettement tranchée par rapport au reste de la population. Immédiatement au-dessous de cette couche dirigeante, on a la plèbe, composée de petites gens, avec ou sans métier, mais nettement distincte de la tourbe des

(1) On pourrait objecter à cette affirmation le cas célèbre de Toussaint Louverture et des Noirs de Haïti. Le contexte est cependant très particulier, puisque l'insurrection est consécutive à la suppression de l'esclavage par la Convention et qu'elle s'inscrit dans une situation diplomatico-stratégique très mouvante.

(2) Eric J. Hobsbawm, *Les primitifs de la révolte dans l'Europe moderne*, Paris, Fayard, 1966, p. 130-134. Nous n'examinons donc pas, ici, les troubles propres aux foules urbaines. Nous aurons à revenir sur certains de leurs aspects à propos des révolutions. Il serait intéressant d'analyser les formes de conflits propres à ces foules. Ainsi, la moindre répartition en groupements distincts semble déclencher, au moins dans l'Empire romain, des conflits sanglants : factions du cirque, associations professionnelles, sectes religieuses au IIIe siècle, élections épiscopales au IVe siècle, etc. Tant il est vrai que l'agressivité trouve toujours le moyen de s'exprimer ! Cf. R. Mac Mullen, *Enemies of the roman Order. Treasion, Unrest and Alienation in the Empire*, Cambridge (Massachusetts), 1966. — On trouvera une mise au point sur les émeutes à Antioche (en 354, 372 et 387) dans Paul Petit, *Libanius et la vie municipale à Antioche au IVe siècle apr. J.-C.*, Paris, Librairie orientaliste Paul Geuthner, 1955, p. 234-245.

marginaux qui peuplent les bas-fonds (1). Les liens entre les maîtres et la plèbe sont très particuliers et marqués par un système d'échanges original. Les maîtres s'engagent à entretenir le petit peuple, soit directement par des gratifications, soit indirectement par leurs dépenses de luxe qui font vivre une pléiade de petits métiers. En retour, la plèbe assure les maîtres de son soutien, au moins négativement, en ne développant pas de troubles. Le cas le plus célèbre de plèbe est, évidemment, celui de Rome, où elle était devenue une véritable institution (2). Depuis les Gracques, des distributions gratuites de grain étaient faites au bénéfice de la plèbe de la ville. Auguste rendit le système définitif : 150 à 200 000 bénéficiaires — entre 300 et 400 000 avec les familles —, régulièrement enregistrés, devaient, une fois par mois, se rendre au portique de Minucius pour recevoir leur part. De temps à autre, des dons en argent, les congiaires, venaient s'y ajouter. Le tout semble avoir été suffisant pour les faire vivre dans l'oisiveté. Notons que ces plébéiens sont une aristocratie populaire (il fallait être né et domicilié à Rome, de naissance libre), qui se veut distincte de la *plebs infima* ou *sordida*. A ces dons en nature et en argent s'ajoutaient les spectacles, les jeux de cirque, où de menus cadeaux (les *missilia*) étaient distribués. Le point important est que toutes ces gratifications sont perçues comme un droit et non comme une faveur. Il s'ensuit que les maîtres ne pouvaient s'en dispenser sous peine de désordres

(1) Une telle stratification sociale ne peut se retrouver que dans des cités préindustrielles. Avec l'industrialisation, la stratification se complique considérablement par apparition de nouveaux groupes. La tripartition : dirigeants, plèbe, canaille, suppose une véritable limitation aux activités industrielles, ce qui signifie, concrètement, que de telles cités freinent effectivement le procès d'industrialisation. A l'heure actuelle, seule la ville de Rome — où les activités autres que tertiaires sont des plus réduites — rappelle de très loin une organisation de ce type.

(2) Jean GAGÉ, *Les classes sociales dans l'Empire romain*, Paris, Payot, 1964, p. 125-129. Pour une étude détaillée des rapports entre la plèbe et l'empereur, voir Z. YAVETZ, *Plebs and Princeps*, Oxford, Clarendon Press, 1969.

graves : consuls et préteurs s'y ruinaient généralement en un an de magistrature (1).

Nulle part ailleurs, ce système n'a atteint une telle perfection. Dans la Rome pontificale, à Naples, Palerme, Byzance, Istamboul, Vienne, l'entretien était indirect, alimenté par les dépenses de luxe et les fêtes grandioses.

Un trait ultérieur est la quasi-identification de la plèbe avec sa ville et ses maîtres. Leur prestige rejaillit sur elle et il se crée de véritables liens d'affection entre les uns et les autres. Cette allégeance peut aller très loin, et l'on se rappelle la réflexion désabusée de Napoléon sur l'accueil chaleureux réservé à l'empereur d'Autriche par sa bonne ville de Vienne après Austerlitz. De même, la plèbe romaine était étroitement associée aux triomphes militaires de ses Empereurs (2). Tout cela développe un véritable chauvinisme municipal, qui peut aller jusqu'à la violence partisane.

Un dernier trait est que élite dirigeante et plèbe sont les bénéficiaires associés de l'exploitation économique soit des campagnes environnantes (Naples, Palerme), soit d'un Empire (Rome, Byzance, Istamboul, Vienne), soit d'un « marché » spirituel et touristique (Rome pontificale). Leurs intérêts sont si évidemment liés qu'il n'est jamais question de rompre le contrat social qui les unit, mais de le réactiver.

On comprend que dans une telle constellation politico-sociale les émeutes revêtent des aspects originaux. Elles surviennent lorsque le système des échanges est interrompu, presque toujours lorsqu'une crise économique empêche

(1) D'où l'importance majeure du service de l'annone, c'est-à-dire du ravitaillement de Rome, pendant tout l'Empire. Grâce aux blés d'Egypte, d'Afrique et de Sicile, ce service fut assuré régulièrement pendant tout le Haut-Empire.

(2) Cette absence de coupure entre l'élite dirigeante et la plèbe se traduit spatialement, comme on l'a souvent noté, par la dispersion des palais au milieu des quartiers populaires (comme on peut encore le constater à Rome), contrairement à la ville industrielle, caractérisée par la ségrégation sociale des quartiers.

les dirigeants de distribuer des largesses ou de faire travailler le marché local. L'émeute, quelque violente qu'elle soit (et elle peut être aussi sanguinaire que les guerres paysannes ou serviles) (1), n'a jamais pour but un renversement de l'ordre, mais une valeur d'avertissement pour qu'il soit rétabli dans son bon fonctionnement. On a ainsi une forme curieuse de fête ethnologique, dont une fonction essentielle est de refondre le contrat social par sa suspension périodique. Les dirigeants, de leur côté, connaissent aussi la règle du jeu : la répression est faible, on laisse le temps apaiser les passions et on pare aux difficultés immédiates par un contrôle des prix, des distributions gratuites et des dépenses destinées à assurer l'emploi.

Ces émeutes ne sont donc pour ainsi dire jamais révolutionnaires au sens politique du terme. L'inconvénient du système, pour les maîtres, est que la plèbe n'est attachée à aucun prince ou dynastie en particulier ; n'importe qui fera l'affaire, du moment que le contrat est respecté. D'où la versatilité extrême de la plèbe, qui acclame le vainqueur du moment, sans songer à défendre le vaincu, qu'il acclamait la veille. Cette ingratitude découle d'une logique profonde. Encore faut-il respecter le contrat, en particulier prendre soin de ne pas heurter le chauvinisme municipal. Pour l'avoir oublié ou ignoré, Murat a été en butte à l'opposition des Napolitains et s'en est très mal porté.

d) *Les troubles étudiants*

Nous terminerons cette revue partielle (2) des violences révolutionnaires marginales par l'agitation étudiante, puisque aussi bien elle est d'actualité. Comme toujours pour

(1) A condition de trouver un bouc émissaire, par exemple les chrétiens sous Néron.

(2) Partielle, parce que nous ne pouvions, dans le cadre qui nous était imposé, procéder à une revue exhaustive. Le lecteur comprendra de lui-même que n'importe quel groupe social développe une agressivité du présent type, caractérisée par une violence *irrationnelle* contre l'ordre.

les faits d'actualité, les contemporains sont victimes de l'illusion de l'inédit. Or l'histoire de l'enseignement supérieur, dès que celui-ci regroupe en un même lieu des masses de jeunes adultes, n'est qu'un tissu de troubles (1). Une fois de plus, au-delà de la simple constatation du déchaînement de la violence qui s'en prend aux biens et aux personnes, il convient de noter plusieurs finalités.

L'on a d'abord le chahut pur et simple, forme traditionnelle et naturelle de décharge contre les contraintes de l'autorité magistrale. Ces faits sont d'une expérience trop constante pour qu'il soit nécessaire d'y insister.

Les conflits opposent aussi les étudiants entre eux. La pluralité des « nations » représentées à l'Université de Paris favorisait les luttes. De toute façon, la population estudiantine n'est jamais à ce point homogène que des factions n'y puissent se former et se battre : faculté contre faculté, école de pensée contre une autre, familles politiques entre elles... La gent des écoles est naturellement belliqueuse et n'a jamais été en peine pour trouver des prétextes à querelles intestines.

Une forme plus rationnelle, nous voulons dire où la perception d'un objectif précis à atteindre apparaît, est la lutte étudiante contre les formes de l'enseignement. Un enseignement qui a fait ses preuves tend à se perpétuer dans l'être et à rejeter toute innovation ; l'organisme universitaire est un des plus conservateurs qui soit. Les innovations viennent donc de l'extérieur, c'est-à-dire des futurs maîtres qui, en attendant, ruent dans les brancards. L'exemple le plus fameux de cette forme de rébellion est l'opposition d'Abélard à Guillaume de Champeaux. A chaque génération, ou presque, le même phénomène se poursuit. Le XXe siècle n'a rien inventé sur ce point, sinon que ces rébellions se sont remarquablement adoucies

(1) André COUTIN vient de les retracer fort opportunément pour l'Université de Paris, *Huit siècles de violence au Quartier Latin*, Paris, Stock, 1969.

dans leurs manifestations, si l'on en croit les récits médiévaux, autrement sanglants et dévastateurs.

Enfin, une dernière (1) forme est l'opposition de l'Université en son ensemble, comme corps constitué autonome, à toute autorité extérieure, qu'elle soit civile ou religieuse. L'ennemi intime de l'étudiant, depuis des siècles, est le guet et les « flics », et réciproquement. Intime, c'est dire que le lien qui les oppose, les unit aussi et dépasse le simple problème du maintien ou du refus de l'ordre. On pourrait presque parler d'un « complexe du flic » et d'un « complexe de l'étudiant ». A vrai dire, cette quatrième forme vaut surtout pour l'Occident depuis mille ans, qui, sur le plan politique, est caractérisé par la limitation, plus ou moins réussie, imposée au pouvoir : l'autonomie universitaire est impensable dans un régime despotique. Cela expliquerait pourquoi cette forme ne se rencontre pas hors d'Occident.

B) LES CONTRE-SOCIÉTÉS

Rappelons que nous entendons par là des formes plus radicales d'opposition à l'ordre, en ce sens que celle-ci se traduit par la sortie hors de l'ordre et l'entrée dans des sociétés qui défendent ouvertement d'autres valeurs et prétendent instaurer, à tout le moins en leur sein, un ordre nouveau. On ne peut plus s'exprimer en termes de marginalité et d'anomie ; il vaudrait mieux parler d'antinomie ou, pour se faire mieux comprendre, de contre-sociétés. La différence se traduit d'abord — c'est le trait le plus frappant — par la diminution de la violence. Ces contre-sociétés n'explosent pas en un mouvement dévastateur, bref et sans lendemain ; la violence est plutôt le fait

(1) Nous ne parlons pas ici du rôle, évident et constant — du moins en Occident —, des étudiants dans les révolutions au sens étroit du terme. Nous aurons encore l'occasion d'y faire allusion par la suite.

de l'ordre, qui n'admet pas ces dissidences et prétend les supprimer — d'ailleurs avec une réussite presque constante. Un deuxième trait est la limitation des effectifs concernés. Alors qu'une guerre paysanne peut, en certaines circonstances, gagner des millions d'individus, les contre-sociétés n'en regroupent que quelques-uns : moins d'une dizaine pour certaines bandes de brigands, jusqu'à quelques dizaines de milliers pour certains mouvements millénaristes. Lorsque, par extraordinaire, les effectifs vont au-delà de ces chiffres, nous sommes dans une conjoncture radicalement différente, qui est proprement révolutionnaire (1). Un troisième trait, qui découle du concept de contre-société, est l'importance aussi bien de l'idéologie que de l'organisation interne ; les contre-sociétés représentent des alternatives généralement cohérentes à la société dominante. Ce qui permet de les dis-

(1) Ainsi le mouvement Taï Ping, qui gagna des millions d'individus. En son fond, c'est un mouvement millénariste qui, en raison du délabrement du régime mandchou, s'était transformé en mouvement révolutionnaire massif. Sans l'aide apportée par les Occidentaux à l'empereur, il est probable que le mouvement aurait abouti à l'instauration d'une nouvelle dynastie. Il n'aurait fait que reproduire un procès récurrent dans l'histoire chinoise. Cf. Henri MASPERO, Comment tombe une dynastie chinoise : la chute des Ming, in *Etudes historiques*, Paris, Presses Universitaires de France, 1967, p. 209-225. — Sur les Taï Ping, on pourra consulter la mise au point de Jean CHESNEAUX, La Révolution Taïping, d'après quelques travaux récents, in *Revue historique*, 209 (janv.-mars 1953), p. 33-57.

Encore plus remarquable est le cas de la Révolution abbasside (749), qui a commencé sous la forme d'un mouvement messianique classique, et a abouti à un changement de dynastie et au transfert du centre de gravité de l'Islam, de Syrie (Damas) en Mésopotamie (Bagdad). Cf. l'étude de Claude CAHEN, Points de vue sur la Révolution abâside, in *Revue historique*, 230 (oct.-déc. 1963), p. 295-338.

Sans parler du cas exceptionnel que représente le rôle des sectes dissidentes dans la Révolution anglaise du XVIIe siècle. Le rôle qu'elles ont joué tient à une conjoncture rare, qui leur a permis de parvenir au pouvoir avec Cromwell. On pourrait, de même, soutenir — en se gardant de l'ire des croyants — que les bolcheviks ne constituaient qu'une secte idéologico-politique assez banale, qui n'a dû d'arriver au pouvoir qu'à une conjoncture de la plus haute improbabilité.

Bref, nous n'envisageons — répétons-le — que des types et non des événements.

tinguer des révolutions est la faiblesse des moyens mis en œuvre pour conquérir la société globale, c'est-à-dire, pour aller droit à l'essentiel, leur incapacité politique ou leur indifférence envers la politique. On ne note jamais une analyse rationnelle du rapport des forces, ni la construction d'une stratégie efficace pour conquérir le pouvoir.

Ce troisième trait nous permet d'opérer une distinction, que nous croyons utile, entre deux grands sous-types. Le premier, que l'on nommera escapisme ou fuite sociale, consiste en la création de communautés coupées de la société globale et qui ne visent à l'investir que par l'influence de leur exemple, dans le cas le plus ambitieux. Le deuxième, agressif et conflictuel, entre nécessairement en guerre active avec l'ordre, qu'il menace et qui se défend en attaquant.

1. La fuite sociale

Nous n'en parlerons ici que pour mémoire ou pour soulever quelques problèmes, car ou bien ces formes font l'objet d'études spécialisées ou bien elles sont si récentes qu'elles attendent leurs analystes. Nous pensons, par exemple, au *monachisme.* Non certes à toutes les variétés de monachisme, mais à celles qui, ostensiblement, quittent le monde pour vivre leur foi avec toute l'intensité désirable. Les deux grandes vagues de fondations de communautés contemplatives se situent, pour l'Occident, au Bas-Empire et aux XIe-XIIe siècles ; elles sont parallèles, d'une part, à la décadence et à l'ossification de l'Empire, et, d'autre part, à la renaissance des villes, de la vie de relation et de l'activité économique (1). Sans nier l'aspect

(1) La réforme introduite par Bernard de Clairvaux dans l'ordre de Cluny a consisté, en premier lieu, à installer les communautés dans les solitudes. Au contraire, dominicains et franciscains se sont mêlés à la foule urbaine, manifestant une orientation radicalement différente. Même opposition entre les jésuites, mêlés au monde, et les trappistes, qui s'en retirent.

positif de leur choix — vivre plus intensément la foi —, on ne peut manquer de souligner le refus, au moins implicite, des valeurs qui règlent la vie en société. Le succès extraordinaire des ordres contemplatifs aux Etats-Unis depuis plus de trente ans ne peut s'expliquer que par le désir de fuir les contraintes de la vie contemporaine. On trouverait sans difficulté des exemples parallèles dans d'autres religions « supérieures », l'hindouisme en particulier, exemples liés soit à une structure sociale jugée insupportablement rigide, soit aux malheurs du temps et à la volonté d'y échapper.

On pourrait nous objecter — et nous nous inclinerions sans difficulté — que le type précédent se situe à la limite extrême du phénomène révolutionnaire. Si, en effet, un certain monachisme est une forme de fuite sociale, les valeurs qu'il défend ne sont pas nécessairement contraires à celles de la société globale : il pousse à leur plus haut point une tendance généralement reçue dans la société. Ainsi, ni sous le Bas-Empire, ni à l'aube de l'Occident moderne, les moines n'étaient les seuls à défendre des valeurs religieuses que leur temps aurait condamnées. Cela expliquerait que l'élite dirigeante ne se soit pas sentie menacée et n'ait pas combattu le monachisme. Par contre, certains types contemporains de fuite sociale sont évidemment contestataires. Nous pensons aux mouvements *beatniks* et *hippies* (1). En leur fond, ce sont des contre-sociétés dressées contre la société industrielle et décidées à vivre d'autres valeurs, comme le jeu, la fête, l'amour, le loisir, la contemplation. Il n'y a donc aucun mystère qu'elles soient apparues d'abord dans la nation la plus industrialisée, aux Etats-Unis. Le sens de ces mouvements est clair : offrir des alternatives cohérentes aux contraintes

(1) On peut consulter, en attendant des travaux scientifiques, le livre d'un journaliste : Michel LANCELOT, *Je veux regarder Dieu en face (le phénomène hippie)*, Paris, Albin Michel, 1968.

que suppose la vie dans nos sociétés. En cela, leur originalité historique est faible. Elle apparaît, au contraire, dans le fait que les valeurs dont ils se réclament doivent être celles qui donnent l'impression d'être les plus battues en brèche dans nos sociétés : ce sont les négatifs de l'ordre (1). C'est pourquoi il ne faut pas minimiser ces contre-sociétés, qui constituent de véritables laboratoires, où les sciences sociales peuvent observer des phénomènes qui éclairent, par le fait même que ce sont des réactions, la société globale. Nous retrouvons ainsi une hypothèse scientifique qui nous paraît féconde : on ne connaît rien d'une institution sociale quelconque, ni de l'essence d'une société, tant que l'on n'a pas détecté et analysé ce qui les nie. Ce qui peut s'exprimer encore ainsi : une institution quelconque n'est que le triomphe provisoire d'un possible parmi d'autres, qui restent latents ou resurgissent dans des contre-institutions.

Une originalité de notre société tient à l'importance quantitative que *peuvent* prendre ces contre-sociétés. En effet, jusqu'au XXe siècle, l'humanité a vécu sous la contrainte rigide de la rareté des richesses. La proportion de la population qui pouvait se permettre de vivre en dehors de l'ordre, tout en en tirant sa subsistance, ne pouvait être que très limitée (2). L'augmentation de la productivité et du surplus, caractéristique de notre société, rend possible une extension de cette proportion : le parasitisme social devient, tendanciellement, une issue dont il faudra tenir compte. Il va de soi qu'une autre condition doit être remplie pour que les contre-sociétés du type beatnik ou hippy se multiplient : il faut que l'ordre les tolère, c'est-à-dire que le pouvoir ne soit pas monopolisé au profit d'une seule interprétation de la vie en société. Ou,

(1) Ou réciproquement, selon les préférences.

(2) Sauf à subvenir eux-mêmes à leurs propres besoins, comme faisaient les moines du Moyen Age.

pour parler plus clairement, le pluralisme politique seul permet le pluralisme culturel (1). En tout cas, la multiplication des contre-sociétés escapistes nous apparaît comme une orientation *possible* de l'Occident contemporain. C'est pourquoi il conviendrait de les étudier de plus près, c'est-à-dire autrement que comme des sujets d'articles à sensations. Les ethnographes — car ces faits relèvent de leurs techniques — se trouvent devant un champ d'étude neuf et passionnant.

L'un d'eux (2) s'est intéressé avec bonheur à un phénomène contemporain qui soulève les passions : *les bandes de jeunes* dans les sociétés industrielles. Abandonnant le point de vue sociologique traditionnel, qui, à partir d'un matériel policier et judiciaire, les étudie comme des déviants marginaux, des délinquants qui relèvent de la pathologie sociale (3), il propose de les envisager comme des sous-cultures particulières, définies par une « combinaison hiérarchisée d'éléments culturels » (4). A ce titre, on peut et on doit les étudier, d'une part en elles-mêmes, comme des formes définies de contre-sociétés, et, d'autre part, par rapport à la société globale. Sur le premier point (5), l'auteur arrive à des résultats intéressants. Les bandes naissent d'une rupture avec la famille et d'un refus de la société : « La bande est un milieu spécifiquement juvénile, et qui doit sa cohésion à cette double négation » (6). Cette

(1) En régime de monopole politique, les déviants culturels deviennent des éléments antisociaux ou contre-révolutionnaires qui sont voués à l'extermination ou à la « rééducation ».

(2) Jean MONOD, *Les Barjots. Essai d'ethnologie des bandes de jeunes*, Paris, Julliard, 1968.

(3) Voir, pour la France, les études du Centre de Vaucresson. Cela ne veut pas dire qu'il n'y ait pas une délinquance juvénile en tant que telle, qui, dans notre typologie, figurerait dans le chapitre du crime. Nous pensons simplement, avec Jean Monod, qu'étudier les bandes de ce seul point de vue fait manquer l'essentiel.

(4) *Op. cit.*, p. 38.

(5) Nous reviendrons sur le deuxième dans le chapitre consacré aux variables sociologiques.

(6) *Op. cit.*, p. 459.

étiologie précise entraîne des conséquences spécifiques. Ainsi, le système des valeurs des bandes est défini par une série de renversements. Le refus négatif du travail se transforme en affirmation positive de l'antitravail, c'est-à-dire en recherche du profit par des moyens illégaux (1). De même, « les relations que les membres entretiennent les uns avec les autres ne sont pas fonction de la situation éventuelle que chacun occupera dans l'avenir ; ce sont des relations « actuelles », qui reposent uniquement sur les qualités mutuellement reconnues de chacun. La force physique est placée particulièrement haut dans la hiérarchie des qualités immédiates » (2).

Les bandes constituent ainsi des systèmes sociaux cohérents, avec leurs hiérarchies de pouvoir, leurs valeurs, leurs rites, leurs représentations du temps, de l'espace, de la société, leurs conflits, leurs comportements spécifiques (violence, vol, affectation homosexuelle, exubérance), leurs problèmes économiques, etc. (3). L'on est loin des interprétations réductrices, pour lesquelles les bandes « ne » sont « que » des ratés de la socialisation. Au demeurant, « tous les membres d'une bande « dé- « viante » ne sont pas « délinquants », et ceux qui le sont ne s'adonnent pas uniquement à des activités délinquantes » (4). Bien plus, les faits montrent que, individuellement, les jeunes des bandes ne passent à la criminalité pure et simple qu'après un passage en prison, au contact des adultes et par haine de la société qui ne se présente à eux que sous les figures du policier et du juge.

Nous avouons que l'explication générale de l'auteur — empruntée à Claude Lévi-Strauss — n'a pas emporté

(1) Parler de profit est d'ailleurs abusif. On note souvent des vols purement gratuits, aboutissant parfois à la destruction immédiate de l'objet volé.

(2) *Op. cit.*, p. 460.

(3) *Op. cit.*, p. 37-39.

(4) *Op. cit.*, p. 37.

notre conviction. Selon lui, les bandes de jeunes recréent la diversité culturelle que la société industrielle tend à remplacer par l'uniformisation. « Il y a une marge de diversité au-delà de laquelle les sociétés s'émiettent, tandis qu'en-deçà elles étouffent. Or, que sont les « blousons noirs », sinon le rétablissement sur l'axe vertical des groupes d'âge successifs, d'une diversité qui tend à disparaître, horizontalement sur le plan géographique » (1) ? L'hypothèse d'une uniformisation culturelle nous paraît relever de ces lieux communs mythiques, qu'on se garde d'étayer par la plus petite amorce de preuve (2). Mais laissons, pour le moment, ce problème, pour relever que les bandes de jeunes sont un phénomène constant, partout où le passage à l'âge adulte se fait mal : à l'époque des croisades, on a eu des croisades d'enfants (3) ; pendant la guerre de Cent ans, pendant la guerre civile russe, pendant la République de Weimar (4), on a assisté à une prolifération de bandes de jeunes. Quoi qu'il en soit, il demeure scientifiquement rentable de les étudier en elles-mêmes, comme des contre-sociétés cohérentes. Au demeurant, l'on aura compris que c'est la thèse que nous défendons dans toute cette section.

2. Les contre-sociétés agressives

Les sous-types sont ici nombreux et, en général, bien individualisés. Nous précisons une fois de plus que nous

(1) *Op. cit.*, p. 17.

(2) Personnellement, nous aurions tendance à considérer que l'époque contemporaine est caractérisée par un degré de diversité jamais atteint dans l'histoire, et que c'est précisément cette diversité qui fait problème. Nous aurons l'occasion de revenir sur ce point.

(3) Paul Alphandéry, Alphonse Dupront, *La chrétienté et l'idée de croisade*, Paris, Albin Michel, t. II, 1959, p. 115-148.

(4) Sur le dernier point, quelques indications dans Hermann Meier-Cronemeyer, Die Politik der Unpolitischen. Marginalien zu Schriften der und über die Jugendbewegung, in *Kölner Zeitschrift für Soziologie und Sozialpsychologie*, 1965, 17, n° 4, p. 833-854.

ne visons pas à l'exhaustivité. Le sous-type le plus fréquent, le plus constant même, est celui des sectes.

a) *Les sectes*

Nous proposons de donner à ce terme une acception technique. Ce sont des formations sociales qui apparaissent toujours *en marge* des grands mouvements religieux ou idéologiques, définis comme grands parce qu'ils ont réussi à constituer un ordre imposé à et admis par toute une société. Le rapport des sectes et des grands mouvements est celui qui unit et distingue hérésie et orthodoxie. On peut définir l'orthodoxie comme *l'ensemble* des vérités, dogmes ou postulats reçus par une communauté de croyants, qui acceptent que chacun mette l'accent sur tel ou tel aspect du message sans remettre en cause l'ensemble. Au contraire, l'hérésie, comme le suggère son étymologie — αἵρεσις = choix —, consiste à distinguer tel ou tel élément, à le valoriser au détriment de tous les autres et à en faire la clef de voûte du système (1).

Ainsi une hérésie dépend toujours d'une orthodoxie, une secte d'une église (2). Le fait remarquable est que l'inverse est tout aussi vrai : une église est toujours entourée de sectes. L'explication semble en devoir être la suivante. Une église regroupe des masses importantes, a pignon sur rue, doit tenir compte des réalités ; elle est donc obligée de reconnaître et d'admettre la diversité des tempéraments et des interprétations, et de se risquer à des compromis. Tout individu qui se refuse à ces compromis internes et externes aura tendance à se replier sur une position où la pureté de la foi sera défendue. Or ce refus peut provenir aussi bien d'une foi intense que d'une exclu-

(1) Cf. M. D. Chenu, Orthodoxie et hérésie : le point de vue du théologien, in *Annales E.S.C.*, 18 (1963), n° 1, p. 77-78.

(2) Le lecteur aura compris que ce terme ne désigne pas seulement les églises religieuses, mais tout groupement humain fondé sur une idéologie.

sion objective, liée à l'appartenance à un groupe social qui n'est pas reconnu. Autrement dit, les sectes recrutent, d'une part, dans les exaltés et, d'autre part, dans les marginaux (1).

Cette étiologie permet d'interpréter quelques traits spécifiques. L'ennemi principal des sectes est moins la société globale que l'église dont elles sont un surgeon, du moins c'est contre elle qu'elles décochent leurs flèches les plus acérées. La pureté étant leur exigence fondamentale, elles subissent des procès constants de scissiparité ; une fraction juge que la pureté est entachée et crée une secte nouvelle, plus rigoureuse. C'est pourquoi, il n'y a jamais une secte, mais un pullulement. A l'époque contemporaine, le processus a été particulièrement intense dans les mouvements socialistes, donnant naissance à d'innombrables groupuscules, qui ont bénéficié de l'éclairage de l'actualité en mai 1968.

b) *Le brigandage* (2)

Le brigand est une figure originale et remarquablement fréquente de l'univers social préindustriel, c'est-à-dire, pour être bref, des sociétés agraires. Le nom qui le définit le mieux est celui de hors-la-loi, où il faut entendre un mouvement volontaire de se mettre hors de la loi, hors d'un ordre institutionnel considéré comme oppresseur. S'il arrive que le brigand soit un solitaire (par exemple en Sardaigne) (3), il est généralement en bande, de l'ordre

(1) En particulier chez les parias, groupes professionnels (forgerons, équarrisseurs, blanchisseurs...) rejetés par la société. Cf. les merveilleuses analyses de Max WEBER sur le judaïsme primitif : *Gesammelte Aufsätze zur Religionssoziologie*, t. III.

(2) Il n'existe aucun ouvrage d'ensemble sur la question. On n'en trouve mention qu'au détour d'ouvrages divers, historiques et littéraires. HOBSBAWM leur consacre un chapitre (*Les primitifs de la révolte*, p. 27-39), à notre sens trop unilatéral, car il insiste avant tout sur l'aspect « lutte des classes » du phénomène, qui ne nous paraît pas essentiel.

(3) Franco CAGNETTA, *Bandits d'Orgosolo*, Paris, Buchet-Chastel,

de la dizaine ou de la centaine d'individus (par exemple en Russie aux XVIIe et XVIIIe siècles) (1).

Le passage à la clandestinité a toujours un sens spatial de refuge dans le désert. Cela suppose, bien évidemment, que l'emprise de la société sur l'espace soit limitée. Cette condition est remplie soit en raison de la faiblesse numérique de l'implantation humaine (cas des pays neufs où l'implantation est ponctuelle), soit à la lisière entre deux civilisations dans des zones frontières (cas de la Méditerranée à la fin des monarchies hellénistiques ou à l'époque moderne), soit, enfin, en rapport avec un mode particulier de mise en valeur du sol. C'est ainsi que Fernand Braudel a insisté, pour la Méditerranée, sur le contraste entre plaines et montagnes, celles-ci servant de refuge aux insoumis. De même l'agriculture chinoise s'est concentrée dans les vallées et les plaines, laissant à l'abandon les collines et les montagnes.

Une deuxième condition, qui prolonge la précédente, est la faible efficacité de l'appareil d'Etat, incapable d'imposer l'ordre à l'ensemble du territoire qui constitue l'unité politique. L'absence, l'inefficacité ou la faiblesse de l'administration, de l'armée, de la police permettent à certains groupes de vivre en marge et de s'attaquer à la société. Bien entendu, cette condition n'est pas propre au brigandage, mais vaut pour toute forme de criminalité, puisque aussi bien, si le gendarme était tout-puissant, il n'y aurait pas de voleur.

Une troisième condition est la facilité avec laquelle le brigand peut se fondre dans la société dont il est issu. Cela suppose l'existence de communautés, agraires et pastorales, qui forment autant de petites sociétés qui ne sont

1963. Un film de Vittorio de Seta a traité le même thème, sous le même titre.

(1) Denise Eeckaute, Les brigands en Russie du XVIIe au XIXe siècles : mythe et réalité, in *Revue d'histoire moderne et contemporaine*, juill.-sept. 1965, p. 161-202.

pas encore fondues dans un ordre étatique qui les dépasse. Il s'établit une sorte de symbiose entre les brigands et leur communauté d'origine, nécessaire ne serait-ce que pour assurer leur subsistance. Il en découle le caractère typique de cette forme d'opposition : le brigand est un héros populaire, soutenu et révéré par la population, qui voit en lui son représentant actif contre un ordre qu'elle réprouve. Ce que les institutions étatiques caractérisent comme des crimes n'est, aux yeux de la population, qu'une revanche, par personne interposée, des faibles contre les forts, des humbles contre les puissants, des pauvres contre les riches. Le maintien de cette auréole suppose que le brigand oriente ses coups contre des catégories sociales déterminées : marchands, collecteurs d'impôts, administrateurs, grands propriétaires, voyageurs, pèlerins, bref des groupes qui ne font pas partie de la communauté paysanne. En échange de son soutien, la population exige des gratifications ou des dépenses somptuaires qui font profiter tout le monde d'une part de ses rapines.

Dès que la nécessité, l'inconscience ou l'entraînement amènent les brigands à s'en prendre à leur communauté d'origine, leur auréole se brise et, de héros, ils tombent au rang de criminels purs et simples (1). A partir de là, leur sort est décidé, ils sont pourchassés ou livrés aux forces de l'ordre. On se trouve ainsi en présence de deux systèmes juridiques exclusifs l'un de l'autre : le système traditionnel reçu par la communauté et le système qu'un ordre extérieur tente d'imposer ; tant que le brigand ne transgresse pas les règles du premier, il est soutenu comme un héros ; à la première infraction, il devient coupable ; inversement, transgresser les règles du deuxième système contribue à la renommée du héros.

La configuration typique du brigandage est donc à

(1) Le 1er mai 1947, Salvatore Giuliano se laissait entraîner à massacrer une manifestation socialiste au Portello della Ginestra. C'en était fait du « brigand bien-aimé ».

trois termes : les brigands, leur communauté d'origine et un troisième élément, que nous avons appelé l'ordre, mais qui n'est autre que l'Etat. Le terme actif est, évidemment, l'Etat : c'est dans la mesure où il cherche à étendre son emprise ou qu'il est contraint de la desserrer, que des communautés traditionnelles sécrètent le brigandage comme un antidote. Cela nous autorise à distinguer, non pas trois sous-types — la figure du brigand est remarquablement uniforme —, mais trois sens différents du brigandage, en fonction de trois conjonctures particulières.

La première, celle de la dissolution d'un ordre, nous place à la limite du brigandage et du crime pur et simple. L'Antiquité nous offre les exemples les plus caractéristiques. La lutte engagée entre Romains et royaumes hellénistiques, au cours du IIe siècle av. J.-C., a entraîné la disparition de la surveillance en Méditerranée orientale, assurée auparavant par les escadres hellénistiques et la flotte de la République de Rhodes. Aussitôt la piraterie se déchaîne, entravant considérablement le commerce romain, au point que, en 102, une expédition doit être organisée contre le principal repaire de pirates, la Cilicie (1). Au cours des trois décennies qui suivent, la surveillance de Rome se relâche, occupée qu'elle est par les guerres contre les Cimbres et les Teutons, par la Guerre sociale et la Guerre civile. D'où un retour en force de la piraterie, dont Pompée finira par venir à bout. La même conjoncture se reproduit trois siècles plus tard, après le règne de Septime-Sévère (2). La dislocation économique, politique

(1) Jérôme CARCOPINO, *op. cit.*, p. 345-346.
(2) Mac MULLEN, *op. cit.*, p. 196-211 ; A. von DOMARSZEWSKI, Untersuchung zur römischen Kaisergeschichte, IV : Die Piraterie im Mittelmeere unter Severus Alexander, in *Rheiniches Museum für Philologie*, 58 (1903), p. 382-390. — Pour des temps plus proches de nous, on pourra lire — en tout cas avec plaisir — le livre de Georges BLOND, *Histoire de la Flibuste*, Paris, Stock, 1969. — Ce livre était déjà rédigé, lorsque nous avons pris connaissance du livre excitant de Gilles LAPOUGE, *Les pirates*, Paris, André Balland, 1969.

et sociale qui caractérise le Bas-Empire et la réponse que tente de lui donner l'Etat par un renforcement de son emprise sur les biens et les personnes entraînent simultanément la prolifération des évadés sociaux et l'inefficacité des forces de l'ordre. Il est probable que l'on retrouverait les mêmes phénomènes dans les longs interrègnes qui ont scandé l'histoire égyptienne et chinoise ; malheureusement, autant que nous sachions, leur étude reste à faire. En dehors de ces conjonctures exceptionnelles qui ébranlent une société dans ses tréfonds, le brigandage apparaît toujours en des circonstances mineures, telles que guerres, famines ou révolutions : Grandes Compagnies pendant la guerre de Cent ans, chauffeurs de l'Ile-de-France sous la Terreur, etc.

Une deuxième conjoncture, radicalement différente et plus intéressante, survient lorsqu'un ordre étatique tente d'imposer sa loi à des communautés autonomes. Le brigandage est, ici, coextensif à la croissance de l'Etat et a un contenu politique évident. L'Etat est, avant tout, un collecteur d'impôts, un recruteur de soldats et un monopoliste de la justice. Ainsi les brigands sont-ils avant tout des individus qui ne veulent ou ne peuvent pas payer l'impôt, des réfractaires ou des déserteurs, et des échappés de la justice. Sous Tibère, les bandes de Florus et Sacrovir écumèrent les Gaules ; sous Commode, celles de Maternus, composées avant tout de *desertores*, hantèrent à nouveau les Gaules et l'Espagne (1). En Russie, à partir du XVe siècle, on note la même réponse à l'extension jugée abusive de l'Etat despotique. Au XVIIe siècle, le phénomène s'accentue, lié à l'imposition du servage et à la persécution menée par le Tsar contre les Vieux-Croyants. Cette opposition à la croissance de l'Etat explique que les brigands ne recru-

(1) Jean GAGÉ, *op. cit.*, p. 146-148. Il est vrai que — surtout dans le premier cas — le brigandage se transforme en véritable insurrection, qui prend une dimension nouvelle de contestation de l'ordre romain, c'est-à-dire d'un ordre étranger.

tent pas seulement dans le peuple, mais également dans l'aristocratie. Beaucoup de nobles devinrent chefs de brigands ou pirates, par exemple en France (1) ou au Japon (2), dont la situation paraît caractéristique. Les familles nobiliaires engendraient, à chaque génération, un certain nombre de cadets surnuméraires. Plusieurs issues leur étaient ouvertes : se mettre au service d'un autre seigneur ; devenir moines, maîtres d'écoles, artistes, écrivains ; retomber dans la condition paysanne ; ou, enfin, constituer des bandes armées de hors-la-loi, errant de pays en pays, qui prêtaient main-forte aux paysans révoltés, organisaient des « gangs » dans les villes ou se mêlaient aux brigands. En Occident, les cadets avaient pu aussi saisir l'issue de la Croisade, de la Reconquête espagnole ou de l'aventure outre-mer.

L'Etat intervient aussi comme justicier, nous voulons dire qu'il s'arroge le monopole de dire le droit et qu'il impose une définition du Bien et du Mal qui ne coïncide pas avec celle reçue dans une communauté. Un individu qui a, par exemple, vengé son honneur par un « meurtre », ou fait paître ses troupeaux sur un terrain devenu objet d'appropriation privée, se voit poursuivi en justice. Bien souvent, il préférera gagner le désert, conscient d'être victime d'une injustice. Ainsi naissent beaucoup de brigands sardes et siciliens. Ainsi naquirent aussi les Cangaceiros, en particulier le plus célèbre d'entre eux : Lampiaô (3). Ils sont apparus à la fin du XIXe siècle, dans le

(1) Y. M. BERGE, De la criminalité aux troubles sociaux : la noblesse rurale du Sud-Ouest, in *Annales du Midi*, 1964, n° 1 ; Gaston ZELLER, La vie aventureuse des classes supérieures en France sous l'Ancien Régime : brigandage et piraterie, in *Cahiers internationaux de Sociologie*, 28 (1960), p. 13-22.

(2) Paul AKAMATSU, *Méiji, 1868*, Paris, Calmann-Lévy, 1968, p. 58.

(3) Maria Isaura PEREIRA DE QUEIROZ, *Os Cangaceiros. Les bandits d'honneur brésiliens*, Paris, Julliard, coll. « Archives », 1968 ; Glauber ROCHA, en un très beau film : *Dieu noir et diable blond*, a campé le dernier Cangaceiro, Corisco, présenté comme une réponse révolutionnaire alternative du messianisme, que nous allons aborder.

nord-est du Brésil (pour disparaître en 1940, à la mort de Corisco), dans une conjoncture économique déprimée par la crise du sucre, du coton et du caoutchouc, et dans une société de type patriarcal, constituée de vastes parentèles qui définissent les liens sociaux, monopolisent le pouvoir et l'usage légitime de la force. De véritables guerres de clans les opposaient, lorsque l'Etat brésilien se mit à vouloir confisquer à son profit l'usage de la violence. Plutôt que de passer en justice pour meurtre, des membres de la communauté préférèrent gagner le sertao. La bande de brigands apparaît comme un double illégal de la société traditionnelle : rôle des femmes, hiérarchie du pouvoir centrée sur un chef, dont la légitimité dépend de la réussite ; sens de l'honneur et du geste spectaculaire ; mépris des biens ou, plutôt, du sens de l'épargne... (1).

En certains cas, cette forme de brigandage prend une dimension nouvelle : lorsque l'ordre abhorré est aux mains d'étrangers. Dans ce cas, on peut presque parler de tendances « nationalistes », le brigand devenant le symbole de l'identité d'un peuple contre les usurpateurs. La conjoncture a été fréquente en Italie du Sud et en Sicile, soumises à des occupations multiples depuis des millénaires. Tout le monde connaît le cas du Napolitain Fra Diavolo, qui lutta contre les Français à l'époque napoléonienne. De même, en Andalousie, le brigandage, pendant des siècles, fut plus qu'une forme de protestation sociale contre les grands propriétaires absentéistes : il combattait aussi pour l'autonomie contre les Rois Catholiques (1). Le cas andalou nous permet de saisir un trait caractéristique du brigandage. En 1844, l'Etat créa la Garde civile pour le combattre et elle se montra assez

(1) On trouve de nombreux exemples analogues dans le Far-West américain. Le *desperado* quitte la communauté à la suite d'une vengeance privée qu'il estime légitime ou lorsqu'il est victime d'une injustice que les instances légales s'avèrent incapables de réparer. Le thème a inspiré de nombreux westerns, par exemple *Jesse James* de Henry KING, et des romans noirs, comme *Le Desperado* de Clifton ADAMS.

efficace pour le faire disparaître. Aussitôt et parallèlement, les anciens brigands, et ceux qui le seraient devenus sans la Garde civile, devinrent les hommes de main des caciques locaux. Ceux-ci les utilisaient pour maintenir les tenanciers des grands domaines dans l'obéissance. Autrement dit, on a là un exemple typique de changement complet de fonction sociale : de défenseurs du peuple, les brigands deviennent les sicaires de leurs oppresseurs. Il est probable — mais la documentation manque sur ce point — que le cas est très général et que les forces de l'ordre ont puisé leurs éléments dans le même matériel humain que le brigandage. Quoi qu'il en soit, et c'est le point qu'il nous importait de préciser, le brigandage apparaît souvent comme une forme de contestation qui naît du conflit entre des formes traditionnelles de sociabilité et la croissance de l'Etat bureaucratique, policier et justicier.

Une dernière conjoncture liée au brigandage ne dépend ni de la dissolution ni de l'imposition d'un ordre : elle se situe à l'intérieur d'un ordre reconnu par tous. Le cas survient dans les systèmes de despotisme bureaucratique, lorsque aucune voie légitime de revendication n'existe ou ne fonctionne. En Chine, une communauté qui avait à se plaindre de l'administration locale ne pouvait exprimer son mécontentement que sous la forme d'une pétition aux instances supérieures. Lorsque cette voie légale s'avérait inefficace, une première issue illégale se présentait : la résistance passive. Au-delà, apparaissait une forme d'insurrection. Un personnage en vue se dévouait pour fomenter une dissidence et imposer aux autorités l'obligation d'intervenir et, à l'occasion de cette intervention, le problème initial était posé. On arrivait à un compromis, et seul le chef de l'insurrection était sacrifié, pour sauver la face des autorités. Lorsque cette procédure originale

(1) Voir Gerald Brennan, *Le labyrinthe espagnol*, Paris, éd. Ruedo Iberico, 1962, p. 114-115.

ne fonctionnait pas non plus, le brigandage se développait, c'est-à-dire qu'apparaissaient toute une série d'insurrections hors des zones habitées. Cela explique l'ambiguïté du mot chinois Tsih (1), qui signifie à la fois brigand ou bandit, et opposant politique, séditieux, rebelle. Sans aller toujours jusqu'à ces formes subtiles de négociation avec l'Etat, le banditisme chinois semble avoir surtout recruté parmi les gens victimes d'une injustice criante et qui ne réussissent pas à obtenir réparation. Il est probable qu'on retrouverait des phénomènes du même genre dans tous les régimes dits de despotisme oriental, caractérisés par le monopole du pouvoir, l'absence de voies légitimes de revendication et la limite effective imposée à la toute-puissance par les distances et l'inefficacité administrative.

c) *Les mafias* (2)

Leur originalité tient à la convergence de traits qui fondent d'autres types de contre-sociétés. D'une part, elles se présentent comme des organisations sociales parallèles, opposées à l'ordre officiel. Dans l'ordre politique, elles s'opposent à un pouvoir considéré comme oppresseur ou illégitime, ou encore défendent des aspirations nationales contre des étrangers (Bourbons et Piémontais en Sicile ; Mongols, Mandchous, Occidentaux, Japonais

(1) Nous faisons confiance aux sinisants, en avouant notre incompétence. Nous empruntons ces faits à Roland MOUSNIER, *op. cit.*, p. 279-281.

(2) Nous avons longuement hésité à introduire ce type. En effet, HOBSBAWM, qui propose de l'accepter comme tel, se contente d'analyser avec soin la Mafia sicilienne, sans apporter d'autres exemples (*op. cit.*, chap. III). Ce n'est pas un type, mais un individu. De notre côté, nous avions été frappé par les analogies entre la Mafia sicilienne et les sociétés secrètes chinoises. Cf. Jean CHESNEAUX, *Les sociétés secrètes en Chine (XIX*e*-XX*e *siècles)*, Paris, Julliard, coll. « Archives », 1965. Or l'auteur répudie formellement le rapprochement (p. 270). De fait, les différences sont incontestables, qui tiennent avant tout à la différence des contextes. Nous nous sommes, malgré tout, décidé à construire un type à partir de ces deux exemples, avec l'espoir que des recherches ultérieures nous permettront de le consolider. Sinon, nous abandonnerons notre hypothèse avec la meilleure grâce.

en Chine). Elles constituent, de ce fait, des forces d'opposition politique. Dans l'ordre économico-social, elles traduisent les aspirations des masses contre l'exploitation (en Sicile contre les latifondiaires absentéistes et les propriétaires des mines de soufre ; en Chine contre les grands propriétaires, qui sont en même temps représentants de l'autorité centrale). Dans l'ordre culturel, ou bien elles se défendent contre les menaces au mode de vie traditionnel (Sicile), ou bien elles luttent pour des interprétations différentes de la vie en société. En Chine, les sociétés secrètes sont la principale source de dissidence religieuse, mettant en cause l'ordre confucéen et les conventions sociales. « En somme elles sont le reflet de la société établie, tout en constituant, depuis des siècles, la principale force d'opposition politique et de dissidence religieuse » (1).

Un deuxième trait — qui découle du précédent — est l'organisation d'un ordre original. Il est caractérisé par une forme de pouvoir de type charismatique, où le chef dispose d'une autorité absolue sur les affiliés. Toute une mise en scène de rites, de secrets, de serments d'initiation marque aussi bien l'autonomie des sociétés qu'elle fonde la puissance incontestée des chefs. Dans le cas sicilien, on est tenté de rapprocher cette structure du pouvoir du modèle seigneurial, où un patron domine une clientèle. Il est probable qu'en effet la tradition féodale a facilité la mise en place de ce système, mais il ne semble pas que ce soit une condition nécessaire, puisque aussi bien on la retrouve en Chine. La société exerce sur ses membres une juridiction propre, qui punit avec une sévérité exceptionnelle toute violation du secret, toute trahison, toute collusion avec le pouvoir. Il se fonde ainsi un véritable code d'honneur, dont les deux axes sont le règlement entre soi des querelles personnelles et le refus de la délation

(1) Jean CHESNEAUX, *op. cit.*, p. 15.

(c'est l'*omerta* sicilienne bien connue). Parallèlement, les sociétés assurent la solidarité mutuelle de leurs membres, intervenant en cas de maladie, de chômage, d'accident ou d'emprisonnement. Le fait remarquable est l'autonomie des instances locales (1). Dans la société chinoise la plus célèbre, la Triade, chaque loge locale est indépendante, souvent constituée par les membres d'une même famille. Aux XIXe et XXe siècles, le mouvement migrateur chinois en Indochine, Indonésie, Malaisie, même en Californie et à Hawaï, a entraîné une grande diffusion des sociétés, en particulier de la Triade. « Cette diffusion n'a fait qu'accentuer l'émiettement et le caractère centrifuge de la société. (...) Une poussière de factions souvent opposées groupe des Chinois émigrés venant de provinces diverses et parlant des dialectes différents. Elles sont souvent opposées par des rivalités acharnées » (2).

Le recrutement de base des mafias, nous voulons dire la piétaille, se fait dans les couches marginales des populations rurale et urbaine : paysans sans terre, manœuvres, vagabonds, coolies, soldats démobilisés... Par contre, les organes dirigeants semblent aux mains de transfuges des classes supérieures et moyennes : grands propriétaires terriens, marchands, entrepreneurs en Chine comme en Sicile, avocats et hommes de lois en Sicile (3). Bien entendu, ces dirigeants défendent avant tout leurs intérêts propres : diriger une mafia est un moyen de s'enrichir et de monter dans l'échelle sociale, sans parler du prestige qui s'attache à ce rôle.

Le troisième trait de la mafia est de constituer une sorte de système de gangs qui pressurent une communauté.

(1) Dans le cas sicilien, l'existence d'une instance suprême régissant les destinées de tous les groupes locaux n'a jamais pu être démontrée et semble relever du roman policier. Il est même certain qu'il n'en a rien été jusqu'à la deuxième guerre mondiale.

(2) Jean CHESNEAUX, *op. cit.*, p. 50-51.

(3) Importants en Sicile pour régler les conflits entre fermiers et latifondiaires absentéistes.

La mafia est toujours parasitaire. En Sicile, la technique principale est celle de l'extorsion de fonds : qui refuse de payer une « assurance » sur ses biens a des chances de les perdre ; ou bien, s'ils sont volés, on les lui rend contre rançon. En Chine, les activités des sociétés secrètes ne se distinguent guère de celles des brigands : attaques contre les prisons, les convois de l'Etat, les locaux administratifs ; ou bien vol à main armée, enlèvement d'enfants contre rançon, piraterie perpétrés contre les mandarins, les marchands, les propriétaires fonciers. Ainsi, la criminalité pure et simple est une dimension constante. Ce trait permet d'interpréter l'évolution des mafias. Lorsque, à la fin du XIXe siècle, les libéraux accèdent au pouvoir à Rome, les objectifs politiques de la mafia sicilienne sont atteints. Elle change donc entièrement de nature, pour se transformer, d'une part, en groupe de pression politique pour la distribution des prébendes et, d'autre part, en organisme de *rackett* (1). De même en Chine, la Révolution de 1911, qui élimine les Mandchous, et l'apparition de partis, syndicats, associations professionnelles et culturelles diverses, enlèvent aux sociétés secrètes leur première fonction d'opposition politique.

Ainsi, la spécificité de la mafia nous paraît résider dans la conjonction de ces traits : opposition politico-sociale, ramification de contre-sociétés rigidement structurées, et association criminelle. Chaque trait pris en lui-même se retrouve dans d'autres phénomènes que nous avons déjà analysés ou que nous analyserons encore. Leur confluence n'existe qu'ici. Pourquoi cette confluence ? Dans le cas chinois, le phénomène paraît assez évidemment lié au despotisme bureaucratique ; c'est une forme originale d' « opposi-

(1) Transportée aux Etats-Unis, la mafia sera exclusivement une association criminelle, d'une étonnante efficacité d'ailleurs. Cf. Peter MAAS, *Mafiosi et Mafia*, Paris, Stock, 1969. — Dans la diaspora chinoise, les sociétés contrôlent la drogue, le jeu, la prostitution ; se livrent au kidnapping et au racketting ; elles dirigent les syndicats.

tion de sa majesté », comme le notait un observateur cité par Jean Chesneaux. Des enquêtes ultérieures devraient tenter de dégager des formes analogues dans d'autres systèmes despotiques. Dans l'hypothèse où une telle preuve ne pourrait être apportée, il faudrait renoncer à construire un type et rechercher dans les idiosyncrasies chinoises les raisons d'une telle formation sociale. Dans la situation sicilienne, l'origine de la mafia semble être la faiblesse d'un pouvoir central considéré comme illégitime parce que étranger. La mafia est une autre réponse, à côté du brigandage et du messianisme, à une même situation fondamentale. Pourquoi cette réponse-là ? Peut-être parce que la société sicilienne traditionnelle avait sa propre hiérarchie et ses propres chefs, qui ont maintenu ainsi leur pouvoir et leurs privilèges. Les responsables de la mafia seraient donc ces couches sociales qui en constituent l'ossature. Cette hypothèse — mais ce n'est qu'une hypothèse — est corroborée par des faits analogues en Andalousie, où l'on a déjà noté, avec Brennan, un brigandage qui rappelle le brigandage sicilien. Là aussi, les caciques locaux ont pris à leur service d'anciens brigands pour maintenir leurs privilèges et s'opposer à la mainmise de l'Etat central. Mais, autant que nous sachions, la dimension criminelle semble ici singulièrement limitée.

d) *Les millénarismes* (1)

Réglons de suite une question de vocabulaire. Les mots « millénarisme » et « chiliasme » — surtout l'adjec-

(1) La bibliographie est gigantesque. Fort heureusement, nous disposons de premières synthèses, toutes intéressantes quoique inégales. Nous ne citons que les plus récentes :

Norman COHN, *Les fanatiques de l'Apocalypse*, Paris, Julliard, 1962.
Guglielmo GUARIGLIA, *Prophetismus und Heilserwartungsbewegungen als völkerkundliches und religionsgeschichtliches Problem*, Vienne, Horn, 1959.
Eric J. HOBSBAWM, *Les primitifs de la révolte dans l'Europe moderne*, (chap. IV-V-VI), Paris, Fayard, 1966.

tif : chiliastique — sont interchangeables (1). Ils désignent tout mouvement collectif axé sur l'attente du Grand Jour. « Messianisme » a un sens plus restreint et s'applique à tout mouvement millénariste fondé et dirigé par un messie inspiré. Enfin, l'on trouve, surtout dans la littérature anglo-saxonne, le terme « nativisme ». Mühlmann en donne la définition suivante : « Un processus d'action collective, porté par le désir de restaurer une conscience de groupe compromise par l'irruption d'une culture étrangère supérieure — ceci grâce à l'évidence massive d'un « apport culturel propre ». C'est le vœu et la volonté de réagir à l'hégémonie d'une culture étrangère » (2). Nous aurons l'occasion de montrer que cette définition est trop restreinte et ne désigne qu'un sous-type ; d'autre part, le mot ne semble pas s'être acclimaté en français. Nous utiliserons donc les expressions traditionnelles de millénarisme et de messianisme.

Saisir la spécificité de ces phénomènes ne présente pas trop de difficulté. Nous ne saurions retenir les vues de Mühlmann (3), qui voit dans le nativisme une infrastructure psychosociologique très profonde, qui sert de fondement à trois séries de phénomènes : le nationalisme, qui apparaît en tant que tel à partir du moment où il est

Vittorio LANTERNARI, *Les mouvements religieux des peuples opprimés*, Paris, Fr. Maspero, 1962.

Wilhelm MÜHLMANN, *Messianismes révolutionnaires du Tiers Monde*, Paris, Gallimard, 1968.

Maria Isaura PEREIRA DE QUEIROZ, *Réforme et Révolution dans les sociétés traditionnelles. Histoire et Ethnologie des mouvements messianiques*, Paris, Anthropos, 1968.

S. L. THRUPP (sous la direction de), *Millenarial dreams in action. Essays in comparative study*, La Haye-Mouton, 1963.

Tous ces ouvrages sont accompagnés de bibliographies copieuses, auxquelles on se reportera pour une enquête approfondie. Faute de place, nous ne prendrons aucun exemple. Il suffit d'ouvrir l'ouvrage de Lanternari — qui n'est qu'un grand fichier — pour en avoir à profusion.

(1) Aussi bien, ils signifient mille, l'un en latin, l'autre en grec.

(2) W. MÜHLMANN, *op. cit.*, p. 15.

(3) *Ibid.*, p. 11.

formulé idéologiquement ; les religions d'attente messianiques, millénaristes, eschatologiques ; enfin, les révolutions. Dans une telle conception (1), la spécificité des millénarismes est perdue de vue. Mlle Pereira de Queiroz (2) retient les traits suivants :

— La rédemption est collective ; tout un groupe d'adeptes doit en être bénéficiaire.

— La rédemption est terrestre ; elle transformera le monde profane lui-même ; il ne s'agit pas de transporter les élus dans un paradis surnaturel et extra-terrestre.

— La rédemption est imminente et viendra tout d'un coup.

— La rédemption modifiera totalement le monde profane qui deviendra pour toujours parfait.

— La rédemption sera instaurée par une divinité réincarnée, ou bien par des moyens religieux, mécaniques ou non (danse, absorption de drogues...).

— Présence ou absence d'un messie.

De son côté, Norman Cohn (3) retient les caractères suivants :

— Le salut promis est terrestre et collectif.

— Caractère illimité des buts et des promesses.

— Valorisation d'un conflit, considéré comme le passage cataclysmique vers un univers transfiguré.

— Le salut concerne une collectivité donnée ; tous les autres sont rejetés dans les ténèbres extérieures.

Inutile de multiplier ces citations : toutes reprennent à peu près les mêmes traits. Sauf un, systématiquement oublié parce que trop évident, et qui nous paraît pourtant fondamental : le salut n'est pas conquis par des moyens

(1) Qui, par ailleurs, tire sur le phlogistique ou l'hypostase...

(2) M. I. Pereira de Queiroz, Millénarismes et messianismes, in *Annales E.S.C.*, 19 (1964), n° 2, p. 330.

(3) N. Cohn, *op. cit.*, p. 294. — Rappelons que ce livre ne s'intéresse qu'aux mouvements médiévaux, dont sont exclus les mouvements italiens.

appropriés, mais *donné* dans une catastrophe salvatrice. Il y a donc toujours une extraordinaire disproportion entre les buts poursuivis et l'indigence des moyens mis en œuvre. Nous proposons donc de retenir les traits pertinents suivants, dont la somme définit la spécificité des millénarismes :

1. Disproportion maximale entre les fins poursuivies et les moyens disponibles.
2. Caractère illimité des buts et des promesses.
3. Valorisation d'un conflit, considéré comme le passage cataclysmique vers un univers transfiguré. Même en l'absence de conflit déterminé, la catastrophe est nécessaire.
4. Aspect collectif du salut.
5. Le salut promis est terrestre.

Tous ces traits sont liés entre eux par une logique profonde. Le rapport fins-moyens est toujours complémentaire et constitue une manière de somme algébrique ; lorsque les moyens tendent vers zéro, les fins tendent vers l'infini. Un cynique affirmerait que plus un groupe est impuissant, plus il se berce d'illusions. Dans le cas présent, la disproportion est maximale, c'est-à-dire que les groupes concernés sont objectivement impuissants. Le fond de l'affaire est un mouvement de révolte d'un groupe, étreint par un désespoir insondable et à la recherche de son identité. Le deuxième trait découle du premier : plus le désespoir est profond, plus l'espoir doit être démesuré pour le contrebalancer. Le troisième est tout aussi nécessaire. Un millénarisme se dresse *contre* un ordre quelconque ; cette révolte est destinée à fonder un cadre social qui rétablisse un équilibre perturbé. On se trouve donc dans le domaine du conflit, qui suppose la définition de *deux* camps antagonistes. Quant au côté catastrophique du passage (1), c'est une solution logique à l'antinomie

(1) Il est très variable : inondation, peste, famine, guerre, invasion, parousie...

fins-moyens. Au niveau formel, la solution se présente comme un changement de signes : le présent est un négatif pur, l'avenir sera pure positivité. Or la meilleure image concrète de ce renversement abstrait est la catastrophe salvatrice. Le quatrième trait s'impose avec évidence, du moment que le millénarisme surgit dans un groupe menacé dans son intégrité et qui cherche à survivre sur le plan de l'imaginaire. Le dernier trait fait davantage problème. En effet, à première vue, il n'y a pas de raison décisive pour que le salut promis ne soit pas extra-terrestre. Nous n'apercevons qu'une explication raisonnable : le salut dans l'au-delà ne peut être qu'individuel, car il suppose ce passage spécifique qu'est la mort. Or fonder une espérance sur la mort de tout le groupe paraît absurde, car il s'agit précisément d'affirmer sa permanence (1).

Au total, la racine du phénomène plonge dans une situation objective, qui est la perturbation mortelle qui s'abat sur un groupe. La réponse spécifique à un tel attentat suppose un milieu conducteur particulier, que l'on peut appeler, avec Mühlmann (2), charismatique. L'auteur désigne par ce terme un milieu caractérisé par l'effervescence collective, la croyance aux miracles et aux prodiges, une sensibilisation extrême aux signes, une agitation collective, dont les manifestations constantes sont soit l'errance, soit la danse. Or l'effervescence ne peut atteindre un point de fusion suffisant que dans un groupe restreint : plus les individus sont proches physiquement, plus facilement ils se fondent en une collectivité incandescente. C'est pourquoi les mouvements millénaristes ne comptent, tout au plus, que quelques dizaines de milliers de participants.

(1) Cette hypothèse peut être confirmée par les manifestations suicidaires qui apparaissent dans certains mouvements. Ainsi l'immolation par le feu, fréquente dans les mouvements russes du XVIIe siècle. Or ces suicides sont individuels, même s'ils donnent lieu à de véritables épidémies : ils ne sont jamais collectifs.

(2) *Op. cit.*, p. 186-187.

Il s'ensuit qu'une condition favorable est une structure segmentaire de la société, c'est-à-dire la juxtaposition de petites unités cohérentes : tribus, communautés agraires, minorités marginales... Lorsque le mouvement réussit à gagner une société plus vaste (1), il se transforme nécessairement, en s'institutionalisant, se hiérarchisant, se rationalisant.

L'extension de ces mouvements est extraordinaire, dans le temps comme dans l'espace. La plupart des auteurs semblent ne pas hésiter à l'attribuer à l'influence judéo-chrétienne, archétype des millénarismes. Et, de fait, l'hypothèse se confirme presque toujours : les mouvements apparaissent ou bien à l'intérieur de l'aire culturelle judéo-chrétienne (et islamique), ou bien dans les zones qu'elle a atteintes. Sans doute, mais il faut tenir compte du fait que c'est l'Occident qui s'est répandu dans le monde entier à partir du XVIe siècle, et non pas la Chine ou l'Inde. Autrement dit, faut-il attribuer les millénarismes à l'Occident en tant qu'agresseur perturbateur ou en tant que chrétien ? Il faut et il suffit que des millénarismes apparaissent en dehors de toute influence chrétienne, pour que la cause soit entendue et que les millénarismes surgissent partout où un groupe se trouve victime d'une crise intense, qui touche à son identité, sans issue réaliste à une telle situation. Or les exemples existent. Nous en citerons trois, irrécusables. D'abord la révolte d'Aristonicos à Pergame en 133 av. J.-C. (2). Il promettait à ses troupes — avant tout des esclaves en rupture de ban — la citoyenneté dans la cité égalitaire du Soleil, d'où le nom d'Héliopolitains qui les désigne (3). Ensuite le mouvement des Turbans

(1) Comme le christianisme gagna l'Empire romain.

(2) On trouvera une mise au point récente sur cette révolte, que, malheureusement, nos sources laissent mal voir, dans Claude MOSSÉ, *La tyrannie dans la Grèce antique*, Paris, Presses Universitaires de France, 1969, p. 193-201.

(3) Aristonicos a pu s'inspirer de l'œuvre d'un « romancier » syrien, Iamboulos, qui fondait son projet égalitariste sur le fait que le soleil luit

Jaunes, qui ravagea la Chine du Nord vers les années 180 apr. J.-C., sur le fond tragique de la décomposition de la dynastie des Han (1). Enfin, les mouvements migratoires des Tupi-Guarani du Brésil, millénarisme caractérisé sans contact perceptible avec les Portugais (2). Ainsi, il nous paraît raisonnablement établi que la superposition générale des millénarismes et de l'influence judéo-christiano-islamique est due, sinon au hasard, du moins à l'expansion politique et non à une influence directe et indispensable de l'idéologie née au Moyen-Orient. De toute façon, l'explication « diffusioniste », comme toujours, est une fausse explication, car il resterait à élucider pourquoi les peuples mis en contact avec l'Occident ont toujours choisi avec une sûreté infaillible les éléments millénaristes du message judéo-chrétien. La réponse évidente est que ces éléments, ils les attendaient et se sont épargné l'effort de les produire par eux-mêmes.

La spécificité et l'unité des millénarismes sont bien établies. La plupart des auteurs s'en tiennent là et passent directement à l'étude des variables qui en expliquent le jaillissement (3) et des éléments qui les constituent : idéologie, recrutement, aspects psychologiques, structures sociales, évolution... (4). Or l'analyse d'un échantillonnage quelconque de mouvements amène à suggérer, derrière l'unité réelle, une diversité tout aussi certaine. Seule Mlle Pereira de Queiroz a abordé de front le problème de la typologie des millénarismes. Elle propose « de voir quelle place les mouvements messianiques occupent dans

également pour tous. Il fut également influencé par le philosophe stoïcien Blossius de Cumes, qui avait été conseillé de Tiberius Gracchus et s'enfuit à Pergame à la mort de celui-ci. Le mouvement fut écrasé par une expédition romaine en 129 av. J.-C.

(1) Etienne BALAZS, *Bureaucratie céleste*, Paris, Gallimard, 1968, p. 75-77 (avec indications bibliographiques).

(2) Alfred MÉTRAUX, *Les migrations historiques des Tupi-Guarani*, Paris, Maisonneuve Fr., 1927.

(3) Nous en aborderons quelques-unes dans le chapitre IV.

(4) Nous les esquisserons dans le chapitre V.

ce chapitre des études sociologiques qui s'appelle la dynamique sociale » (1). Elle construit trois types, qu'elle appelle nationalistes, réformistes et révolutionnaires ou subversifs. Malheureusement, la conceptualisation utilisée et l'information hésitante (2) laissent sceptique sur la validité de cette construction.

En conséquence, nous proposons de prendre appui sur le critère de la « situation » historique. A partir de là se dessinent quatre sous-types, classés en fonction de leur plus ou moins grande fréquence (3). La situation la plus commune est l'incorporation d'une unité politico-sociale à un ensemble impérial, avec décalage profond de civilisation. On peut parler ici, à condition d'éviter l'anachronisme, de révolte « nationaliste ». A ce sous-type peuvent être rattachés les nombreux mouvements de l'Antiquité, en commençant par le premier de tous : la révolte des Macchabées contre les Séleucides, ainsi que toutes les éruptions qui ont secoué les provinces romaines, surtout à partir du IIIe siècle. On y rattachera également les innombrables mouvements surgis dans les empires coloniaux aux XIXe et XXe siècles. La fonction première du millénarisme semble être de redonner l'espoir à la communauté en instaurant un nouveau pouvoir, plus efficace que le pouvoir qui a subi la perte de l'indépendance (4). Dans la logique du mouvement, qui vise la reconquête de l'identité, la prise en considération de l'efficacité des moyens doit intervenir à un certain moment, sinon l'échec est certain — et très fréquent, pour ne pas dire constant. Par conséquent, les mouvements qui réussis-

(1) M. I. Pereira de Queiroz, *op. cit.*, p. 14.

(2) En particulier, l'Antiquité est ignorée et les mouvements médiévaux sont décrétés « nationalistes » !

(3) Précisons aussitôt que ce classement ne repose pas sur une analyse statistique, mais sur des impressions.

(4) Nous nous inspirons ici d'une remarque de Georges Balandier, *Anthropologie politique*, Paris, Presses Universitaires de France, coll. « SUP-Le Sociologue », 1967, p. 142-144.

sent se transforment en profondeur et ne conservent qu'un souvenir évanescent de leurs origines millénaristes (1).

Une deuxième situation est liée à un déséquilibre survenant à l'intérieur d'une société globale. Le déséquilibre peut être dû à une mutation politique (par exemple, la constitution de l'Empire romain à partir d'une cité), ou économique (par exemple, la renaissance des échanges en Occident, à partir du XIe siècle). Des éléments sont éjectés des structures traditionnelles, comme les paysans qui échouent dans les cités médiévales. Ou bien le cadre spatial, politique et culturel se trouve à ce point modifié que des individus sont incapables de s'y adopter et se trouvent comme décentrés. Le millénarisme constitue une contre-société destinée à proposer un cadre adéquat de socialisation. Du fait de son contenu religieux, il vise l'universel et projette d'investir la société globale. Celle-ci finit toujours par réagir et par tenter de briser cette contre-société (2). Les mouvements médiévaux étudiés par Norman Cohn relèvent presque tous de ce sous-type. L'on en rencontre aussi à l'époque contemporaine (3).

Une troisième situation est celle de marginaux qui se

(1) Voyez un exemple étonnant de mouvement messianique qui a débouché sur une véritable entreprise de développement économique et social, dans Wilhelm MÜHLMANN, *op. cit.*, p. 136-141. Il s'agit du mouvement Paliau, qui prit naissance en 1946 sur l'île de Manus, au nord de la Nouvelle-Guinée.

(2) Le succès est constant. Le seul grand exemple de millénarisme de ce deuxième sous-type qui ait réussi est le christianisme. Le principe d'explication nous paraît devoir être cherché dans un vide spirituel terrifiant de l'élite romaine issue des conquêtes et des guerres civiles. Explication qui aurait besoin d'être approfondie et sur laquelle nous comptons revenir un jour. — Plus modestement, un millénarisme du sous-type considéré peut gagner une certaine consistance lorsque des éléments nationalistes viennent le renforcer. Ainsi les Taborites de Bohême ont bénéficié des sentiments antiallemands des Tchèques.

(3) Le plus célèbre — ou le plus étudié — est le mouvement lazarettiste du Monte Amiata en Toscane, éclos en 1868. Cf. Eugenio LAZARESCHI, *Davide Lazaretti, il messia dell'Amiata*, Bergame, 1945. Ou bien, plus accessible : Jean SEGUY, David Lazaretti et la secte apocalyptique des Giurisdavidici, in *Archives de sociologie des religions*, 5 (1958).

trouvent entre deux formes de socialisation, aussi peu à l'aise dans l'une que dans l'autre ; bien plus, ils sont placés dans l'impossibilité effective de revenir dans leur communauté d'origine comme de s'intégrer à la société nouvelle, à la porte de laquelle ils viennent frapper. L'exemple le plus frappant est celui des Noirs américains, qui ont quitté leurs villages ou leurs villes du Sud pour s'agglomérer dans les ghettos des grandes villes du Nord, en particulier à Harlem. On retrouve la même situation dans les suburbes d'Afrique du Sud, où sont parqués les travailleurs noirs échappés de leurs tribus mais rejetés par les Blancs (1). Les millénarismes constituent, ici aussi, des contre-sociétés, mais qui servent de points de ralliement, de refuge, de centre de transit. Bien souvent, on ne fait qu'y passer, comme dans un centre de recyclage social. Ce mécanisme a joué aussi, tout au long du XIXe siècle, pour les immigrants d'Europe, du moins pour ceux qui avaient peine à s'agréger à leur nouvel univers, sans avoir la possibilité ou la volonté de revenir en arrière. Autant que nous sachions, on ne note pas de millénarismes dans les bidonvilles des pays sous-développés. Si cette impression — peut-être liée aux lacunes de notre information — était confirmée cela indiquerait que les clivages fondés sur les classes et les différences de civilisation jouent un rôle moindre que ceux fondés sur la race. Autrement dit, on pourrait avancer l'hypothèse que la probabilité du millénarisme est d'autant plus forte que les marginaux constituent potentiellement des groupes sociaux cohérents et autonomes. Dans ce cas, notre sous-type du recyclage se rapprocherait du sous-type nationaliste.

Le dernier sous-type est très particulier (2). Il intervient

(1) Jacqueline EBERHARDT-ROUMEGUÈRE, Messianisme en Afrique du Sud, in *Archives de sociologie des religions*, 4 (1957) ; Katesa SCHLOSSER, *Eingeborenenkirchen in Süd-und Südwestafrika*, Kiel, 1958.

(2) Nous nous sommes inspiré pour ce dernier sous-type des analyses fort remarquables de Mlle Pereira de Queiroz sur les messianismes brésiliens.

dans un état d'absence ou de lâcheté des liens sociaux, dans des zones et des périodes de peuplement sporadique, loin des centres d'organisation politique. Nous retrouvons ainsi nos zones frontières, qui nous ont déjà donné certains sous-types de brigandage et le desperadisme. Les messies ont ici un rôle très intéressant de législateurs à l'antique. Après une période d'errance plus ou moins longue, période de prédication et de recrutement, ils finissent par se fixer et par créer une Ville Sainte avec leur peuple. Une nouvelle phase commence, radicalement différente, d'institutionalisation, de passage au rite, aux règles, aux activités économiques (1). Ces mouvements sont peu menacés, en raison même de la faiblesse de l'emprise étatique qui les a fait naître. Ils sont donc pacifiques, pour devenir belliqueux lorsque, d'aventure, l'Etat vient à les attaquer. Il est normal que l'on retrouve des millénarismes analogues en d'autres zones frontières. Ainsi en Russie (2), et aux Etats-Unis d'autrefois, dont l'exemple le plus célèbre est celui des Mormons (3).

(1) Certaines communautés brésiliennes sont particulièrement prospères.

(2) On en trouvera des exemples dans : Guglielmo GUARIGLIA, *Il messianismo russo*, Rome, 1956 ; Emmanuel SARKISYANZ, *Russland und der Messianismus des Orients* (Sendungsbewusstsein und politischer Chiliasmus des Ostens), Tübingen, 1955 ; P. KOVALEVSKY, Messianisme et millénarisme russe ?, in *Archives de sociologie des religions*, 5 (1958), p. 47-70.

(3) Voir Henri DESROCHE, Micromillénarismes et communautarisme utopique du Nord, du XVIIe au XXe siècles, in *Archives de sociologie des religions*, 4 (1957) ; W. J. MACNIFF, *Heaven on earth. A planned Mormon society*, Oxford, 1940 ; Th. F. O'DEA, *The Mormons*, Chicago, 1957. — Une curiosité historique aussi, qui remonte au XVIe siècle : J. L. PHELAN, *The Millenial Kingdom of the Franciscan in New World. A Study of the Writings of J. de Mendieta, 1525-1604*, Los Angeles.

Chapitre III

TYPOLOGIE DES RÉVOLUTIONS POLITIQUES

Rappelons que nous entendons par révolutions des mouvements de contestation qui parviennent à s'emparer du pouvoir. Précisons aussi que nous ignorons entièrement ce qu'il faut entendre par la Révolution et qu'on ne trouvera aucune lumière à ce sujet dans ces pages. Nous nous appuierons avant tout sur un matériel historique tiré des derniers siècles de l'histoire occidentale. Ce, principalement pour ne pas trop allonger l'exposé. Mais la plupart des analyses qui vont suivre peuvent être appliquées aux autres sociétés sans difficultés majeures.

Il est impossible, croyons-nous, de se servir d'un seul critère pour distinguer des types. En effet, ces événements sont toujours assez complexes pour être passibles de plusieurs analyses. Il y a une pluralité de critères — nous en utiliserons neuf —, tous légitimes au même titre, car on les retrouve tous dans une révolution. — Nous procéderons en passant en revue chacun de ces critères, avant de les regrouper en cherchant si certains sont liés par une nécessité interne. Nous pensons parvenir à une certaine exhaustivité en utilisant les points de vue suivants : intensité, mobiles, chute du pouvoir, prise du pouvoir, déroulement, fête, acteurs, idéologie, résultats.

A) L'INTENSITÉ

Le savant ne dispose pas d'instruments pour la mesurer avec précision. On peut, néanmoins, percevoir, même grossièrement, différentes situations qui sont liées à l'ampleur des transformations opérées ou rendues possibles par la révolution. En allant du moins vers le plus intense, on a :

— *Remplacement du personnel dirigeant* (int. 1) au sommet de la hiérarchie. Il s'agit des révolutions de palais et des coups d'Etat militaires à l'intérieur d'un régime militaire.

— *Remplacement des règles du jeu politique* (int. 2), sans que, dans d'autres secteurs de la société, on puisse noter de changements majeurs. Le cas est très rare et, en quelque sorte, exemplaire. Nous rangerons dans cette catégorie la Révolution de 1688, que les Anglais ont bien raison d'appeler *the glorious revolution.* Ainsi que la Révolution d'Indépendance américaine, même si le remplacement des règles a requis une guerre : la guerre elle-même n'a pas entraîné un bouleversement notable ailleurs que dans le système politique. Il est possible que la Tchécoslovaquie eût connu une révolution de ce type, marquée par l'instauration d'un nouveau régime politique de type pluraliste, si...

— *Remplacement des règles du jeu politique et de l'élite dirigeante* (int. 3) : on a l'apparition d'un nouveau personnel politique, recruté dans des couches nouvelles (1830) ou animé d'intentions différentes (1848, mai 1958). Cette intensité caractérise généralement les révolutions françaises et beaucoup de coups d'Etat militaires.

— *Bouleversement politique et social* (int. 4) : on le trouve dans les « belles » révolutions, célèbres et exaltantes, celles qui entretiennent le mythe, à commencer par les « trois glorieuses » : anglaise, française et russe. La Révolution mexicaine entre également dans ce type.

Il est caractérisé par : le changement des règles du jeu politique et de l'élite dirigeante ; le bouleversement dans l'échelle des valeurs, dans la hiérarchie et les rapports des groupes sociaux ; les transformations dans les relations internationales, par des modifications introduites sur l'échiquier des forces internationales.

— *Changement de civilisation* (int. 5) : nous sommes ici à la limite de la mutation, ce qui veut dire qu'il y a des mutations violentes et des mutations organiques. Meïji, les Révolutions chinoise et cubaine sont de ce type. Elles introduisent une rupture entre le passé et l'avenir à tous les niveaux et dans tous les domaines. Il est probable, dans la mesure où les pays du Tiers Monde connaissent et connaîtront des révolutions, qu'elles relèveront de ce type.

B) LES MOBILES

Qu'est-ce qui fait que des hommes en viennent à combattre l'ordre établi ? Quels sont les sentiments qui les animent, au-delà de ceux dégagés au niveau de l'unité ? Par quel retournement psychologique, des sociétaires, jusque-là paisibles et soumis, en viennent-ils à s'insurger ? On peut négliger l'ambition, non qu'elle soit absente, mais parce que, se retrouvant chez tout homme politique, révolutionnaire ou non, elle n'a rien de spécifique. Il semble qu'on rencontre, avec une fréquence notable, les mobiles suivants :

— *La haine de l'occupant :* c'est le mobile le plus constant et le plus efficace. Il est surtout actif lorsqu'il y a présence physique et repérable de l'étranger. Les conditions idéales étaient réunies dans les colonies européennes. Par contre, il est plus difficile de déboucher sur une action efficace lorsqu'on a affaire à une abstraction impalpable comme le « capitalisme », l' « impérialisme » ou le « communisme » : on a plus de chance d'entretenir une psychose obsessionnelle qu'une révolution. Il s'ensuit que cette technique d'agitation est utile aux gouvernants en détournant d'eux la colère populaire vers un bouc émissaire imaginaire et en leur conférant la légitimité des défenseurs des intérêts collectifs. Ainsi en Amérique latine en ce moment.

— *L'humiliation :* elle est toujours liée à une défaite militaire. Les exemples récents abondent : France en 1870 et 1871, Allemagne et Autriche-Hongrie en 1918, en partie Russie en 1917, France en 1940.

— *Le désespoir :* il s'installe lorsqu'une catastrophe particulièrement grave survient, principalement d'ordre économique, et que les hommes sont placés dans une situation insupportable. Ce sentiment donne toute une gamme de phénomènes marginaux : guerres serviles, paysannes, émeutes plébéiennes... Par contre, il n'y a pas d'exemple que le désespoir ait jamais provoqué une révolution politique. Cependant, il contribue à donner son caractère massif et populaire à une révolution. L'on a, par exemple, les Journées de la Révolution française, 1830, 1848, l'Allemagne de 1930 à 1933. Inversement, une révolution ne devient populaire que si une crise suffisamment profonde jette de larges fractions du peuple dans le désespoir.

— *La peur :* elle devient un sentiment social efficace lorsqu'elle gagne des groupes importants menacés dans leurs positions. Le cas le plus favorable est la perception d'une menace *extérieure* insidieuse, qui déclenche les phénomènes connus d' « espionite » : il y a des traitres partout, et surtout dans les organismes dirigeants. L'on ne connaît pas de révolution issue de ce sentiment ; l'ambiance qui a entouré l'Affaire Dreyfus à ses débuts et, surtout, le maccarthysme sont les faits qui s'en rapprochent le mieux. Il peut aussi y avoir une menace *intérieure*, par montée de nouvelles forces sociales qui remettent en question les statuts traditionnels. La République de Weimar et les classes moyennes allemandes, ou bien la vague poujadiste de 1956 en sont des exemples. Bien entendu, pour que ces menaces internes surgissent, il faut qu'une mutation soit en cours. Or cette mutation est générale, sans créer partout des situations révolutionnaires. Par conséquent, la peur n'est jamais qu'un facteur parmi d'autres.

— *L'oppression :* ce mot désigne une situation et un sentiment des plus imprécis. En effet, à la limite, n'importe quelle situation est oppressive, puisqu'elle impose toujours une limite quelconque aux désirs. De même l'arbitraire des institutions fait qu'elles sont toujours oppressives. Il s'ensuit que le mécontentement doit être la chose du monde la mieux partagée. Le mécontentement ne devient efficace et l'oppression insupportable — outre le cas d'occupation étrangère déjà vu — que s'il se produit une aggravation, même minime, de l'oppression généralement acceptée dans une société. Le cas le plus général est celui du renforcement de l'Etat, par l'administration et la fiscalité. Nous avons déjà cité les Révolutions anglaises du XVIIe siècle et les débuts de la Révolution française. Par contre, l'oppression économique — dans la mesure où elle prétend désigner plus que l'inégalité dans la répartition de biens rares — n'intervient guère.

— *L'envie ou le ressentiment :* c'est un sentiment vague, dont on s'exagère sans doute l'importance. En effet, pour qu'il y ait envie, il faut concurrence de désirs sur un même bien. Or le désir est déterminé par l'échelle des valeurs, variable suivant les groupes sociaux. Il en découle — et c'est une expérience historique et quotidienne — que l'envie joue peu entre les groupes sociaux, davantage à l'intérieur des groupes et surtout dans les zones de contact entre groupes. Il n'y a pas d'exemple que ce sentiment se soit révélé assez puissant pour aboutir à une rupture du système social, ce qui ne veut pas dire qu'*à l'occasion* d'une rupture, l'envie ne se développe pas. Il est possible qu'avec la tendance au nivellement des conditions et au pluralisme culturel à l'intérieur des grands groupes sociaux, les sociétés industrielles voient se développer l'envie et le ressentiment : tout se passe comme si tout le monde se trouvait dans une zone de contact entre groupes. Au pire, une telle situation devrait entraîner une multiplication des conflits locaux ; on voit mal comment des envies contradictoires pourraient, *à elles seules*, remettre l'ordre en question.

— *Le refus de la gabegie :* sentiment extrêmement fréquent, là où des problèmes majeurs sont posés à la société. L'impuissance ou l'incapacité ou l'inconscience de l'élite dirigeante déterminent une sorte de répulsion à son égard et font que l'on souhaite et accepte un régime plus efficace (1). La République de Weimar constitue un cas limite : le régime était si mal né et confronté à des problèmes si graves, que la majorité absolue de la population lui était opposée. A l'heure actuelle, ce sentiment tend à jouer fréquemment dans les pays sous-développés et constitue la justification de tous les coups d'Etat militaires.

Les mobiles mobilisent, nous voulons dire qu'ils sont d'autant plus efficaces qu'ils gagnent de plus larges fractions de la population. Ce critère quantitatif permet d'introduire une hiérarchie entre les mobiles. Le mobile de loin le plus efficace et le plus répandu est la haine de l'occupant. L'humiliation, la peur et le refus de la gabegie viennent ensuite, à peu près à égalité. L'oppression joue rarement, car, pour être efficace, elle doit être ressentie par l'élite, opposée au pouvoir central. Elle peut être éventuellement efficace dans le cas de régimes despotiques aberrants du type fréquent dans les Caraïbes, et encore ! Quant au désespoir et à l'envie, ils interviennent plutôt une fois le mouvement révolutionnaire engagé. Dans ce cas, le désespoir, surtout, peut gagner de très larges fractions et jouer un rôle important.

(1) En vertu de l'illusion extrêmement répandue qui fait confondre efficacité et monopole politique, un régime plus efficace, c'est presque toujours un régime fort.

C) LA CHUTE DU POUVOIR

Une révolution a, par définition, trait à la passation des pouvoirs. Il s'agit d'une lutte entre le pouvoir en place et les groupes qui partent à sa conquête. La chute du pouvoir ne peut donc être séparée de sa prise, car ces deux processus sont liés en un combat où rien n'est secondaire, car les impondérables peuvent revêtir une importance énorme. Au niveau typologique on ne peut noter que les grands traits. Du côté du pouvoir en place, quatre modalités peuvent être distinguées :

— *L'effondrement* pur et simple d'un régime politique, qui disparaît presque instantanément, sans combattre. Ce sort menace des régimes particulièrement illégitimes parce que imposés par l'étranger, ou inefficaces ou aberrants. Le cas est rare, car rares sont les régimes qui ne s'appuient sur aucune force interne. La Révolution hongroise de 1956 illustre parfaitement ce cas. Il va de soi qu'un régime pluraliste ne peut connaître un tel événement, car l'effondrement simultané de tous les centres de décision est hautement improbable.

— *La démission* menace un pouvoir démoralisé et qui ne cherche pas à se défendre. Elle survient fréquemment dans le cas d'un pouvoir personnel ou charismatique vieillissant, lui-même issu d'une révolution récente, ou dans celui d'un régime faible et peu efficace. La France a connu un tel processus à plusieurs reprises : en février 1848, septembre 1870, juin 1940 et mai 1958. Une forme particulière de démission est celle d'un pouvoir qui renonce à défendre ses possessions extérieures. Cette démission peut découler soit d'une faiblesse intrinsèque (par exemple en Autriche en 1848), soit d'un calcul rationnel qui confronte les coûts et les profits. Un tel calcul, qui, d'un côté, enregistre les dépenses militaires, administratives, de développement et d'instruction, et, de l'autre, les profits tirés de l'exploitation du sol, du sous-sol et de la main-d'œuvre, aboutit nécessairement à la conclusion que la colonisation n'est pas rentable. La conviction est encore renforcée par la possibilité, une fois l'indépendance accordée, de continuer à échanger avantageusement sans contrepartie. L'on conçoit que les empires coloniaux se soient dissous sans que les métropoles se soient beaucoup évertuées à les maintenir. La résistance n'a été importante que là où une minorité importante de nationaux s'était installée dans la colonie et a réussi à gagner à sa cause une fraction de l'élite dirigeante (cas de l'Algérie). Il va de soi qu'un gouvernement peut négliger le calcul économique et lier son prestige au maintien de l'empire ; dans ce cas, la prospérité de la métropole sera sacrifiée (cas du Portugal).

— *La division de l'élite dirigeante* — que nous avons déjà signalée à plusieurs reprises — mène presque nécessairement à la révolution. Elle peut porter sur la nature du régime (République de Weimar), sur un problème précis (décolonisation en France, guerre en Russie) ou sur des problèmes de valeurs. Le cas le plus favorable est une division en parties sensiblement égales qui se paralysent l'une l'autre ; à la limite on a la guerre civile (par exemple, la guerre de Sécession ou la guerre d'Espagne). De façon plus subtile, le pouvoir peut être vidé de sa substance parce que l'élite divisée se retire de la scène politique, par l'émigration à l'intérieur et la fuite sociale (exemples déjà signalés du Bas-Empire romain et de la fin des Han).

— Un cas très particulier et souvent efficace de révolution est la *division de l'élite dirigeante suivie de la victoire d'une fraction.* Le pouvoir se transmet sans qu'il y ait vacance ; tout se passe au sommet dans les sphères dirigeantes, avec appel minimal au peuple. Un cas exemplaire est la révolution de Meïji (1). Elle a opposé deux fractions de l'élite sur l'attitude à adopter face au contact avec

(1) Paul AKAMATSU, *Meïji, 1868. Révolution et contre-révolution au Japon*, Paris, Calmann-Lévy, 1968.

l'Occident et à l'ouverture du pays. La division a débouché sur une guerre civile, mais limitée aux Grands, aux daïmios. — Très fréquentes sont les révolutions de palais, de règle en régime despotique. Sans remonter aux despotismes d'autrefois, on rappellera la chute de Beria et celle de Khrouchtchev. En régime de parti unique, cela se traduit par un transfert de majorité au profit d'une équipe nouvelle ; ainsi en Pologne en 1956 et en Tchécoslovaquie en janvier 1968. — La Révolution culturelle chinoise présente un cas remarquable. Autant que l'on puisse savoir à l'heure actuelle, un conflit a opposé, *au sommet*, deux fractions de l'élite dirigeante, l'une axant les efforts sur le développement économique, donc sur la discipline, la hiérarchie des pouvoirs et les compétences, l'autre sur la volonté d'effervescence révolutionnaire à régénérer régulièrement. La victoire a été décidée *avant* la Révolution culturelle au profit de la fraction (celle de Mao Tsé-toung) qui a réussi à gagner à ses vues l'armée. C'est ensuite que, *d'en haut*, on a fait appel à la base, plus précisément à la jeunesse, pour procéder à une gigantesque épuration, dont le parti a été la principale victime. Ce phénomène de révolution dans la révolution ou de relance par en haut de la révolution n'est pas tout à fait inédit. Ainsi les « lois de ventôse » présentées par Robespierre, Saint-Just et Couthon, qui visaient à une gigantesque expropriation des possédants (c'est-à-dire les centaines de milliers de suspects alors emprisonnés), au bénéfice d'une petite paysannerie, qui aurait constitué l'armature d'une cité idéale de petits propriétaires-exploitants. On peut interpréter dans le même sens le volontarisme stalinien des plans quinquennaux et de la collectivisation des terres. A chaque fois, un tel processus suppose l'élimination de fractions de l'élite dirigeante. Staline et Mao Tsé-toung ont gagné, l'un grâce à la police, l'autre grâce à l'armée et à la jeunesse ; Robespierre a échoué, faute d'une assise politique suffisante.

D) LA PRISE DU POUVOIR

On peut distinguer plusieurs techniques, en fonction de leur efficacité plus ou moins grande :

— *Le coup d'Etat militaire :* lorsqu'il est bien préparé, mené avec décision et rapidité, c'est la technique la plus efficace et la moins sanglante. Bien préparé, cela signifie non seulement une mise au point minutée des opérations et la détermination des centres névralgiques dont il faut s'emparer (ministères, central téléphonique, radiodiffusion, aérodromes, hommes politiques susceptibles de rallier une opposition...), mais aussi et surtout l'accord ou la neutralité des chefs de l'armée, en tout cas de l'arme dominante (1). Lorsque les maîtres de l'armée sont d'accord, il n'y a pas d'exemple qu'un coup d'Etat militaire ait échoué (sans intervention extérieure, cela va de soi). Au contraire, lorsque l'armée elle-même est divisée, ou bien c'est l'échec (France, 1961 ; Indonésie, 1965), ou bien c'est la guerre civile (Espagne, 1936). En règle générale, le peuple n'intervient pas, sinon, le lendemain, pour hurler son enthousiasme. Il y a pourtant des exceptions. Lorsqu'un chef d'armée décide de faire sécession et de s'emparer du pouvoir, il peut être amené à tenter de gagner au moins une fraction du peuple par des promesses. Dans ce cas le coup d'Etat militaire peut déboucher sur au moins une amorce de révolution sociale (2). Autrement dit, en régime militaire, une révolution prend ou bien la figure de la révolution de palais, ou bien celle d'une séces-

(1) Il arrive fréquemment, dans les armées modernes, que l'armée de terre, la marine et l'aviation recrutent dans des milieux différents et développent un esprit de corps antagoniste. Plus l'équilibre entre les trois armes est grand, plus la mise au point du coup d'État sera difficile.

(2) Un bon exemple est celui de Thomas le Slavonien en 820-823, Cf. Louis BRÉHIER, *Vie et mort de Byzance*, Paris, Albin Michel, t. I. 1948, p. 104-106 ; Georges OSTROGORSKY, *Histoire de l'Etat byzantin*, trad. franç., Paris, Payot, 1956, p. 235-236.

sion qui, pour se renforcer, fait appel aux masses (1).

— *La guerre :* le seul cas efficace, historiquement, est la guerre de libération nationale. Etant donné le déséquilibre du rapport des forces, les révolutionnaires, dans un premier temps, sont forcés d'utiliser les techniques de la guerilla, dont le principe est toujours la mobilité des attaquants et la dispersion des forces occupantes, afin de n'engager le combat que dans une position locale de force (2). Pour qu'une guerilla finisse par l'emporter, il faut : un soutien, ou au moins la neutralité bienveillante, de la population, *et* une aide extérieure ; de son côté le pouvoir en place doit être abandonné par l'extérieur. L'on comprend ainsi la rareté des guerillas endogènes, celles que Guevara appelait de ses vœux. Pour que la majorité du peuple abandonne l'élite, il faut une telle décomposition de l'ordre social qu'une guerilla n'est même plus nécessaire (3). Or seul un pouvoir étranger, imposé par la force, est coupé de la population. Ainsi, la grande chance du parti communiste chinois a été l'attaque japonaise de juillet 1937 ; c'est dans et par la guerre anti-japonaise que le parti a pu occuper des positions importantes et faire la preuve de son efficacité. — Il n'arrive jamais que les révolutionnaires forment un bloc uni. Une guerre de libération fait taire les antagonismes pour présenter un front uni contre l'occupant. La victoire n'est

(1) L'étude de Curzio MALAPARTE, *Technique du coup d'Etat*, reste en grande partie utilisable.

(2) Le livre VI : *De la défense*, de CLAUSEWITZ contient une théorie définitive de ce type de guerre. Avec la meilleure volonté du monde, on ne peut trouver le moindre apport théorique nouveau dans les écrits militaires de Mao Tsé-toung et de Vo Nguyen Giap.

(3) La révolution cubaine s'est rapprochée de cette situation. Le régime de Battista avait versé dans un despotisme sanguinaire, qui faisait l'unanimité contre lui. La guerilla bénéficiait donc du soutien potentiel de toute la population. Il a suffi que le régime perdît le soutien des Etats-Unis et la foi en sa propre étoile, pour que la subversion l'emportât. Fidel Castro a été le premier surpris de la rapidité et de la facilité de son succès. Une telle conjoncture est tellement exceptionnelle qu'elle ne peut servir de modèle. D'où les déboires des guerillas castristes en Amérique latine.

donc jamais une fin, mais le début d'un règlement de comptes dont sortira le nouveau pouvoir. Dès avril 1962, un conflit éclate entre le G.P.R.A. de Ben Kheda et le groupe d'Oujda autour de Ben Bella. En Yougoslavie, le règlement de comptes, entre Tito et Mihaïlovic, s'est déroulé pendant la résistance, évitant ainsi au pays des troubles en 1945.

— *Le parti révolutionnaire*, c'est-à-dire un groupement politique hiérarchisé qui vise la conquête du pouvoir. Si un tel parti choisit l'illégalité et la violence, on retombe dans le cas précédent. Or, rappelons-le, il n'y a guère d'exemple qu'une telle stratégie ait réussi en dehors d'une occupation étrangère. Le cas le plus probable est que le parti s'empare du pouvoir à l'occasion d'une vacance de celui-ci. C'est tout le sens de la stratégie léniniste et trotskyste. Le parti ne provoque pas la chute du pouvoir ; c'est le peuple qui l'obtient, en se soulevant en masse. Le parti entre en scène pour guider cette effervescence populaire et s'emparer de l'appareil d'Etat. A vrai dire, le seul exemple historique réussi est la Révolution d'Octobre 1917. En l'absence d'une décomposition du pouvoir, une telle stratégie se cantonne dans le verbalisme révolutionnaire ou bien se résout dans le blanquisme, dont il faut rappeler que son seul succès a été l'occupation, pendant quelques heures, d'une caserne de pompiers !

Il faut noter l'originalité de la stratégie fasciste et nazie. En un premier temps, on développe un parti de masse, qui investit les principaux rouages de la société en une sorte de pouvoir parallèle. Simultanément, on utilise les partisans pour empêcher systématiquement le régime officiel de fonctionner. Pour ce faire, tous les moyens sont bons. Le but est de convaincre la population que le parti est le seul facteur d'ordre et de stabilité. Dans un troisième temps, on fait pression sur les autorités légitimes pour qu'elles confient le pouvoir, *de façon légale*, au chef du parti. Dans un quatrième temps, on utilise l'appareil d'Etat pour bouleverser, à froid et par en haut, donc de façon systématique, la société. Il faut reconnaître que les nazis ont déployé dans cette action une maestria inégalée : en quelques mois, la population allemande a été presque entièrement atomisée et soumise à la dictature de l'Etat totalitaire (1).

— *La vacance prolongée du pouvoir :* on ne peut plus parler de technique de prise du pouvoir, mais d'une situation engendrée par l'absence d'un pouvoir stable. Une telle situation naît de l'impuissance où se trouvent les diverses forces politiques d'éliminer les autres et de s'emparer des leviers de commande. Or, comme nous l'avons déjà indiqué, une telle paralysie n'est possible que lorsque l'élite est profondément divisée. En une pareille occurrence, tout devient possible : toutes les forces latentes peuvent se manifester, même les plus marginales ; toutes les techniques de prise du pouvoir peuvent s'exercer tour à tour ; toutes les idéologies peuvent s'épanouir. Plus la vacance sera prolongée, plus la gamme des possibles sera étendue. D'où l'étonnante fascination qu'exercent les révolutions anglaise, française et russe — mais surtout française, car 89 constitue le mythe révolutionnaire suprême : les générations futures peuvent, toutes sans exception, y trouver de quoi alimenter leurs haines ou leurs enthousiasmes, et s'y référer comme à des modèles. La Révolution française est le bien commun de tous les révolutionnaires et de tous les contre-révolutionnaires. Il va de soi qu'une vacance du pouvoir ne saurait se prolonger indéfiniment. La lassitude finit toujours par jouer, renforcée par l'urgence des problèmes qui s'accumulent. La parenthèse se referme, soit sur une dictature, soit sur une restauration (2). Ainsi, de tous les possibles qu'avait

(1) Tout ce processus est fort bien analysé, au niveau d'une petite ville d'Allemagne, par William S. ALLEN, *Une petite ville nazie (1930-1935)*, Paris, Robert Laffont, 1967.

(2) L'exécution du roi et de la dynastie a sans doute et surtout une

fait naître la vacance, un seul finit par l'emporter (1).

On aura noté que, dans cette analyse, nous n'avons parlé ni des barricades, ni des « journées » révolutionnaires, ni des insurrections. Car, si elles peuvent abattre un pouvoir chancelant, elles ne peuvent pas le saisir. C'est toujours une minorité qui s'en empare, puis la majorité entérine en se ralliant ou en laissant faire. La prise du pouvoir par le peuple, le prolétariat ou la bourgeoisie n'est qu'un mythe, qu'aucun fait ne permet d'étayer. On notera aussi le rôle essentiel de l'armée. Ou bien elle est l'acteur principal (Cromwell, Bonaparte, Napoléon III), ou bien elle est neutre (Allemagne, en 1933), ou bien elle est neutralisée parce que divisée (France, en 1789 ; Russie, en 1917), ou bien elle est absente (en 1830, elle était en Algérie), ou bien elle est démoralisée et ne soutient pas le pouvoir (France, en 1848). Sinon, tant que l'armée obéit au pouvoir, l'échec est certain (France, en 1871).

E) LE DÉROULEMENT

Ce critère recoupe en partie les deux précédents. En effet, dans le cas d'un coup d'Etat militaire bien mené, le déroulement de la révolution est quasi instantané. Il se

valeur symbolique : rompre le lien mystique qui lie le peuple au pouvoir. Mais elle a aussi une fonction pratique : empêcher la restauration faute de titulaire. Les Romanov ont, somme toute, disparu pour des raisons techniques.

(1) Cette issue, malheureuse pour les acteurs qui n'ont pu faire triompher leurs vues, c'est-à-dire presque tout le monde, explique que les révolutions avortées exercent une fascination encore plus grande que les révolutions réussies. Rétrospectivement, le foisonnement d'idées, de projets et de réalisations qui caractérise toute vacance, donne l'illusion d'un état de grâce permanent, où la créativité de tout un chacun pouvait se déployer. Comme l'illusion n'a pas été brisée par une fraction révolutionnaire, mais par l'ordre, l'idéal n'est en rien terni. C'est la seule explication logique à l'étonnante faveur dont jouit la Commune auprès des révolutionnaires. Il n'est pas exclu que ce mythe majeur soit, à l'avenir, effacé par un mythe rajeuni : mai 1968 en France, qui tire toute sa substance de son échec.

produit généralement à la fin de la nuit, pour profiter le plus possible de l'effet de surprise et n'avoir pas à compter sur des mouvements de foule éventuels. — Un deuxième type est représenté par les révolutions de 1688 ou 1830; elles sont brèves et peu sanglantes. Cela tient au fait qu'une équipe de rechange est immédiatement disponible. Ainsi, en 1830, le banquier Laffitte réussit à faire applaudir Louis-Philippe sur le balcon de l'hôtel de ville, après avoir pris soin de rallier La Fayette et de l'utiliser comme un symbole susceptible de rassembler le peuple. Sur le plan purement technique, on peut considérer que ces deux modes de passation des pouvoirs sont les plus réussis, car les frais de la révolution sont réduits au minimum.

Dans le cas de la vacance prolongée, ces frais augmentent très vite. Le déroulement — ou l'anatomie de la révolution, pour reprendre l'expression de Crane Brinton — est caractérisé par une radicalisation croissante de la révolution. Au départ, des équipes accèdent au pouvoir, qui tentent, sinon de composer avec l'ancien pouvoir (1789), du moins de s'éloigner le moins possible des pratiques et du personnel anciens (février 1917). Bref l'on a une phase modérée. Cette phase est suivie par celle de l'élimination des modérés au profit d'équipes de plus en plus radicales, porteuses de programmes qui tendent au bouleversement complet de l'ordre social. Le combat se déplace donc à l'intérieur du camp révolutionnaire, qui se trouve décimé par des épurations successives. Ces épurations tendent à reconstituer le parti contre-révolutionnaire, qui se trouvait, au début, frappé de stupeur. La guerre civile est, par conséquent, probable. A partir de là, trois issues sont possibles : ou bien la contre-révolution l'emporte et impose un régime toujours plus lourd que celui qu'on se proposait d'abattre (régime de Horthy en Hongrie après 1919); ou bien la révolution l'emporte en faisant appel aux forces profondes, c'est-à-dire au peuple et à la canaille, et instaure un régime terroriste ou totalitaire (Robespierre, les

Bolcheviks) ; ou bien l'armée intervient pour instaurer un ordre nouveau (Cromwell, Bonaparte) (1). Ainsi, une vacance prolongée mène nécessairement à quelque chose comme une dictature, à un renforcement de l'Etat et à un laminage de tous les pouvoirs intermédiaires. Or nous avons vu que la vacance prolongée est due à l'absence d'une équipe de rechange capable de rallier la majorité, et, en dernière analyse, à la division de l'élite en fractions inconciliables et de forces approximativement égales. De ce point de vue, les « grandes » révolutions sont donc toujours des révolutions manquées, victimes d'un dérapage initial et d'un engrenage fatal.

Dans le cas de la guerre, il est impossible de discerner un déroulement typique : les opérations militaires relèvent de l'analyse militaire et non de l'analyse révolutionnaire. Cependant, dans une guerre révolutionnaire, la politique joue un rôle encore plus grand que dans une guerre entre unités politiques souveraines. Les opérations, leurs échecs et leurs succès, ont donc une répercussion immédiate dans l'équipe politique qui dirige la révolution. On peut poser comme loi que, plus la guerre est prolongée et intense, plus on aura une montée aux extrêmes dans le groupe dirigeant. Ce sont les plus intransigeants qui finiront par l'emporter et par imposer, au lendemain de la victoire, leur pouvoir et leurs vues. Inversement, plus l'indépendance sera facile à obtenir, plus sera probable l'accession au pouvoir d'équipes modérées ; du moins dans un premier temps, car si ces équipes s'avèrent incapables de tenir leurs promesses, elles risquent d'être éliminées, la plupart du temps par les militaires. Par conséquent, le déroulement de la guerre révolutionnaire est déterminé par les *deux* camps. Comme en toute guerre, la décision dépend et des moyens et de la volonté.

(1) En se refusant à utiliser sa position de créateur et de chef de l'Armée Rouge, pour prendre le pouvoir à la mort de Lénine, Trotsky est resté fidèle à ses principes, mais, ce faisant, il est sorti de l'histoire.

Or les moyens des révolutionnaires sont toujours inférieurs à ceux de l'ordre ; ils ne peuvent donc prétendre l'emporter que par la supériorité de la volonté. La volonté est portée à son maximum lorsque les révolutionnaires sont décidés à plutôt mourir que céder. Or cette détermination n'est rendue possible que par la foi en une cause qui dépasse le sort individuel. Une guerre révolutionnaire finit toujours, pour peu qu'elle se prolonge et se radicalise, par devenir une guerre de religion où s'affrontent le Bien et le Mal.

En résumé, le rapport général entre les moyens et la volonté des deux camps définit le déroulement de la révolution. Plus les révolutions disposeront de moyens et manifesteront de volonté face à un pouvoir débile et démoralisé, plus la révolution sera brève et peu sanglante. Le coup d'Etat militaire incarne la disproportion maximale entre les révolutionnaires et l'ordre ; la guerre révolutionnaire incarne le pôle opposé (1).

F) LA FÊTE

Nous avons défini la fête comme la transgression des interdits, l'exaltation collective et la prolifération de l'imaginaire. En révolution, la fête se présente comme l'accentuation démesurée de la vie collective aux dépens de la vie privée, et comme un maelström de projets. La meilleure description de ces phénomènes doit être cherchée chez les écrivains, plus aptes à saisir les sentiments collectifs que les historiens et les sociologues. Tout le monde connaît les pages désabusées de Flaubert sur les Journées

(1) On pense avec effroi à ce que pourrait donner une révolution en Afrique du Sud, où les Blancs, privés de toute position de repli, seraient nécessairement amenés à déployer une volonté de vaincre égale à celle des révolutionnaires. Une telle révolution prendrait probablement une forme extrême de lutte à mort, dont il n'y a, jusqu'à présent, aucun exemple. Lüthüli fondait sur cette analyse évidente son refus d'une stratégie violente au profit d'une stratégie d'inspiration gandhiste.

de Février 1848 et celles, enthousiastes, de Jules Vallès sur la Commune. Il est évident que, des quatre déroulements typiques distingués ci-dessus, ni le coup d'Etat, ni la révolution brève, ni la guerre ne sont compatibles avec la fête. Seule la vacance prolongée lui est favorable. A vrai dire, la fête ne dure que quelques jours ou quelques semaines. Rapidement, les conflits politiques entre fractions qui visent le pouvoir brisent l'illusion de l'unanimité ; les nécessités de la quotidienneté viennent froisser l'exaltation. On comprend, ainsi, simultanément la rareté de ces phénomènes et l'enthousiasme rétrospectif qu'ils suscitent. Le sentiment que la révolution constitue un moment privilégié de l'histoire, où l'individu accède directement et immédiatement à l'universel, ne peut pas ne pas exalter les acteurs et entretenir les nostalgies. Il est probable que ce sentiment doit être d'autant plus intense que la coupure entre la sphère individuelle et la sphère collective est plus grande. La France est caractérisée par un système bureaucratique où, par un jeu subtil et précis de barrières et de niveaux, la sphère individuelle est la plus autonome par rapport à la société. De tous les peuples occidentaux, le français est celui qui se soucie le moins des activités collectives et s'accommode le mieux d'en conférer le soin à l'Etat (1). On est amené à envisager l'hypothèse que la récurrence des révolutions en France ou, plus précisément, l'enthousiasme avec lequel les Français les accueillent, est lié à ce gouffre qui sépare l'individu de la collectivité. De toutes les révolutions ou situations révolutionnaires que la France a connues depuis des siècles, il est peu niable que mai 1968 représente un cas unique où l'aspect de fête a dominé sans partage (2).

(1) Voir les analyses de Michel CROZIER dans *Le phénomène bureaucratique*, Paris, Le Seuil, 1964.

(2) L'exemple qui s'en rapproche le mieux nous paraît être la Fronde : dissolution apparente du pouvoir ; effervescence de tous les groupes sociaux ; vertige de l'élite ; incapacité politique notoire ; faiblesse désarmante de la formulation idéologique...

D'où l'indulgence que ressentent même ceux qu'a laissés sceptiques l'irréalité de l'événement.

G) L'IDÉOLOGIE

Nous aurons encore l'occasion de préciser qu'il n'y a pas de phénomène révolutionnaire sans au moins un embryon d'idéologie, qui lui donne un sens et lui sert de justification. Dans les révolutions politiques, l'idéologie joue nécessairement un rôle beaucoup plus grand. En effet, la visée qui consiste à vouloir s'emparer du pouvoir suppose une interprétation de la vie en société autre que celle qui se trouve en place. Ce qui ne veut pas dire que tous ceux qui participent à la révolution le font pour des raisons idéologiques. On est bien obligé de donner raison à Pareto lorsqu'il distingue, dans tout mouvement social, trois catégories d'adhérents : ceux qui y croient vraiment et qui sont en minorité, ceux qui l'utilisent à des fins personnelles (1), et enfin une masse qui suit et vit d'illusions contradictoires. Seul le premier groupe nous intéresse ici, même si son sort normal est d'être éliminé une fois le pouvoir conquis.

En principe, n'importe quelle idéologie peut devenir le support de visées révolutionnaires au sens étroit. Il faut et il suffit que l'idéologie représente une vision du monde assez précise pour constituer l'axe autour duquel une société pourra être construite, et assez complexe pour que, sinon tous les groupes sociaux, du moins la plupart puissent y projeter leurs aspirations. Bref, pour être efficace, une idéologie révolutionnaire doit éviter l'utopie délirante (2) et l'exclusivisme.

(1) Qui peuvent être l'ambition, la cupidité, l'opportunisme ou la solution de problèmes intimes.

(2) En entendant par là un système de pensée qui vise des objectifs qui n'ont pas la moindre chance d'être réalisés. Promettre l'immortalité ou l'abondance sans limites est une utopie délirante. Cela dit, il n'y a

Risquons une typologie des idéologies révolutionnaires, sans prétendre à l'exhaustivité et en rappelant une fois de plus qu'un type idéal ne cherche pas à saisir les nuances, mais à dégager l'essentiel d'un phénomène, c'est-à-dire ce qui le différencie d'autres du même genre. Dans la réalité, un type peut emprunter certains traits à d'autres, sans parler des systèmes éclectiques inconsistants. Nous pensons couvrir l'essentiel du champ historique en distinguant les idéologies suivantes.

1. Le conservatisme

C'est, à coup sûr, l'idéologie la plus communément répandue, puisque, en son fond, il consiste en la défense résolue de n'importe quel ordre établi. Or un système social se fonde toujours sur un consensus, lui-même assis sur des intérêts et des convictions. Au fond, on ne s'éloigne pas trop de la vérité en affirmant que tout système social est conservateur. En temps normal, le conservatisme n'est rien d'autre qu'une interprétation restrictive de l'impulsion à donner aux affaires humaines. A ce titre, il ne constitue évidemment pas une idéologie révolutionnaire. Le conservatisme devient actif et se constitue en parti de l'ordre dissident, lorsque le pouvoir lui semble suivre une pente qui s'éloigne par trop de ce qui est considéré comme la norme. Les Gracques, dans la mesure où ils prétendaient ramener Rome à un état où la cité était fondée sur de petits propriétaires-citoyens, sont des conservateurs révolutionnaires. On classera dans la même catégorie les Républicains qui assassinèrent César. Une grande proportion des soulèvements militaires qui troublèrent l'Empire romain s'explique aussi par la volonté de restaurer l'ordre politique, moral et social. A l'époque

aucune raison, bien au contraire, pour que des contre-sociétés restreintes n'adoptent pas de telles idéologies.

contemporaine, beaucoup de coups d'Etat militaires dans le Tiers Monde, en particulier en Amérique latine, se donnent à eux-mêmes la justification de vouloir rétablir un ordre que menaçait le pouvoir civil. L'Espagne au XIXe siècle, sans parler de la guerre civile en 1936, a connu des épisodes du même genre. Contrairement aux apparences et aux croyances, les révolutions conservatrices sont moins soutenues par l'élite que par le peuple. En effet, c'est au sein de l'élite qu'apparaissent des forces qui font dévier le système social dans un sens nouveau, et c'est dans le peuple que ces changements sont généralement le plus durement ressentis. C'est la plèbe qui soutint Tiberius et Caius et le Sénat qui les abattit.

2. Le théocratisme

On entendra par là une idéologie révolutionnaire dont le noyau est un système religieux qui prétend instaurer un ordre social neuf sur des principes révélés. Tous les millénarismes et messianismes sont des idéologies théocratiques. Cependant, nous avons déjà eu l'occasion d'indiquer qu'ils ne parviennent pour ainsi dire jamais au pouvoir. Ou bien — et c'est le cas général — ils sont écrasés, ou bien ils deviennent des religions universalistes qui investissent une société sans s'emparer du pouvoir (1).

Par conséquent, le théocratisme, comme idéologie révolutionnaire efficace, est rare. On peut citer les exemples de Savonarole à Florence en 1494-1498, de la République que Calvin établit à Genève ou la Ligue à Paris en 1587-1588 (2).

(1) Il y a des exceptions, par exemple la Révolution abbasside, déjà signalée, p. 82, n. 1.

(2) Roland Mousnier, *Les hiérarchies sociales depuis 1450*, Paris, Presses Universitaires de France, coll. « SUP-L'Historien », 1969, p. 45-56.

3. Le nationalisme

On peut le définir comme un système de pensée fondé sur l'accentuation du sentiment d'attachement à sa communauté d'origine. Il se distingue donc du sentiment d'attachement lui-même, que l'on peut appeler patriotisme. Un premier problème qui se pose à tout nationalisme est celui de la détermination de la nation, problème difficile à résoudre, car, dans les faits, les traits qui divisent une société qui se veut nationale sont au moins aussi nombreux que ceux qui l'unifient. Deux grandes justifications peuvent être proposées :

— *Ou bien* l'on définit la nation par la communauté du passé et la volonté de vivre en commun. A l'aube de la plupart des nationalismes du XIXe siècle, on trouve une phase où historiens et philologues jouent un rôle de premier plan. Là où la langue nationale n'est pas une donnée immédiate, on redonne vie à une langue ancestrale (le gaélique en Irlande, l'hébreu en Israël), ou bien l'on valorise la langue populaire aux dépens d'une langue artificielle et savante parlée par l'élite (en Grèce, lutte de la démotique contre la catharévousa), ou bien l'on tend à transformer les langues locales en dialectes au bénéfice d'une langue nationale (en Allemagne, dans une certaine mesure). — L'appel à la volonté commune va, évidemment, dans le sens démocratique, c'est-à-dire qu'il exprime l'intention de transformer les nationaux en citoyens.

— *Ou bien* l'on fait référence à une hypostase (en général la race, mais aussi la religion, comme dans le cas du nationalisme musulman), qui fonde la communauté. Cette deuxième orientation s'impose nécessairement dans une communauté qui, précisément, ne peut revendiquer un passé commun. Ainsi, la coloration nettement raciale du nationalisme allemand ne peut s'expliquer — sauf à faire appel à des explications à leur tour raciales — que par le fait massif que l'Allemagne n'a jamais existé autrement qu'à l'état de projet jusqu'en 1871.

Une fois qu'il a choisi entre les deux termes de l'alternative pour se définir, le nationalisme doit préciser sa nature, d'une part, envers les problèmes intérieurs, d'autre part, vers l'extérieur. *Vers l'intérieur*, un nationalisme, du fait qu'il valorise fortement l'appartenance, est nécessairement amené à considérer les différences, les clivages, les antagonismes et les conflits comme des accrocs dans une tunique sans couture. D'où la volonté, ou bien de les nier ou bien de les résoudre par une politique qui mènera à l'unanimité. Or une constante de la vie en société est la résurgence des conflits ; l'unanimité est donc toujours à refaire. Il s'ensuit que le nationalisme tend toujours vers un régime fort ou totalitaire, ou, pour être plus nuancé, que le totalitarisme est une tentation constante du nationalisme. *Vers l'extérieur*, la situation est simple. La volonté d'union nationale et la nécessité de préciser toujours sa propre identité débouchent forcément sur l'antagonisme avec d'autres nationalismes ; c'est dans et par la guerre ou, du moins, la tension internationale, qu'un nationalisme se fortifie et se justifie. Pour colorer de touches attrayantes cet égoïsme sacré, on n'a aucune peine à produire des ratiocinations qui fondent l'agressivité sur la supériorité essentielle et la mission civilisatrice à accomplir et sur la noirceur irrémédiable de l'Autre.

Deux situations sont particulièrement favorables pour que le nationalisme gagne de larges fractions de la population : ou bien la victoire militaire, qui entérine et justifie la supériorité et la mission, ou bien la défaite et la sujétion qui nourrissent le ressentiment. Par conséquent, quelle que soit l'issue des guerres, elles tendent à produire le nationalisme, du moins lorsque les guerres concernent non seulement l'élite, mais aussi le peuple, c'est-à-dire là où les citoyens sont soldats et réciproquement. En effet, le nationalisme a plus de chances de s'implanter dans le peuple que dans l'élite. La perception de l'étrangeté de l'Autre et de la menace qu'il représente est un sentiment banal et normal. Le nationalisme se greffe sur un penchant naturel. Il s'ensuit que la notion d'une communauté transnationale ne peut découler que d'un impératif moral ou rationnel. Celui-ci, qui suppose un certain raffinement intellectuel, apparaît d'abord dans l'*intelligentsia*, avant de gagner, éventuellement, l'élite. Par contre, il n'y a pas d'exemple historique que le peuple ait spontanément débordé les cadres de sa communauté naturelle. Aussi la démocratisation qui a caractérisé l'Occident au XIXe siècle a, simultanément, élargi démesurément les réserves où les armées pouvaient puiser, et renforcé le sentiment national. Que les peuples se soient lancés avec frénésie dans la guerre en 1914 ne saurait étonner que les observateurs victimes du mythe de l'internationalisme propre au peuple et aux travailleurs. C'est l'inverse qui eût constitué une nouveauté inouïe.

En résumé, le nationalisme est une idéologie qui se fonde sur l'unité intérieure et l'agressivité extérieure ; elle est d'autant plus probable que la scène internationale est plus tendue et que le régime politique est plus démocratique ; elle convient le mieux aux régimes totalitaires et tend toujours vers ces régimes.

4. Le socialisme

C'est une gageure que de prétendre le définir en quelques mots. Nous nous y risquons, en insistant sur les deux traits qui nous paraissent fonder tout projet socialiste, au-delà de la diversité et des anathèmes. La première valeur ultime du socialisme est la justice, c'est-à-dire l'égalité et, plus précisément, l'égalité dans la répartition des richesses. Ainsi se dessine une vision fondamentalement économiste de la vie. Le but ultime de la vie en société est la satisfaction pleine et entière des besoins de tous. En ce sens, il est possible de considérer que le socialisme constitue la finalité, donc la vérité, de la société industrielle. En effet, celle-ci, en vertu de sa logique interne, vise l'abondance matérielle pour tous, même si cette visée est utopique. Si l'on définit le socialisme comme la propriété publique des moyens de production ou, du moins, l'expropriation tendancielle des propriétaires privés, il paraît incontestable que les sociétés économiques contemporaines mènent au socialisme.

La deuxième valeur suprême découle de la première : c'est la rationalisation de la société industrielle, par l'élimination des gaspillages, des ratés, des dysfonctions. Cela suppose que les tâches d'organisation soient confiées à un organisme qui déborde les intérêts particuliers pour défendre les intérêts généraux. Un tel organisme s'appelle l'Etat. A partir de là, on peut concevoir et constater des variantes réformistes, technocratiques et étatistes. Il n'en reste pas moins que revendiquer simultanément l'intérêt général et la disparition de l'Etat constitue, dans la meilleure des hypothèses, une erreur.

Cette brève analyse nous permet d'interpréter sans peine les caractères particuliers des mouvements socialistes. Ils recrutent de préférence, soit dans les couches mal intégrées à la société et qui n'ont rien à défendre dans l'ordre ancien, soit dans les groupes directement intéressés au bon fonctionnement de l'appareil économique ; bref, il est appuyé aussi bien par les salariés de l'industrie que par la technostructure, pour reprendre l'expression de Galbraith. Le deuxième caractère est la tendance à renforcer l'emprise étatique, aussi bien pour réduire l'inégalité des ressources par l'intermédiaire des redistributions de revenus, que pour introduire dans l'activité économique la rationalité, sous la forme de la planification, dont il y a plusieurs variétés. Cela ne veut pas dire que le socialisme mène nécessairement au monopole politique, les pays scandinaves en font foi. Il n'en reste pas moins qu'à choisir entre l'égalité et l'efficacité contre la liberté, la probabilité veut qu'on sacrifie cette dernière.

5. Le fascisme

Cette idéologie nous paraît, tout comme le socialisme, liée à la société industrielle. Elle se définit *négativement* par le refus d'aspects déterminés de la société industrielle : l'extension de l'Etat, l'accentuation des conflits, le développement des grandes entreprises, l'urbanisation, le développement d'un univers technique coupé de la nature... Et *positivement* par la volonté de retour à un ordre antérieur considéré comme idéal : l'état de nature, la société agraire, les corporations, la chevalerie, le petit commerce et les petits métiers... Il s'agit d'une idéologie proprement réactionnaire et irrationnelle, car elle prétend remonter l'échelle du temps (1). Elle ne se constitue pas nécessairement en système complet et cohérent, mais peut s'observer en certaines attitudes apparemment innocentes. Ainsi le nudisme, que l'on peut interpréter comme une tentative puérile d'échapper à un environnement artificiel pour retrouver l'innocence de la nature, fut très en honneur dans le système nazi. Ou encore les diatribes contre l'esprit de jouissance, qui fleurissaient en Allemagne et sous Vichy, sont évidemment dirigées contre la propension à augmenter la consommation privée, caractéristique du système industriel. Depuis peu, les dénonciations véhémentes de la société de consommation, dans la mesure où elles sont sincères, nous paraissent avoir un fort relent fasciste. La défense acharnée des petites et moyennes entreprises, dans la mesure où elle dépasse la simple

(1) Il va de soi que, une fois au pouvoir, le fascisme est obligé de tenir compte des réalités, ce qui peut se traduire par la plus franche technocratie. Dans les hautes sphères de l'Etat nazi, Himmler voisinait avec Speer. Pour plus de détails, voir Joachim Fest, *Les maîtres du IIIe Reich*, Paris, Grasset, 1965.

sauvegarde d'intérêts particuliers pour se muer en justification d'un ordre social, cette défense est également d'inspiration fasciste.

Si ni le conservatisme, ni le théocratisme, ni le nationalisme, ni le socialisme n'éprouvent de difficulté majeure à concevoir le sujet de l'histoire : les partisans de l'ordre, le peuple de Dieu, la nation et les travailleurs, le fascisme rencontre quelque obstacle. Du fait de son choix initial de refus du système industriel, il est amené à concevoir des communautés imaginaires, des corps mystiques qui incarnent l'idéal. Le corps le plus commun est la race. Ou bien, soit que la notion de race soit dévalorisée, soit qu'elle soit évidemment inadéquate en raison de brassages de populations trop voyants, l'on fait appel à des abstractions comme la romanité, la francité, la grécité, la négritude... Ce sont des hypostases imaginaires qui ne font que renforcer le caractèe irrationnel de cette idéologie.

Les traits originaux du fascisme nous permettent de prévoir son recrutement. Ses troupes seront constituées par tous les groupes qui se trouvent menacés par l'industrialisation, et ses animateurs se recruteront de préférence parmi les individus qui, pour une raison ou pour une autre, sont des inadaptés ou, plus précisément, des ratés. La biographie des chefs nazis est particulièrement éclairante : tous, sans exception, ont connu un échec majeur qui les a empêchés de réaliser leurs ambitions personnelles. Hitler voulait être architecte, Himmler savant, Gœbbels écrivain, Heydrich officier de marine, Ribentropp diplomate, etc. Or, nous aurons encore l'occasion d'indiquer que le propre de la société industrielle, dans sa phase actuelle, est la menace constante que le changement fait peser sur les situations acquises et l'intensification de la lutte pour la vie qui multiplie les ratés. Selon la logique, il faut en conclure, non pas que le fascisme est une fatalité infrangible, mais qu'il constitue une déviation toujours latente. Une crise particulièrement intense, économique, sociale ou internationale, risque toujours d'amener des troupes au fascisme et de rendre la menace actuelle.

6. Le libéralisme

L'on a oublié, de nos jours en Occident, qu'il pouvait constituer une idéologie révolutionnaire, pour la bonne raison que, en gros, il a triomphé chez nous : il représente donc l'ordre. D'autre part, l'attention révolutionnaire s'est déplacée, depuis la Révolution russe et surtout depuis 1945, vers le Tiers Monde, où les conditions d'une révolution libérale n'existent pas, ou pas encore. Ce faisant, on omet de se souvenir que le libéralisme a constamment nourri les révolutionnaires, du XVIIe au XIXe siècles. — Le projet fondamental du libéralisme est la liberté, qu'il faut entendre, au sens politique, comme la limitation maximale de l'emprise étatique. L'Etat est considéré comme un mal, qu'il faut comprimer le plus possible. C'est cependant un mal nécessaire. En effet, le libéralisme se fonde aussi sur la croyance au péché originel, que l'homme, à l'état de nature, est un loup pour l'homme. Seul un ordre social fondé sur la loi peut contenir cette sauvagerie. Par conséquent, le libéralisme est toujours tendu entre l'opposition à l'Etat et l'exigence d'un ordre légal.

La limitation de l'Etat suppose des contre-pouvoirs ou pouvoirs intermédiaires, qui constituent des centres autonomes de décision. Suivant les époques et les sociétés, ces contre-pouvoirs peuvent être des principautés territoriales, des privilèges, la propriété privée, la sphère de la vie privée, ou bien des partis, des syndicats, des groupes de pression, des communes autonomes, l'autonomie des Etats dans un système fédéral, etc. L'on comprend que le libéralisme soit une idéologie de l'élite, car c'est elle qui a des positions et des intérêts à défendre contre l'Etat. Si la bourgeoisie a été libérale, ce n'est pas parce qu'elle sécrétait le libéralisme comme un arbre des fruits, mais parce qu'elle faisait partie de l'élite. Somme toute, les seuls systèmes libéraux véritables ont été créés par des propriétaires d'esclaves, des aristocrates et des bourgeois !

Au fond, le libéralisme repose sur un postulat, qui pourrait s'énoncer ainsi : la concurrence des intérêts privés (matériels, intellectuels, moraux...) contribue à la réalisation de l'intérêt général ; ou, mieux, la lutte des intérêts particuliers mène à un point d'équilibre où les conflits s'abolissent et qui correspond à la meilleure solution *possible*. Le libéralisme suppose donc un système social pluraliste qui admette la pluralité des projets et des points de vue. Bien souvent, nous avons eu ou nous aurons à noter la singularité de l'histoire occidentale, qui est la seule à avoir permis le triomphe du libéralisme. Cela dit, on note des amorces de libéralisme dans tous les systèmes monopolistes et sa floraison là où le monopole s'affaiblit. Ainsi en Chine, lorsqu'une dynastie meurt, ou bien dans les démocraties populaires, dès que la dictature s'effrite. Or, les régimes monopolistes, pour le présent, sont plus nombreux que les régimes pluralistes. On peut en déduire que l'idéologie libérale ou pluraliste a un bel avenir devant elle, au moins dans la clandestinité !

7. L'ANARCHISME

Tout comme le libéralisme, l'anarchisme nous apparaît comme constant dans toutes les sociétés, et non simplement lié à la société industrielle comme le socialisme et le fascisme. Il se définit par le refus global de l'Etat et des institutions qui régissent la vie en société. Comme dans le libéralisme, la valeur suprême est la liberté, mais la liberté prise absolument et non pas simplement dans son acception politique (1). A certains égards, l'anarchisme est

(1) Dans le cas du libéralisme, il vaudrait mieux parler des libertés que de la liberté. Le libéralisme ne croit pas à la bonté de l'homme et aux

un libéralisme porté à la limite. Ce décalage tient à un postulat diamétralement opposé au postulat libéral : l'homme est naturellement innocent, c'est la société qui le corrompt. Il suffit donc de détruire la société, pour que la bonté et la paix règnent universellement. D'où un paradoxe, fort logique, qui veut que les anarchistes, en leur visée foncièrement pacifiste, n'hésitent pas à utiliser le terrorisme le plus aveugle pour parvenir à leurs fins. D'où aussi l'antinomie intime de tout anarchisme : ou bien il se donne les moyens de ses fins et il crée une société ; ou bien il les refuse et il échoue. C'est pourquoi il n'y a pas d'exemple que l'anarchisme soit devenu une force politique. A part les cas exceptionnels des anarchismes catalan, andalou et ukrainien, qui ont bénéficié d'une décomposition de l'Etat et de tendances séparatistes, tous les mouvements anarchistes sont purement marginaux.

Leur recrutement ne peut être que très étroit. Les seuls groupes, importants numériquement, qu'ils pourraient rallier, constituent la canaille, la catégorie sociale qui, par nature, ne joue aucun rôle dans la société et se caractérise par une atomisation irréductible. Aussi bien, en temps normal, on vient à l'anarchisme à l'aboutissement d'une destinée individuelle. Il s'ensuit qu'à la limite, il y a autant d'anarchismes que d'anarchistes. L'organigramme de l'anarchisme français depuis vingt ans — dans la mesure où on peut le reconstituer avec quelque vraisemblance — représente une prolifération de sectes qui se multiplient par scissiparité. L'efficacité est sacrifiée à l'exigence de pureté, qui n'est jamais satisfaite, puisque, dès que la secte atteint un certain effectif, elle se hiérarchise et se dote d'institutions : ce faisant, elle détruit l'idéal et les puristes la quittent.

Le sujet de l'histoire est ici le peuple, c'est-à-dire tout

vertus de la liberté. Il revendique seulement les libertés d'entreprise, d'opinion, d'association, d'expression, de critique...

le monde, c'est-à-dire personne. Les clivages dus au pouvoir, au prestige, aux richesses et à la pluralité des unités politiques sont considérés comme artificiels et mutilants ; ils sont donc rejetés et dénoncés, au profit d'une entité que l'on appellera peuple ou humanité.

H) LES ACTEURS

1. L'ÉLITE

En étudiant les variables sociales des phénomènes révolutionnaires (1), nous distinguerons trois grandes catégories sociales : l'élite, le peuple et la canaille ; chaque catégorie est composée d'un nombre indéterminé de groupes sociaux concrets. Par définition, seule l'élite peut s'emparer du pouvoir. En effet, l'élite regroupe tous ceux qui, dans une activité déterminée, se révèlent les plus aptes. Par conséquent, s'il y a des hommes qui s'avèrent particulièrement doués pour la subversion, ils font partie de l'élite (2). Construire une typologie des révolutions en fonction des acteurs suppose donc que, à l'intérieur de la catégorie de l'élite, on distingue les groupes sociaux concrets.

Les cadres supérieurs de l'armée, une fois de plus, sont les mieux placés pour s'emparer du pouvoir, puisqu'ils disposent de la force. Cela ne mérite pas plus ample explication. Notons simplement le fait remarquable que, à notre connaissance, jamais des policiers n'ont réussi un

(1) Voir chapitre IV, p. 194-196.

(2) Tout cela devrait aller sans dire. Il vaut pourtant mieux le dire, car on ne cesse de lire ou d'entendre des propos sur la prise du pouvoir par la bourgeoisie, les ouvriers, les paysans... A supposer que ceux qui s'emparent du pouvoir soient effectivement issus de ces groupes, il ne s'ensuit en rien que le groupe accède au pouvoir. Il s'agit toujours d'une minorité, donc d'une élite.

coup d'Etat (1). Cela tient peut-être à un trait de caractère des grands policiers du type Fouché, qui sont des puissances de la coulisse et de l'ombre, mal à l'aise à traiter au grand jour des affaires. L'habitude du secret et des « combines » les rend suspects au pouvoir et peu connus du grand public, et les entraîne à se perdre dans les détails des complots. Un bon exemple de policier ambitieux perdu par ses manœuvres tortueuses fut Himmler.

Les aristocrates ont rarement l'occasion de se trouver du bon côté de la barrière révolutionnaire. En effet, ou bien ils sont au pouvoir, ou bien ils sont dans l'opposition, c'est-à-dire combattent le pouvoir central. Lorsque le combat se limite au souverain et aux aristocrates, la probabilité va à une victoire du souverain. En effet, les aristocrates ont peine à se constituer en parti unifié, précisément du fait de l'indépendance qui leur est propre et qui est l'enjeu du conflit. De plus, le souverain conserve toujours la possibilité de se poser en défenseur de l'intérêt général contre les intérêts particuliers ; au contraire, les aristocrates ne peuvent compter, du côté du peuple, que sur des allégeances purement morales et fragiles. L'exemple de la Fronde est typique de l'infériorité des aristocrates à l'égard du pouvoir royal. En fait, les aristocrates ne peuvent espérer l'emporter contre le pouvoir que dans deux conjonctures :

— La plus efficace est la révolution nationale, où les aristocrates peuvent apparaître comme les défenseurs effectifs de l'intérêt général. L'exemple parfait est celui de la Révolution américaine, menée par de grands aristocrates propriétaires d'esclaves.

— Parfois, il peut arriver que l'aristocratie soit un groupe parmi d'autres en lutte contre le pouvoir central.

(1) A part, peut-être, la tentative de Beria, au lendemain de la mort de Staline. Mais cette tentative venait-elle du chef de la police, ou bien du proche collaborateur de Staline et du grand dignitaire du parti ?

Ou, ce qui revient au même, l'aristocratie n'est pas limitée aux grands seigneurs propriétaires de grands domaines, mais s'est ouverte à des groupes nouveaux, en particulier la bourgeoisie d'affaires et de services. Le cas typique est le cas anglais, où, dès le Moyen Age, le cloisonnement entre aristocratie et strates supérieures du peuple était perméable dans les deux sens.

La bourgeoisie, définie comme le groupe social qui tire sa raison d'être et son existence des activités économiques, intervient très rarement seule. Ce n'est qu'à son aurore, lorsque son développement a été entravé par des limitations d'origine féodale, qu'elle est intervenue révolutionnairement. L'on connaît les innombrables révolutions communales destinées à arracher l'autonomie aux seigneurs laïcs ou ecclésiastiques. Elle est intervenue également, *à titre de composante*, dans tous les mouvements qui, du XVIIe au XIXe siècle, ont concouru, avec succès ou non, à limiter le pouvoir central. Enfin, elle intervient, toujours à titre de composante, dans les luttes nationales. On la trouve déjà dans le soulèvement des Pays-Bas en 1567, qui devait aboutir à l'indépendance *de facto* en 1609 et *de jure* en 1648.

Il faut enfin noter, à l'époque contemporaine, *les chefs des partis*. Ils ne constituent pas, à proprement parler, un groupe social, car, suivant l'orientation du parti, ils recrutent davantage dans tel ou tel groupe. Ils constituent cependant un ensemble d'hommes de parti, soumis à une discipline et dont le sort est lié à l'activité politique. Autant que l'on puisse savoir, ce sont avant tout des intellectuels ou para-intellectuels (techniciens, professions libérales...), dont l'extraction peut être des plus modestes, mais qui ont réussi à s'élever (par les concours, le syndicalisme ou l'activité politique elle-même). Même les partis socialistes, qui se voulaient ouvriers avant tout, comportaient peu d'ouvriers dans leurs organes dirigeants. Avant 1914, les députés socialistes français comptaient deux ouvriers, les Allemands (le parti le plus important au Reichstag), aucun ! Il convient de relever dès maintenant — nous y reviendrons — qu'il n'y a pas d'exemple d'un parti révolutionnaire de masse. En effet, plus un parti est nombreux, plus, par définition, il recrute dans le peuple, c'est-à-dire dans une catégorie sociale remarquablement calme dans ses attitudes politiques. Le peuple réussit toujours à s'adapter, en gros, à la situation qui lui est faite, sinon aucun système social, quel qu'il soit, ne pourrait fonctionner. Un parti de masse est donc nécessairement, au mieux, réformiste : il accepte l'ordre, sauf à le modifier progressivement dans un sens qui lui convienne. A cette explication qui tient à la nature des choses et qui est donc constante, s'en ajoute une autre, circonstancielle. Un parti trop nombreux peut rassembler des courants si divers que les dirigeants se trouvent paralysés par des exigences divergentes. Ainsi, les socialistes-révolutionnaires russes, de loin le parti le plus important en 1917, fut incapable de construire un régime stable, de choisir une politique claire et ferme et de s'opposer au coup d'Etat bolchevik. La stratégie léniniste de « Que faire ? » — dont on peut douter qu'elle fût un développement orthodoxe du marxisme et qu'elle pût aboutir à autre chose qu'au totalitarisme — est la perception véhémente de ce fait qu'un parti révolutionnaire ne peut regrouper qu'une infime minorité de professionnels, si son objectif est la prise du pouvoir.

2. Le peuple

Dans tout système social, il représente la majorité et admet le système social. Il n'y a pas d'exemple que les paysans aient été en permanence en état de dissidence, ni les ouvriers, ni les commerçants, ni les cadres... Pour qu'ils bougent et participent à un processus révolutionnaire, il faut donc un choc. Comme nous le verrons au niveau des corrélations, ce choc peut être économique, politique, national... Suivant le système et le moment, le groupe social le plus actif pourra être la paysannerie, les ouvriers, la petite et moyenne bourgeoisie, la petite noblesse, ou bien des coalitions diverses ou bien tous ensemble (par exemple dans le cas d'une guerre nationale). Autrement dit, parler de révolution paysanne, ouvrière, petite-bourgeoise... ne veut strictement rien dire. Encore plus insignifiante est l'affirmation d'un charisme révolutionnaire propre à tel ou tel groupe. Le privilège révolutionnaire que Marx attribue à la classe ouvrière ne se fonde sur aucune analyse concrète, mais sur un postulat philosophique hégélien, qui veut que le devenir tire son origine de la négation d'une affirmation. La classe ouvrière est perçue comme l'antibourgeoisie parce que, dans une telle construction intellectuelle, c'est la seule façon de penser la mutation (1).

Il en découle que le peuple ne fait jamais de révolution, mais participe à une révolution ; que le peuple ne prend jamais le pouvoir, mais aide une élite à le faire par son soutien ou sa neutralité. Par conséquent — c'est une thèse que nous avons déjà suggérée et sur laquelle nous reviendrons — le lieu stratégique de l'analyse révolutionnaire en termes de groupes sociaux est toujours *l'élite.* Tant que celle-ci reste unie, il n'y a pas de révolution. Mais nous verrons que l'unité de l'élite est un mythe ! Toutes les stratégies révolutionnaires, qui se fondent exclusivement sur les vertus révolutionnaires d'un groupe quelconque, sont vouées à l'échec ; ou si, d'aventure, les faits finissent par leur donner raison, elles n'y sont pour rien. Ce n'est pas le « Rapport sur les événements du Ho Nan » qui a conduit Mao Tsé-toung au pouvoir, mais la décomposi-

(1) Marx « savait » cela dès 1843-1844. C'est *après* seulement qu'il s'est intéressé à l'économie politique. En poussant les choses à la limite, on pourrait affirmer que la pensée de Marx est une interprétation géniale de Ricardo à travers une critique de Hegel.

tion du Kouo Min-tang et l'attaque japonaise, qui lui a permis de faire la preuve de sa plus grande efficacité (1).

3. La canaille

Nous entendons par là tous les exclus du système social, y compris ceux qui s'en excluent volontairement et que nous avons analysés avec les contre-sociétés agressives. Cette catégorie est en permanence hors la loi ou à la lisière de la légalité. De ce fait, ils n'occupent aucune place stratégique dans le système social. Par conséquent, à supposer que, par extraordinaire, ils aient des visées politiques consistantes, leurs tentatives sont toujours vouées à l'échec. Derechef, signalons que les seuls cas notables de révolution tentée par la canaille sont les guerres serviles, qui, toutes, ont fini dans un bain de sang.

Cela dit, la canaille intervient *à l'occasion* d'une révolution, plus précisément dans le cas de la vacance prolongée. Elle peut intervenir de plusieurs manières :

— En profitant de l'anarchie pour se livrer à des activités criminelles pures et simples. Celles-ci ne manquent jamais. Lorsqu'elles sont trop importantes ou que le pouvoir a l'habileté de les monter en épingle, ces activités peuvent contribuer au maintien de l'ordre en suscitant la peur du peuple. Cela a joué en juin 1848 et, surtout, pendant la Commune. En présentant les communards comme une pègre dangereuse — et, dans une certaine mesure, il n'est pas niable que les bas-fonds parisiens se soient manifestés — le gouvernement provisoire a mis les « honnêtes » gens de son côté (2).

(1) Au demeurant, l'originalité d'une révolution faite avec des paysans est des plus limitées. Sans remonter à l'Antiquité grecque, la Révolution mexicaine est un bon exemple d'un ordre politique qui se décompose et permet aux masses paysannes de pénétrer dans l'arène politique et de pousser au pouvoir une nouvelle élite. Voir, en français, le livre de Jésús Silva Herzog, *La Révolution mexicaine*, Paris, Maspero, 1968.

(2) Lorsqu'en mai-juin 1968, le ministère de l'Intérieur a affirmé que

— Du fait de la vacance de l'ordre, une partie de la canaille peut réintégrer la communauté et participer à l'histoire qui se fait. Nous l'avons déjà signalé à propos des brigands et des mafias. Quel que fût son objectif final, la mafia sicilienne a participé activement à l'occupation de la Sicile par les troupes alliées. De son côté, Pancho Villa, de fait un brigand dans le plus pur style, a joué un rôle important comme chef de guerre, d'abord au profit de Madero, puis contre Huerta.

— Une fraction peut être utilisée soit pour maintenir l'ordre soit pour instaurer le nouveau. Le premier cas est fréquent dans les guerres de libération nationale. L'occupant utilise la canaille pour en constituer des bandes armées ; en liant son sort à son succès, il en fait un instrument docile, à qui l'on peut confier les basses besognes du maintien de l'ordre. Bien entendu, au jour de l'indépendance, ils sont les premières victimes du nouvel ordre, qui se venge sur eux des souffrances endurées. La canaille est aussi utilisée par les révolutionnaires eux-mêmes. Ainsi, tout le monde connaît les légions marocaines, de sinistre mémoire, lancées par les nationalistes sur l'Espagne. Ou encore, la canaille enrôlée par le gouvernement provisoire de 1848, pour écraser une insurrection ouvrière éventuelle ; ils seront utilisés en juin 1848.

— Enfin, lorsque la révolution se prolonge en guerre étrangère, la canaille peut être provisoirement résorbée par l'incorporation dans les rangs de l'armée. Une partie des surnuméraires, qui hantaient les campagnes françaises et qui furent le prétexte de la Grande Peur, alla cueillir les lauriers de leurs généraux sur les champs de bataille d'Europe et d'Egypte.

En résumé, la révolution est toujours le fait de l'élite ;

la pègre menait les étudiants, il suivait une tactique éprouvée. Quant à savoir si ses allégations étaient vraies ou fausses, tout dépend si l'on considère les bandes de jeunes comme des jeunes en révolte ou comme des gangs.

c'est en son sein que se fait la décision et c'est d'elle que sort le nouvel ordre. Selon le déroulement, elle est seule à intervenir ou bien le peuple, puis la canaille apparaissent sur la scène. Par conséquent, seules les révolutions du type de la « vacance prolongée » ont une coloration populaire forte et peuvent donner l'illusion rétrospective que c'est le peuple qui a fait la révolution. Cela dit, la primauté de l'élite ne doit pas induire à négliger le rôle du peuple. En effet, la victoire ira finalement à la fraction de l'élite qui aura convaincu ou donné l'illusion au peuple qu'elle seule est capable de satisfaire ses revendications. Les bolcheviks n'auraient rien pu faire si les ouvriers et les moujiks n'avaient pensé qu'ils étaient les seuls à pouvoir leur apporter « la paix, le pain et la terre ». Les communistes chinois seraient probablement encore dans leurs cavernes de Yenan, s'ils n'avaient fait la preuve qu'ils étaient les plus aptes à régler les problèmes nationaux, économiques et sociaux qui bouleversaient la Chine depuis plus de cent ans. Même là où le peuple a subi la révolution dans l'inaction la plus totale — dans le cas du coup d'Etat militaire —, il décide du sort du nouveau régime par son attitude favorable ou défavorable. Tant il est vrai qu'aucun régime ne peut durer, s'il n'a pas le soutien au moins tacite du peuple.

I) LES RÉSULTATS POLITIQUES

C'est-à-dire, quel est le régime politique qui finit par s'installer, quels que fussent les objectifs initiaux ? Tout au long de ces analyses et de celles qui suivront, nous avons utilisé une distinction fondamentale entre régime pluraliste et régime monopoliste, le premier défini par une dispersion du pouvoir entre plusieurs centres de décision, le deuxième par la concentration du pouvoir. L'issue d'une révolution est soit l'un, soit l'autre. Les révolutions qui débouchent sur un régime pluraliste sont rares : 1688, la guerre d'Indépendance américaine, 1830, et c'est à peu près tout. La première et la dernière sont caractérisées par la faible ampleur du mouvement, qui ne touche guère qu'une fraction de l'élite ; la deuxième est une guerre nationale menée par l'élite et qui n'a pas rencontré une résistance suffisante pour se voir contrainte de faire appel aux masses. Comme déjà dit, les seuls exemples de révolution pluraliste ou libérale ont été le fait de propriétaires d'esclaves, d'aristocrates et de bourgeois.

Par conséquent, les régimes monopolistes sont de loin les plus fréquents. Derechef, le régime fort dominé par les militaires est le plus probable. Cela dit, un régime militaire est, en soi, neutre, car l'armée n'est qu'un instrument. L'armée peut se mettre au service de n'importe quelle idéologie et produire toute une variété de régimes, depuis le simple conservatisme jusqu'au socialisme. Outre la distinction en fonction de l'idéologie, on peut noter des différences qui tiennent à la nature du pouvoir. On a, ainsi, des pouvoirs très modérés à tendances pluralistes (par exemple la Ve République issue du coup d'Etat du 13 mai 1958), des pouvoirs forts et conservateurs (par exemple l'Espagne franquiste), des pouvoirs terroristes (nazisme, stalinisme). La nature du pouvoir ne tient pas seulement au tempérament et à l'idéologie des gouvernants, mais également aux catégories sociales qui les soutiennent. Une loi politique, reconnue dès l'Antiquité et jamais démentie par l'expérience, veut que plus le soutien est populaire, plus le régime est fort ; que la canaille appuie les régimes terroristes ; qu'un régime fort, et surtout terroriste, tend à éliminer l'élite en faisant appel au peuple et à la canaille, etc. Il y a, ainsi, une liaison secrète entre la canaille et la tyrannie. Cette liaison est facilement intelligible. De même que la guerre tend à monter aux extrêmes, le pouvoir tend vers l'absolu. S'il n'est pas absolu, c'est que des contre-pouvoirs l'arrêtent. Or ces contre-pouvoirs ne peuvent être que des privilèges, des droits, des exemptions, des activités autonomes..., tous biens qui définissent la position de l'élite. Il s'ensuit que tout pouvoir qui se veut absolu doit combattre cette position ; plus le combat sera profond, plus il s'appuiera sur les catégories sociales qui souffrent des privilèges de l'élite et plus aussi le pouvoir tendra vers l'absolu, dont la limite naturelle est le terrorisme, où le pouvoir s'arroge le droit de vie et de mort sur tous sans exceptions. En dernière analyse, la logique de l'égalitarisme mène au terrorisme ; or, l'égalitarisme est une exigence constante de la vie en société, d'autant plus vive que l'on descend dans l'échelle sociale ; donc plus une révolution est populaire, plus elle a des chances d'être terroriste.

Dans le tableau qui suit (1), nous avons tenté de regrouper toutes les données éparses dans ces analyses typologiques. Ces regroupements sont nécessairement arbitraires et hétérogènes. Arbitraires parce que, pour distinguer un type, nous sommes amené à valoriser un critère sans qu'une justification irréfutable puisse être introduite. Et hétérogènes, sinon, en valorisant le même critère, on rendait les autres superflus. Nous nous sommes arrêté à cinq types principaux, parce qu'ils nous paraissent bien représentés dans les faits. Rappelons, une fois de plus, que nos ambitions sont d'ordre scientifique et non idéologique, ce qui veut dire que nous prétendons simplement forger les instruments les plus efficaces pour saisir la réalité sociale.

Remarques

— Les *révolutions nationales* paraissent les plus probables et les plus fréquentes. Ce sont aussi celles qui ont le plus de chances de succès, du moins depuis un siècle et demi. Le résultat en a été une multiplication des nations, des tensions de nation à nation, donc du nationalisme et des guerres. Rien ne permet d'affirmer que, dans un

(1) Voir p. 154-5.

avenir prévisible, on assistera à un retournement et à des regroupements de nations. Plus que jamais les relations internationales nous paraissent devoir dominer les sociétés humaines. Il convient de noter, également, que les révolutions nationales sont, en quelque sorte, neutres, aussi bien quant au régime qu'en ce qui concerne l'idéologie. Elles produisent des unités politiques nouvelles, mais ces unités ont à déterminer leur destin. Plus la révolution sera facile, la nation en gestation cohérente et guidée par une élite unie et efficace, plus la probabilité d'un régime pluraliste sera grande. Inversement, plus la guerre sera longue et dure, plus la révolution nationale se prolongera en révolution sociale et débouchera sur un pouvoir fort.

— La *révolution militaire* est également très probable et très fréquente. En régime pluraliste, c'est le seul danger effectif de subversion. D'où la tendance des régimes libéraux à surveiller et rabaisser l'armée. D'où, aussi, le danger pour un régime libéral d'avoir une politique extérieure agressive : il est rare que l'oppression vers l'extérieur ne finisse pas, à la longue, par l'oppression vers l'intérieur. Le danger de coup d'Etat militaire grandit considérablement là où l'élite civile s'avère incapable de résoudre les problèmes qui se posent. L'armée étant la seule force organisée et construite suivant des critères rationnels d'efficacité, il est à peu près inévitable qu'elle réagisse devant la gabegie par le coup de force. Les coups d'Etat militaires, depuis la décolonisation, ne se comptent plus. — Comme la révolution nationale, la révolution militaire est neutre. Les dirigeants militaires peuvent adopter diverses idéologies ; généralement, l'on trouve, dans les cadres de l'armée, plusieurs idéologies concurrentes. D'où une grande instabilité, qui se traduit par des coups d'Etat en cascade et des épurations. Pas plus que les autres élites, l'élite militaire ne forme un bloc.

— La *révolution pluraliste ou libérale* est rare. Cela se comprend. D'abord en raison de la singularité, déjà

	Révolution nationale	*Révolution militaire*
Intensité	— Toutes les intensités possibles.	— Toutes les intensités possibles.
Mobiles	— Haine de l'occupant ; — Humiliation, oppression ; — Envie.	— Humiliation ; — Refus de la gabegie.
Perte du pouvoir	— Effondrement (1848 en Autriche ; 1918 en Autriche-Hongrie) ; — Démission (Afrique noire).	— Pouvoir en place court-circuité.
Prise du pouvoir	— Guerre ; — Parti révolutionnaire.	— Coup d'Etat ; — En cas de demi-échec guerre civile.
Déroulement	— Bref ; — Guerre (en fonction de la résistance de l'occupant).	— Instantané.
Fête	— Faible ou absente.	— Pas de fête.
Idéologie	— Toutes les idéologies possibles (l'indépendance n'est souvent qu'une étape).	— Conservatisme ; — Nationalisme ; — Socialisme ; — Fascisme.
Acteurs	— Tous les acteurs possibles. Recrutement d'autant plus large que la guerre est plus intense.	— Militaires, qui bénéficie ou du soutien ou de l'indifférence du peuple.
Résultats	— Tous les régimes possibles, en fonction des acteurs et de l'idéologie ; plus la résistance aura été féroce, plus le régime sera fort.	— Régime monopoliste ; toute la gamme jusqu'au terrorisme.

Révolution libérale (ou pluraliste)	*Révolution fasciste*	*Révolution prolongée*
- Intensité 2 (remplacement des règles du jeu politique).	— Intensités 4 (bouleversement pol. et social) et 5 (changement de civilisation).	— Intensités 3 (remplacement des règles du jeu pol. et de la classe dirigeante) et 4.
- Oppression ; - Haine de l'occupant.	— Peur ; — Humiliation.	— Humiliation ; — Désespoir, peur, oppression ; — Envie.
- Effondrement ; - Démission.	— Démission ; — Division.	— Effondrement ; — Démission ; — Division.
- Guerre ; - Parti révolutionnaire.	— Parti révolutionnaire.	— Suspendue, c'est-à-dire alternance d'équipes provisoires.
- Bref ; - Guerre, avec faible résistance de l'adversaire.	— Bref ; en fait, dans les exemples connus, la prise du pouvoir fut légale.	— Vacance prolongée.
- Pas de fête.	— Pas de fête.	— Fête intense fréquente.
- Libéralisme.	— Fascisme.	— Toutes les idéologies *en concurrence*.
- Elite, aidée de l'indifférence ou de l'appui du peuple.	— Canaille, avec l'appui actif du peuple et la neutralité de l'élite.	— Tous les groupes sociaux *en concurrence* ; élimination tendancielle de l'élite.
- Régime pluraliste.	— Régime monopoliste, variante totalitaire et et terroriste.	— Régime monopoliste, militaire ou de parti unique (avec tendances au totalitarisme terroriste).

signalée, de la situation d'ensemble qui détermine la limitation du pouvoir, à savoir la pluralité des unités politiques concurrentes dans une même aire culturelle. Ensuite, parce qu'elle suppose une faible résistance de l'ordre ; une résistance forte mènerait à un approfondissement de la révolution, donc à une scission de l'élite, à une vacance prolongée et à un pouvoir fort (exemples parfaits : l'Angleterre en 1640 et la France de 1789 à 1791). Enfin, parce qu'elle postule l'unité de l'élite. Or cette unité est improbable dans le cas d'une révolution endogène, et plus vraisemblable dans le cas d'une révolution nationale, où l'on fait front contre un même ennemi. Toutes ces conditions étaient réunies lors de la guerre d'Indépendance américaine. En Angleterre, en 1688, il ne faut pas minimiser le fait que Jacques II était catholique et donnait l'impression, vraie ou fausse, de vouloir rétablir le « papisme », c'est-à-dire une domination étrangère.

— Il n'y a pas d'exemple de *révolution socialiste*, sinon à l'occasion de révolutions prolongée, nationale ou militaire. Un parti révolutionnaire socialiste n'a jamais pu s'emparer directement du pouvoir, pour des raisons assez claires. Un tel parti, du fait de son orientation ouvrière, ne peut avoir qu'une assise populaire limitée. Pour élargir son audience, en gagnant le peuple et une fraction de l'élite, le socialisme est obligé d'atténuer ses exigences d'égalité et de rationalité, en tenant compte de la diversité des intérêts et des points de vue. Bref, le socialisme ne peut être efficace qu'en devenant réformiste, ce qui suppose le pluralisme politique. De fait, les seuls systèmes sociaux — scandinaves en particulier — qui donnent l'impression de se rapprocher quelque peu des rêves du XIXe siècle, sont les plus éloignés de l'esprit révolutionnaire et les plus libéraux qui soient. Les faits, le bon sens et la théorie concourent à montrer que, en Occident, la seule chance du socialisme est l'absence de révolution. Il n'est pas sûr que les socialistes en soient conscients.

— Il n'y a pas d'exemple, sauf local et anecdotique, de *révolution anarchiste*. Nous avons déjà noté que cela tient au refus de l'anarchisme d'emprunter les voies et les moyens de la politique. De ce fait, il sort constamment de l'histoire et se résout en sectes intransigeantes et antagonistes. A supposer que l'anarchisme ait un sens, ce ne peut être que dans le cadre de contre-sociétés locales et limitées. L'anarchisme ne peut être, au mieux, qu'une forme de fuite sociale.

— On peut, à partir de notre tableau, construire des types inédits. Par exemple, une révolution socialiste, pluraliste, d'intensité 2, appuyée sur le peuple, à partir d'un effondrement ou d'une démission du pouvoir. Autrement dit, l'expérience tchèque était-elle possible ? D'une manière générale, comment concevoir le passage du monopole au pluralisme politique ? On reste sceptique, lorsque l'on note l'extraordinaire permanence, à travers les millénaires, de systèmes monopolistes en Egypte et en Chine : jamais une élite n'a réussi à se constituer sur des positions assez fortes et stables pour représenter des contre-pouvoirs efficaces. Toujours le pouvoir a fini par l'emporter.

— On se plaît, de même, à rêver d'une révolution pluraliste, d'intensité 1 ou 2, appuyée sur l'élite et qui viserait au fédéralisme. Il s'agirait d'une forme inédite de révolution nationale, puisque, au lieu de procéder par scissiparité, elle rassemblerait plusieurs unités politiques en un ensemble fédéral. L'Europe se trouve actuellement dans une situation où l'invention de cette révolution fédérale est à l'ordre du jour. Aucun précédent ne permet de s'y référer (1). Si l'on exclut la démission générale et réciproque de souveraineté au profit d'un Etat fédéral — en dehors d'une tension internationale qui menacerait de

(1) Jusqu'à présent les empires et les fédérations ont toujours été des conquêtes à partir d'un pôle dominant (la Macédoine, Rome, la Prusse, le Piémont...). Même les Etats-Unis ont dû à la victoire du Nord de rester unis à l'issue de la guerre de Sécession.

l'Est, sans l'espoir d'un appui américain —, la coalescence progressive à partir des organismes communautaires, et la conquête à partir d'un pôle, la conclusion s'impose que les Européens devront faire preuve d'imagination politique, s'ils veulent que l'Europe se fasse.

— Au risque de froisser les susceptibilités et d'aggraver notre cas, nous terminerons ces remarques et cette typologie par les *révolutions prolongées*. La conclusion qui s'impose est que ce sont des révolutions ratées, qui se terminent toujours mal, en ce sens que le système qui finit par s'imposer est aux antipodes des objectifs initiaux. Qui donc, en mai 1789, aurait voulu d'un Bonaparte, et en février 1917 d'un Staline ? Cela dit, nous n'avons cessé de suggérer, tout au long de ces pages, les raisons de la fascination qu'exerce sur les contemporains ce type de révolution. Elle tient, au fond — et le staséologue n'y est pas insensible — au fait que, en un espace de temps réduit, la plupart des types révolutionnaires sont représentés, que l'effervescence prend l'aspect de la fête et que l'illusion est donnée d'une histoire faite par tous. A ce titre, elles constituent de véritables laboratoires sociaux, où le savant trouve à s'employer, si le citoyen mêle son intérêt d'un scepticisme inquiet.

CHAPITRE IV

LES CORRÉLATIONS FONDAMENTALES

Comme déjà indiqué dans notre introduction, on entendra par niveau III l'élucidation des variables qui déterminent chaque type dégagé dans les chapitres précédents. Pour construire ce niveau, deux méthodes étaient possibles. Ou bien l'on prenait chaque type et sous-type l'un après l'autre, pour mettre en évidence les variables dont il dépend ; ensuite on procédait à des regroupements de variables, que l'on classait selon leur plus ou moins grande fréquence ; on devait ainsi arriver à un tableau ordonné des conditions et des causes des phénomènes révolutionnaires. Nous avons préféré suivre la marche inverse, ici, pour des raisons matérielles. C'est-à-dire que nous partirons de ce tableau ordonné, déduit d'un certain nombre de principes, et laisserons le soin au lecteur d'aller plus loin dans la recherche des causes. Autrement dit, nous utiliserons la méthode déductive plutôt que l'inductive dans l'exposé, pour gagner de la place et du temps. Il n'est donc pas question, ici non plus, d'être exhaustif mais d'indiquer les grandes orientations où il faut s'engager lorsqu'on en vient à étudier un phénomène révolutionnaire.

Commençons par établir que la problématique qui nous retient maintenant n'est pas simple, nous voulons dire qu'elle ne peut déboucher sur une réponse unique. Pour que ce point soit clair, examinons, en les survolant, deux théories générales particulièrement cohérentes et célèbres : celles de Marx et de Pareto. En allant à l'essentiel, on peut résumer les idées de Marx sur les révolutions en quatre propositions :

— il y a des classes sociales ;
— les classes sont en lutte ;
— cette lutte débouche sur une révolution ;
— la révolution est un bien.

Nous ne discuterons pas le premier point, car, quelle que soit la conception que l'on adopte de la stratification sociale, l'auteur le plus antimarxiste admet que n'importe quelle société n'est pas homogène, mais composée de groupes différents. Il suffit de concéder à ces groupes le titre de classe pour mettre tout le monde d'accord. Le deuxième point ne fait pas difficulté non plus. Une observation, même superficielle de l'histoire humaine, amène à admettre que toute société est constamment secouée par les conflits qui opposent groupe à groupe. Au demeurant, Marx pèche par oubli : il insiste avant tout sur les conflits à racine économique, en négligeant quelque peu les conflits qui ont pour enjeu le prestige et surtout le pouvoir. Ces conflits entre groupes (à l'intérieur d'une société et entre sociétés) sont à ce point constants qu'ils ne peuvent être un fait culturel : c'est un fait naturel, à savoir l'instinct d'agressivité. Si, par extraordinaire, une société humaine parfaitement homogène s'instaurait un jour, on peut être assuré que les hommes déploieraient une activité intense pour trouver de nouvelles différenciations artificielles et recommencer à se quereller. Bref, si l'on entend par lutte de classes les quelques indications ci-dessus, c'est une réalité certaine, que l'on connaît d'ailleurs depuis toujours.

C'est le troisième point qui fait difficulté (1). En effet, c'est précisément le passage du conflit à l'intérieur d'un

(1) Le quatrième ne nous intéresse pas ici, car c'est une position éthique, qui n'est ni juste ni fausse.

cadre social admis, à la rupture, qui constitue le phénomène révolutionnaire. Ainsi, une grève entre patrons et ouvriers n'est en rien révolutionnaire, quels que soient les sentiments qui animent les adversaires ; on n'aurait aucune peine à montrer que les grèves ou la menace de grèves sont, de temps à autre, nécessaires à la bonne marche d'un système industriel. Il est tout aussi clair que les dénonciations de l'opposition à l'égard de l'équipe au pouvoir n'ont rien de révolutionnaire. Autrement dit, il faut distinguer — et ce n'est pas une distinction rhétorique — entre les conflits sur quoi se fonde toute vie en société, c'est-à-dire tout ordre, et les conflits qui manifestent un refus de l'ordre. Or il n'y a aucun passage organique d'un genre de conflits à l'autre. S'il y a un point sur lequel les prévisions marxistes sont régulièrement déjouées par l'événement, c'est bien celui de l'accentuation des contradictions internes d'un système : paupérisation, baisse tendancielle du taux de profit, impérialisme, etc. D'ailleurs, la notion de contradictions insolubles dans un système est à coup sûr une notion contradictoire. Par conséquent le problème n'est pas résolu : on a beau lire et relire Marx et les marxistes, on ne sait jamais pourquoi il y a quelque chose comme des phénomènes révolutionnaires. Répétons-le, cela tient, en son fond, à la confusion entre conflits « normaux » et conflits de rupture, les seconds n'étant qu'un prolongement *naturel* des premiers.

Vilfredo Pareto nous retiendra moins. Sa théorie est résumée dans le paragraphe 2057 du *Traité de sociologie générale* :

« Les révolutions se produisent parce que, soit à cause du ralentissement de la circulation de l'élite, soit pour une autre cause, des éléments de qualité inférieure s'accumulent dans les couches supérieures. Ces éléments ne possèdent plus les résidus capables de les maintenir au pouvoir, et ils évitent de faire usage de la force ; tandis que dans les couches inférieures se développent les éléments de qualité supérieure qui possèdent les résidus nécessaires pour gouverner, et qui sont disposés à faire usage de la force. »

Nous ne discuterons pas la conception d'ensemble qui repose sur la distinction dominants-dominés, minorité gouvernante-majorité gouvernée, parce qu'elle nous paraît évidemment juste et que nous aurons l'occasion de l'utiliser. Nous ne retiendrons pas non plus le fait que cette théorie ne concerne que les révolutions politiques et serait bien en peine d'interpréter, par exemple, les millénarismes. Cela dit, tout repose sur un syllogisme :

— si les gouvernants font un usage judicieux et résolu de la force, ils ne peuvent pas être renversés ;
— or il y a des révolutions ;
— donc il arrive que les dirigeants soient incapables d'user de la force.

A partir de là, il faut faire appel à quelque loi d'ordre biologique, pour expliquer que se concentrent au sommet des gens qui ne devraient pas y être. Par exemple, on aura abondance de résidus de la première classe (instinct des combinaisons), alors que les circonstances exigeraient des gens dotés de résidus de la deuxième classe (persistance des agrégats), bref il arrive que les conservateurs dominent là où il faudrait des réformateurs, et réciproquement. On ne tiendra pas compte du fait que personne n'a jamais été capable de calculer la proportion des divers résidus dans une société, ni que l'on ne voit pas les raisons de ces alternances de conservatisme et de réformisme. Le point essentiel est qu'il faut montrer pourquoi la classe dirigeante n'absorbe pas, à partir des couches dirigées, les hommes dont elle a besoin. Il faut donc supposer le « ralentissement de la circulation des élites » ; le supposer et non l'expliquer. Or ici encore, une étude historique rapide montre qu'il n'y a pas d'exemple d'une société qui empêche l'ascension sociale, ni d'exemple d'une révolution menée par des gens de la classe inférieure empêchés d'assouvir leurs ambitions. Mais, surtout, toute cette construction artificielle repose sur un postulat implicite dans la majeure du syllogisme. En effet, tous ces raisonnements sont nécessaires parce qu'on suppose une élite dirigeante unie et formant bloc. Il suffit d'admettre (et, ici encore, c'est une banalité d'expérience) que les catégories qui constituent l'élite dirigeante peuvent ne pas s'entendre, entrer en conflit, se paralyser..., pour que des révolutions deviennent possibles, sans faire appel aux résidus ni au ralentissement de la circulation des élites.

Pour construire notre propre problématique, nous partirons des points établis au niveau de l'Unité. Nous avions suggéré que les activités révolutionnaires naissaient de l'arbitraire des valeurs et des choix, de la rareté du pouvoir, des richesses et du prestige. Cela veut dire qu'une minorité, qui dispose du pouvoir, de la richesse et du prestige, impose à la majorité sa conception de la vie et de la société. Un ordre est donc toujours imposé ; il s'ensuit qu'il risque toujours d'être contesté, et l'expérience montre qu'il y a effectivement toujours des contestataires. Il s'instaure ainsi un équilibre instable entre *trois* éléments : l'autorité, l'obéissance, la contestation. Plus l'autorité et l'obéissance sont grandes, moins la contestation se manifeste ; à la limite elle se cantonne dans le crime, le suicide ou la folie. Inversement, lorsque l'autorité et l'obéissance s'effritent, la contestation grandit et devient subversion. Il suit de cette analyse banale et évidente que la contestation est toujours seconde, nous voulons dire que son ampleur est toujours le résultat de modifications survenues dans la sphère de l'autorité et de l'obéissance, mais l'inverse n'est pas vrai : les révolutionnaires n'ont jamais, à eux seuls, miné l'autorité ni perturbé l'obéissance ; des révolutionnaires ne créent jamais une situation révolutionnaire. Par conséquent, dans l'analyse des variables, on peut et on doit négliger la contestation, en admettant qu'elle est toujours latente, mais ne devient explosive que lorsque les dirigeants ne peuvent plus imposer et que les dirigés refusent d'obéir.

Il convient donc de se concentrer sur les rapports de l'autorité et de l'obéissance. Leur liaison est évidemment dialectique. Plus l'obéissance est grande, plus l'autorité peut se permettre d'être douce. Inversement, moins l'obéissance est profonde et naturelle, plus l'autorité doit s'armer pour s'affirmer (1). Lorsque l'autorité s'effrite ou s'effondre, la désobéissance augmente et, en augmentant, contribue à l'effondrement de l'autorité. Cela explique pourquoi il n'y a pas d'exemple qu'un pouvoir fort se soit organiquement transformé en pouvoir libéral : la tyrannie est condamnée à la tyrannie sous peine de périr. Cela dit — et nous admettons la banalité de ces constatations — la détermination des causes est condamnée au cercle vicieux, si l'on s'en tient à cette dialectique. On ne peut espérer parvenir à des certitudes que si l'on réussit à valoriser, pour expliquer les phénomènes révolutionnaires, soit la dissolution de l'autorité soit l'abaissement du niveau de l'obéissance.

Or il convient d'opter résolument pour le premier de ces deux versants qui constituent l'ordre. En effet, Pareto a raison de considérer que, tant que la classe dirigeante reste unie, dispose de la force et est décidée à en faire usage, elle a toujours la possibilité de maintenir l'ordre et l'équilibre.

Le problème doit toujours être posé en termes d'équilibre et de sa rupture ou de rapport des forces et de sa modification. Quatre secteurs de la vie en société sont plus particulièrement passibles d'une analyse en termes d'équilibre et de rapport des forces. D'abord et surtout le sous-système *politique* : quelles modifications dans la

(1) Un cas limite est celui de la prison, toujours en équilibre instable entre la mutinerie et la répression.

répartition du pouvoir peuvent mener aux révolutions ? Une deuxième variable sera *économique* : dans quelle mesure les changements et les crises économiques peuvent-ils rompre l'équilibre au point de déboucher sur les révolutions ? Une troisième est *sociale* : quelles sont les modifications qui peuvent affecter une structure sociale dans sa composition et ses hiérarchies au point de rompre l'équilibre des forces ? Enfin, l'on doit tenir compte d'une dernière variable, que nous proposons d'appeler *éthique* et qui concerne les divergences qui peuvent survenir sur la finalité qu'il convient d'assigner à la vie en société.

A) LES VARIABLES POLITIQUES

Elles sont, de loin, les plus importantes, c'est-à-dire qu'elles interviennent le plus fréquemment et de la façon la plus décisive dans les phénomènes révolutionnaires. Cette action s'exerce, semble-t-il, de trois manières, qu'il est utile de distinguer : le rôle de la politique extérieure, c'est-à-dire la guerre, la dialectique de la croissance du pouvoir et des contre-pouvoirs, enfin la corruption des régimes politiques.

1. La guerre

Lorsqu'on aborde l'étude d'un fait révolutionnaire, il convient de commencer par la question : y a-t-il eu, dans la phase précédente, une ou des guerres victorieuses ou non ? Très souvent on sera amené à une réponse positive. En fait, il faut envisager, au niveau général où nous sommes obligé de nous placer ici, deux grandes possibilités.

Ou bien l'unité politique est sortie victorieuse du conflit. Si cette victoire ne modifie pas radicalement le système international au profit de l'unité, par la constitution d'un empire ou d'une position largement hégémonique, le résultat n'a pas de conséquences immédiates sur le régime intérieur. A l'occasion, elles peuvent pourtant ne pas être négligeables. Sans parler du coût de la victoire qui peut excéder les ressources ou ce que les administrés sont disposés à payer, et entraîner des troubles, le surcroît de prestige conféré aux gouvernants risque d'entraîner ceux-ci à étendre leur pouvoir et à le renforcer. Ce faisant, ils peuvent déclencher une réaction des pouvoirs intermédiaires, d'une manière générale de toutes les positions que menace une extension du pouvoir étatique. Nous tombons ainsi dans le cas que nous analyserons de plus près dans le paragraphe suivant. Lorsque le conflit a été long et pénible et qu'il a fallu faire appel, soit à des groupes qui normalement en sont dispensés (cas des cités grecques, et plus particulièrement d'Athènes, pendant la guerre du Péloponnèse), soit au sacrifice matériel et humain de la population, une paix victorieuse a des chances de voir s'exercer sur les gouvernants des pressions de la part des gouvernés, qui s'estiment en droit de réclamer des compensations. Les lendemains de la guerre de 14, chez les vainqueurs, ont connu de telles situations, même si elles ne sont pas allées jusqu'à la révolution.

Bien plus dangereux pour le régime est une victoire qui débouche sur l'Empire. En effet, tout le système risque d'être perturbé par l'extension spatiale de la souveraineté. Ainsi, les institutions romaines, définies pour une cité à effectifs et territoire réduits, ont été pulvérisées par la conquête. De même, le personnel politique a toutes chances, au moins à terme et pour peu que l'Empire dure, de se renouveler au profit des provinciaux. La conséquence de tels processus est nécessairement le renforcement du pouvoir pour maîtriser l'espace et les conflits. Or la conquête repose sur l'armée. Par conséquent, l'expansion impériale rend probables les coups d'Etat militaires. Ici encore, l'Empire romain ou, plus précisément, le passage de la cité républicaine à l'Empire, est un exemple frappant, le modèle presque parfait. Bien entendu, lorsque la conquête est, d'entrée, le fait d'une minorité armée (Islam, Turcs, Mongols...), on a immédiatement un régime militaire. Cependant, ici aussi, le passage à l'Empire stabilisé se traduit souvent par une instabilité politique. Exemple : le remplacement des Omeyyades par les Abbassides. A quoi il convient d'ajouter la fragilité propre aux régimes monopolistes, que nous analyserons dans le troisième paragraphe. Ainsi, la guerre, même victorieuse, est loin de contribuer à la stabilité des régimes, contrairement à l'opinion reçue et à la pratique constante des princes qui se sentent menacés. Il conviendrait, par une enquête statistique précise, de confirmer ce qui n'est qu'une déduction logique étayée par des faits partiels. Comparons systématiquement les guerres victorieuses et le sort des vainqueurs : les résultats pourraient être surprenants.

Ou bien l'unité politique connaît la défaite. Dans le cas d'une défaite simple, sans perte de l'indépendance, elle mène souvent à la déconfiture intérieure du régime, là où celui-ci est soit mal implanté soit miné. La France contemporaine a connu à trois reprises des révolutions nées de la défaite : en septembre 1870, pendant la Commune et en 1940. Le deuxième cas, d'un régime absolutiste miné depuis des années par des tendances libérales, est typique de la situation russe en 1917. La probabilité qu'une défaite entraîne la chute d'un régime est d'autant plus forte que la masse du peuple participe à la guerre, parce que, dans ce cas, le peuple est directement concerné et ressent directement l'humiliation. Au contraire, sous les monarchies d'Ancien Régime, où la guerre était le fait des princes et des mercenaires, la défaite ne concernait pas la masse et ne portait pas atteinte à la légitimité. La défaite mène à la révolution d'autant plus sûrement que le régime est du type monopoliste, car le responsable se désigne de lui-même comme bouc émissaire ; en régime pluraliste, les responsabilités peuvent être diluées, ce qui contribue à la dispersion de l'indignation et à son inefficacité.

Plus intéressant est le cas de l'Empire, c'est-à-dire celui de la perte totale de souveraineté. Une gamme fournie de manifestations révolutionnaires apparaît. Nous avons noté la floraison des mouvements millénaristes, des brigandages, des guerres paysannes, des révolutions nationalistes. Le cas le plus frappant est celui de la guerre de libération nationale menée par un peuple assujetti contre son occupant. Comme nous avons déjà eu l'occasion de l'indiquer, plus la résistance de celui-ci est forte, plus les dirigeants de la rébellion doivent accuser leur radicalisme et proposer la révolution vers l'intérieur (en promettant, en général, une réforme agraire), afin de gagner à leur cause les plus larges fractions de la population. Cette évolution entraîne des dissensions entre ces dirigeants, car ils comportent toujours, au départ, des éléments modérés — sans parler des excités. Les dissensions doivent être réglées pour maintenir l'unité du commandement ; on a ainsi une succession de purges et de petits coups d'Etat (1).

La constance du trait national s'explique aisément dans les mouvements révolutionnaires. En effet ce sont des duels qui mettent aux prises deux adversaires et deux seulement. Nous verrons que, sur le plan idéologique, cela entraîne toute une gymnastique intellectuelle destinée à percevoir la réalité sociale comme dualiste. Dans le cas d'une absorption d'une unité par une autre, le dualisme ne fait pas problème, l'adversaire se désigne lui-même aux coups. Même en l'absence d'exaction ou d'oppression

(1) Lorsque cette « purgation » ne se fait pas pendant la guerre, elle se fait après, en donnant au peuple le spectacle affligeant de la décomposition aux lendemains de la victoire. On pense à la situation algérienne en 1962. Il est probable que cette insuffisance tenait à la distinction radicale entre dirigeants politiques installés à l'étranger et dirigeants militaires à l'intérieur. Les conflits ne pouvaient pas se développer jusqu'à leur maturité.

particulièrement odieuses, il est normal que le duel se mette à fonctionner de temps à autre pour éliminer les tensions. Or les Empires sont extraordinairement fréquents depuis l'aube de l'histoire : la constitution des Etats et des souverainetés s'est faite par la guerre et par la conquête. Les conquis n'ont cessé, à travers l'histoire, de protester contre cette absorption. Le fait remarquable est que ces mouvements d'indépendance aient été régulièrement voués à l'échec. Cela s'explique par l'inégalité des moyens et l'égalité des volontés, c'est-à-dire qu'il est aussi vital pour les dominants que pour les dominés de vaincre. Ce n'est qu'au XXe siècle que la dissolution des empires coloniaux a multiplié les exemples de nationalismes réussis. L'explication est évidente : l'inégalité des moyens s'est probablement accentuée, mais elle a été plus que compensée par l'inégalité des volontés. La comparaison des bénéfices procurés par la colonisation à l'*ensemble* des métropolitains et des coûts entraînés par le maintien de l'ordre, révélait une telle disproportion au profit des seconds que l'abandon allait de soi. Partout, au contraire, où la volonté de ne pas céder est maintenue ferme, les empires durent. Le XXe siècle apparaît comme le siècle de la dissolution des empires et de la naissance ou renaissance des nations. Pour notre sujet, la conséquence probable est une diminution du nombre des phénomènes révolutionnaires et une recrudescence des faits guerriers. Mais comme ceux-ci ont des répercussions sur les systèmes politiques et sociaux, les phénomènes révolutionnaires ne manqueront pas de se multiplier aussi.

Ce qui nous amène à poser un dernier problème sur les relations entre la guerre et la révolution. Que se passe-t-il lorsqu'il n'y a pas de guerre pendant longtemps (1).

(1) Il faut signaler aussi le cas très particulier de la Révolution de 1848 en France. L'accusation la plus constante et la plus véhémente portée contre la Monarchie de Juillet a été son inertie sur le plan extérieur et l'humiliation infligée à la nation par cette inertie.

On ne peut répondre à cette question que sous forme d'hypothèses, car, depuis l'aube de l'histoire, la paix n'a été qu'une trêve entre deux guerres. Même au XIXe siècle, qui a connu de longues périodes de paix entre 1815 et 1856, puis entre 1871 et 1914, l'expansion coloniale a permis aux ardeurs de s'exprimer. En fait, le problème ne se pose que depuis 1945 avec l'équilibre de la terreur et l'impossibilité d'un affrontement direct entre grandes puissances. Si, effectivement, la vie en société n'est possible que si, périodiquement, les contraintes qu'elle suppose sont éliminées par la fête, la guerre ou la révolution, il est raisonnable de penser que, sur le long terme, les sociétés humaines devraient connaître une recrudescence de faits révolutionnaires.

2. La croissance de l'Etat

Si l'on convient d'entendre par pouvoir la possibilité d'imposer sa volonté à autrui, l'on conviendra aussi que le pouvoir repose, en dernier recours, sur la force. Dans une société complexe, l'usage de la force — ou la menace de son usage — est réservé à l'Etat, à son armée, à sa police et à son administration. Or il n'y a pas de limitation intrinsèque à l'usage de la force. Il s'ensuit que tout pouvoir tend vers l'absolu ; inversement, un pouvoir qui n'est pas absolu est limité par des contre-pouvoirs et des bornes naturelles (1). Ainsi l'histoire des sociétés humaines peut être analysée à partir de l'extension de l'Etat, ce qui nous donne une deuxième grande source de phénomènes

(1) Nous entendons par là les limites imposées au pouvoir étatique par les communications, par la nécessité technique de déléguer des pouvoirs, par la baisse marginale de l'efficacité administrative... Ces bornes ne sont naturelles qu'eu égard à un certain type de société ; elles varient donc de société à société en fonction de l'équipement technique et économique. Il s'ensuit que la société industrielle rend possible une évolution du pouvoir jusqu'à des extrémités aberrantes. Le nazisme et le stalinisme en sont les deux représentations les plus frappantes et les plus terrifiantes.

révolutionnaires. Ils naissent de la réaction des centres autonomes de pouvoir contre cette extension. Dans notre typologie nous avons noté quelques types qui se rattachent à ce mouvement. Les parentèles sécrètent le brigandage, ainsi que les communautés paysannes ; celles-ci peuvent aussi répondre par des insurrections ou des millénarismes. Les cas les plus célèbres de révolutions liées à une lutte contre le pouvoir étatique se rencontrent en Occident, plus précisément en Angleterre. Contrairement aux idées reçues, la lutte contre l'absolutisme royal ne date pas du XVIIe siècle, mais remonte presque aux origines du royaume. La première grande révolution anglaise date en effet de 1258. Le schéma général semble être, à chaque fois, le suivant. Dans un premier temps, le monarque tend à rompre à son profit l'équilibre des forces. Aidé par un entourage qui doit sa fortune à sa seule faveur, il investit petit à petit les centres autonomes pour les soumettre à sa loi. Dans un deuxième temps, l'aristocratie campagnarde et la bourgeoisie urbaine se soulèvent pour enrayer le processus. Il s'ensuit une paralysie du pouvoir, une phase d'anarchie qui incitent le peuple à pénétrer dans l'arène politique pour y défendre ses propres intérêts. Le mouvement risque donc de déborder ses initiateurs et de mener à la subversion sociale. Dans une quatrième phase, les grands se divisent sur l'attitude à adopter : faut-il arrêter le mouvement ou le poursuivre jusqu'à son terme ? Cette division débouche sur une guerre civile, qui joue au bénéfice de celui qui la gagne, c'est-à-dire de celui qui dispose de l'armée la plus forte. On aboutit ainsi à une dictature militaire : Simon de Montfort au XIIIe siècle, Cromwell au XVIIe siècle. Pour se débarrasser de cette dictature, la classe dirigeante s'entend avec la monarchie (1).

(1) Ou, en 1688, avec un autre monarque, importé pour la circonstance. Le caractère exemplaire de la *Glorious revolution* tient à l'unité de la classe dirigeante face à Jacques II. On a, ainsi, fait l'économie de la phase de guerre civile.

On aboutit à une restauration, qui repose sur un compromis limitant le pouvoir royal. Le cas anglais est unique et fait problème : pourquoi la persistance de la puissance de l'aristocratie ? La réponse la plus probable tient aux particularités de la conquête normande. En 1066, s'est implantée une monarchie de type féodal, dont l'épine dorsale était une pyramide d'allégeances, qui culminaient entre les mains du roi. Au contraire, en France, la dissolution du pouvoir aux IXe et Xe siècles, a obligé les Capétiens à édifier leur pouvoir contre les Grands, par la guerre. La monarchie anglaise reposait sur un équilibre stable des forces, la monarchie française, pour exister, a dû déplacer le centre de gravité des forces au profit du roi. Le processus s'est étalé sur au moins six siècles. Lorsque les Grands se sont avisés de ramener un équilibre qui leur fût favorable, il était trop tard : la Fronde a abouti à l'absolutisme de Louis XIV, et la Constituante à Napoléon.

La rareté de cette conjoncture de limitations des pouvoirs dans l'histoire de l'humanité — puisque aussi bien on ne la retrouve que dans l'histoire occidentale, en Grèce et depuis le XIe siècle — fait problème. Dans toutes les autres civilisations, l'évolution a toujours fini par aboutir à un pouvoir fort et centralisé, à tendances despotiques. Il faut donc que, dans ces deux périodes de l'histoire occidentale, une particularité originale ait bloqué l'évolution. Nous n'en voyons qu'une, suffisamment forte pour déterminer une conjoncture exceptionnelle : *à chaque fois, l'on constate la pluralité des unités politiques souveraines dans un même espace culturel.* Cette situation a entraîné un système diplomatico-stratégique, que Raymond Aron appelle pluripolaire et homogène. Le propre d'un tel système est de tendre vers l'équilibre par un jeu d'alliances qui empêche l'une quelconque des unités de viser l'hégémonie. Par conséquent, la puissance de chaque Etat vers l'extérieur est, sur le long terme, limitée. Une unité qui devient trop forte (Athènes au Ve siècle, l'Espagne fin XVIe-début XVIIe ; la France sous Louis XIV et Napoléon ; l'Allemagne de Guillaume II) déclenche contre elle une guerre compensatrice, dont elle sort vaincue, ce qui a tendance à affaiblir le pouvoir vers l'intérieur. Affaibli aussi bien vers l'intérieur que vers l'extérieur, le pouvoir se trouve empêché de monter vers l'absolu. Par contre, dans toutes les autres sociétés complexes connues, un pouvoir unique a réussi à s'imposer à toute une aire culturelle et à éliminer les contre-pouvoirs. Dans les périodes de décadence et d'interrègne entre dynasties, celles-ci peuvent apparaître sous forme de principautés, mais cela ne va jamais jusqu'à l'indépendance entière. Au bout d'un laps de temps plus ou moins long, l'une des principautés ou un usurpateur venu de l'extérieur finit toujours par restaurer l'unité sous son autorité despotique.

Cela expliquerait que les seules révolutions libérales réussies s'observent en Grèce et en Occident.

La croissance de l'Etat détermine une dernière vague de phénomènes révolutionnaires. Elle repose sur la constitution d'un appareil d'Etat, dont les deux éléments principaux sont l'administration et l'armée. La croissance en efficacité de cet appareil l'entraîne à multiplier et à raffiner les contrôles, avec, à l'horizon, l'absorption complète de la société civile dans l'Etat. Ce processus détermine des réactions multiples de la part des administrés contre ce que l'on appelait en France « l'arbitraire ministériel ». Bien plus important encore est le problème des revenus de l'Etat. La constitution d'un appareil d'Etat coûte très cher et accroît indéfiniment la pression fiscale sur la population. Or, avant l'ère industrielle, la faible productivité de l'agriculture dégageait un surplus limité que l'Etat pouvait confisquer. Une augmentation des impositions devenait donc très rapidement insupportable, lorsqu'elle mordait sur le minimum vital. Aussi les insurrections nées d'une protestation contre la fiscalité ne se comptent plus dans l'histoire des Etats. Sur ce point aussi, nous manquons de statistiques précises, mais notre impression est forte que, sinon la totalité des mouvements de révolte de tous les types, du moins une grande partie est en liaison avec le problème fiscal.

Avec la révolution industrielle et la croissance du revenu national, les ponctions opérées par l'Etat ont pu augmenter, en chiffre absolu, dans des proportions fantastiques. Mais simultanément, le minimum considéré comme vital a augmenté grandement aussi. Autrement dit, la tension entre les exigences fiscales de l'Etat et les réticences des imposables n'ont pas disparu, mais ont été reportées à un plus haut niveau. Or la limite entre ce qui est supportable et ce qui n'est plus supporté est floue. Un Etat risque toujours de la franchir et de provoquer des mouvements de révolte. La France en a connus encore tout récemment. Bien entendu, pour que cela aille jusqu'à la rupture, il faut que les voies légales de protestation soient fermées, sans parler des voies illégales de la fraude.

D'une manière générale, tout ce paragraphe sur la croissance de l'Etat et les réactions qu'elle suscite décrit une constante de la vie en société. Nous serions même tenté de voir dans les tensions et les conflits qui en résultent son fondement. Pour que ces tensions aillent jusqu'à la rupture, il faut introduire des variables supplémentaires. Outre celles que nous avons déjà indiquées et que nous aborderons encore, il faudrait tenir compte des mentalités et des tempéraments nationaux. La sensibilité à la pression étatique varie beaucoup de pays à pays ; il y a des peuples libres et des peuples esclaves. Les Anglais ne supporteraient pas le millième de ce que les Russes supportent de leurs gouvernants depuis des siècles. Il va de soi que ces différences ne sont pas d'origine biologique, mais découlent de systèmes sociaux et politiques qui ont modelé différemment les peuples. Un type de régime façonne, à la longue, des types humains qui, à leur tour, amènent un type de régime. Cette interaction détermine des seuils révolutionnaires, qui sont d'autant plus élevés que l'on est plus habitué à obéir. L'expérience prouve aussi que plus le seuil est élevé, plus la réaction est violente, de même que les colères des doux sont les plus terribles. Cela nous conduit à envisager une dernière variable politique : les phénomènes révolutionnaires confrontés aux régimes politiques et à leur corruption.

3. La corruption des régimes politiques

Sans entrer dans le détail d'une analyse de la typologie des régimes politiques, nous admettrons, avec Raymond Aron (1), que, du point de vue qui nous intéresse, deux grandes classes doivent être retenues : les régimes pluralistes et les régimes monopolistes. Les premiers sont définis par la pluralité des centres de décision : partis, syndicats, groupes de pression, Etats..., et par des lois constitutionnelles légitimes (2) qui règlent la concurrence pour le pouvoir. Ces régimes sont rares, comme nous venons de le voir. Les régimes monopolistes sont caractérisés par la concentration du pouvoir au bénéfice d'un homme ou d'une équipe (oligarchie, parti, armée...). Concrètement, on en dénombre toute une gamme, depuis le simple régime autoritaire qui se veut modéré et limité jusqu'au régime totalitaire et terroriste.

Les *régimes pluralistes légitimes* sont les plus stables et

(1) Voir, en particulier, *Démocratie et totalitarisme*, Paris, Gallimard, 1965. Du même, De la corruption des régimes politiques, in *Le contrat social*, II (1958), p. 319-325.

(2) Nous donnons à ce terme un contenu sociologique, et non juridique. Est légitime un régime reconnu par la majorité pendant un laps de temps suffisant pour vérifier les mécanismes de transmission de pouvoir et s'être heurté à des crises profondes. En ce sens, les régimes anglais et américains sont légitimes ; par contre, aucun régime français, depuis la fuite à Varennes, ne mérite ce qualificatif, à part la IIIe République.

les moins sujets aux révolutions politiques (1). Cela se comprend aisément. La pluralité des centres de décision fait office de cloisons ignifugées contre la propagation des troubles d'un secteur à l'autre. L'alternance réglée des équipes au pouvoir permet de trouver une issue légale au mécontentement ; les campagnes électorales, du point de vue des gouvernés, jouent le rôle d'une κάθαρσις τῶν παθῶν. La pluralité des opinions et des objectifs qui se développe grâce aux libertés d'opinions, de réunion, d'association et d'expression, rend hautement improbable qu'une idéologie et un parti puissent rallier une majorité véhémentement hostile au régime. La nécessité qui découle du pluralisme de parvenir au compromis rend peu vraisemblable que des groupes importants puissent être à ce point lésés dans leurs intérêts que la seule issue possible reste la subversion. Enfin, la durée du système lui confère par elle-même une continuité qui l'apparente à la nature et enlève toute crédibilité aux menées révolutionnaires. Or, si une révolution est toujours le fait d'une minorité décidée — qui existe toujours, même en régime pluraliste — elle ne l'emporte qu'avec l'appui ou la neutralité de la majorité. En régime pluraliste, l'incrédibilité de la révolution rend ces deux attitudes impensables.

Ces régimes paraissent à ce point stables qu'une seule possibilité de subversion subsiste raisonnablement : l'invasion étrangère. Même le coup d'Etat militaire est exclu. En tout cas, il n'y a pas d'exemple de coup d'Etat en Angleterre, aux Etats-Unis, en Scandinavie ou en Suisse (2). Mais dans le cas d'une invasion étrangère, il serait abusif

(1) Il n'y a, par contre, aucune raison pour qu'ils ne connaissent pas les autres formes révolutionnaires.

(2) Il y a même un exemple de sauvegarde du pluralisme par l'armée. Lorsqu'en 411, une oligarchie dite des Quatre-Cents prétendit s'emparer du pouvoir, l'armée, alors en campagne, refusa d'entériner le coup de force et fit adopter le décret de Démophantos, qui prévoyait de très grosses sanctions contre quiconque tenterait d'établir une tyrannie à Athènes. Cf. Claude MOSSÉ, Le rôle de l'armée dans la révolution de 411 à Athènes, in *Revue historique*, 1964, p. 1-10.

de parler de corruption d'un régime. Au contraire, les régimes pluralistes illégitimes (1) sont fragiles. Issus *récemment* d'un coup de force ou d'une révolution, ils peuvent ne représenter qu'une fraction, même majoritaire, du pays ; le remplacement d'une classe politique par une autre rejette dans l'illégalité ou la disponibilité l'ancienne classe dirigeante ; même dans le cas d'une révolution largement populaire, les contraintes de la réalité ont amené à décevoir des attentes et manquer à des promesses. Bref, le consensus général n'est pas réalisé ; à la première crise sérieuse (sociale, économique, militaire), les clivages ressuscitent, les dirigeants se divisent et les tensions sont réactivées. Pratiquement, le passage d'un tel régime à un autre se fait selon trois modalités (2). La première est le coup d'Etat, généralement militaire ou, du moins, avec l'appui de l'armée (par exemple le 2 décembre 1851). La deuxième est l'accession légale ou semi-légale au pouvoir, et, dans la phase ultérieure, le bouleversement révolutionnaire (exemple parfait : le nazisme). La troisième est, derechef, l'invasion étrangère ou l'appui de l'étranger (par exemple, les démocraties populaires). Par contre une modalité du type 1830, 1848, février 1917, est improbable. En effet, les dirigeants menacés conservent la possibilité de faire appel au suffrage universel et au soutien de ceux qui craignent l'aventure, c'est-à-dire la majorité. Pour que cette issue soit refusée, il faut que les révolutionnaires disposent du soutien de l'armée ; dans ce cas on a toutes chances de déboucher sur le coup d'Etat, c'est-à-dire sur la modalité n° 1 (3).

Rien n'est plus fragile qu'un *régime monopoliste*. Pour ne pas alourdir inutilement notre exposé, nous limiterons

(1) C'est-à-dire, selon la définition adoptée, ceux qui n'ont pas connu la durée.

(2) Voir Raymond Aron, *op. cit.*, p. 203-204.

(3) Juin 1968 a illustré parfaitement les vertus conservatrices du suffrage universel et enrichi l'arsenal des ripostes des dirigeants.

l'argumentation aux points essentiels. Le monopole du pouvoir, pour s'exercer activement, repose sur un certain nombre d'instruments : l'armée, la police, la bureaucratie et, à l'époque contemporaine, sur le parti et les techniciens. Chacun de ces instruments tend, avec le temps, à se constituer en centre autonome de décision, à limiter la liberté de manœuvre du pouvoir et à se combattre les uns les autres. La nécessité technique de la délégation de pouvoir amène le pouvoir à sécréter sans cesse des concurrents. Cette antinomie est tellement constante que les régimes monopolistes ont, de tout temps, inventé des palliatifs. Dans les sociétés traditionnelles, la solution consistait généralement à confier les postes importants à des gens de peu, dont la fortune n'était liée qu'à la faveur du prince, sans assise réelle dans le pays : eunuques, affranchis, étrangers, hommes du peuple, hommes d'Eglise... Pour être efficace, cette solution supposait une rotation rapide des élus et leur élimination périodique. D'où le risque que certains prissent les devants et fomentassent un coup d'Etat ou une révolution de palais. A l'époque contemporaine, le parti unique vient compliquer le problème. Lorsqu'il constitue l'épine dorsale du régime, le risque est constant qu'un changement de majorité menace les hommes au pouvoir. La seule solution est de précéder l'événement en noyant les opposants éventuels sous la masse des adhérents dociles (1) et en procédant régulièrement à des purges, sanglantes ou non. A côté du parti, une menace constante gît dans l'armée. Il convient d'assurer sa docilité, soit par une surveillance permanente, soit par des purges au sommet de la hiérarchie. Enfin, il sera bon de jouer d'un instrument contre les autres, en alternant ; généralement on fera manœuvrer le parti contre l'armée et réciproquement.

(1) Tactique de Staline en 1924 contre Trotsky et l'opposition. Par la « Promotion Lénine » il noya les vieux bolcheviks dans la masse des nouveaux, peu instruits politiquement.

Une deuxième faiblesse congénitale des monopoles est la facilité et la fréquence des révolutions de palais et des coups d'Etat militaires. Sans doute, les révolutions de palais n'aboutissent-elles qu'à un simple changement de personne. Cependant, aucun régime ne survit longtemps aux massacres qui accompagnent ces changements. La nécessité d'éliminer périodiquement frères, sœurs, oncles et cousins finit par priver de substance une dynastie. Quant aux coups d'Etat militaires réussis en régime monopoliste, ils constituent l'essentiel de leur chronique politique, sans parler des coups qui ont échoué, mais ont mobilisé des forces considérables pour les vaincre. Cette faiblesse est liée à une troisième, qui concerne le problème de la continuité. Dans la variante dynastique, où le pouvoir est héréditaire dans une famille, la valeur inégale des héritiers est une loi biologique. En période calme, sans problème intérieur ni extérieur particulièrement grave, le risque est relativement de peu de conséquence, car le souverain garde toujours la possibilité de s'entourer de conseillers compétents (1). Au contraire, en cas de tempête, un souverain faible ou incapable risque de perdre ses conseillers, mais surtout de les voir se diviser sur l'attitude à adopter ; ainsi toute la tête se trouve paralysée. Louis XVI et Nicolas II sont morts, et leur régime avec eux, de cette antinomie. Dans la variante non dynastique, le problème de la succession est encore plus aigu et se résout rarement sans soubresauts. La succession harmonieuse et efficace de Nerva à Marc Aurèle, pendant près d'un siècle, tient du miracle, qui ne s'est nulle part renouvelé. Dans les systèmes traditionnels, la succession ouvre généralement un interrègne, dont sort vainqueur le plus fort, c'est-à-dire un général. Dans les systèmes contemporains à parti unique, la rareté des expériences ne permet pas d'en tirer des

(1) Louis XIII avait Richelieu à ses côtés.

lois. Néanmoins, la succession de Staline a posé des problèmes qui ne semblent pas avoir été résolus encore aujourd'hui.

Une quatrième antinomie du monopole est la difficulté d'intégrer les changements. Le maintien d'un monopole repose sur un équilibre instable des forces, qu'un rien suffit à faire basculer. Sa pente naturelle est donc l'immobilisme et le maintien en l'état de toute la structure sociale. Dans une société où les changements sont lents et imperceptibles, où la scène internationale est relativement stable, où les problèmes à résoudre sont répertoriés et reçoivent des solutions qui ont fait leur preuve, cette antinomie se manifeste peu. De nos jours, au contraire, où les mutations techniques sont constantes, où les fluctuations économiques sont un lot quotidien, où la scène internationale est mouvante, où les valeurs sont soumises à discussion, l'antinomie éclate. L'équilibre des forces est constamment remis en question : il faut faire face au changement en s'appuyant sur une force contre les autres (par exemple sur l'armée en cas de tension internationale), ce qui déséquilibre le parallélogramme des forces ; il faut étouffer les forces de renouvellement, donc reporter la solution des problèmes en les aggravant (1) ; une décision quelconque ayant toujours valeur politique majeure, on les évite ou on risque, en cas d'échec, le limogeage (2). Bref, à l'époque contemporaine, un régime monopoliste est condamné aux antinomies du monopole et de l'efficacité, de l'immobilisme et du volontarisme, de la stabilité et du terrorisme.

Le monopole est victime d'une dernière malédiction. Il

(1) On sacrifie l'efficacité économique au maintien du système ; mais comme l'idéologie dominante place en tête des valeurs l'efficacité économique, on s'accule à des difficultés inextricables, qui débouchent soit sur l'éclatement du système (Hongrie), soit sur un conservatisme réactionnaire (U.R.S.S.), soit sur un alibi (nationaliste en Roumanie), soit sur la fuite en avant activiste (Chine, Albanie, Cuba).

(2) Voyez le sort de Khrouchtchev.

est loisible de comprendre, à un certain point de vue, la société comme un gigantesque système d'échanges ordonnés : économiques, mentaux, sentimentaux, biologiques... Le sous-système politique, qui naît d'un « contrat » par lequel les gouvernés délèguent leurs pouvoirs à des gouvernants, repose, au moins tacitement, sur la nécessité, pour les gouvernants, d'assurer à leurs mandants des contre-prestations. Les gouvernés échangent leur liberté contre la protection des dieux, la prospérité économique, le maintien de l'ordre et de la concorde, la sécurité extérieure. Dans le système chinois, ces échanges réciproques étaient symbolisés dans la notion de « mandat du ciel ». Une dynastie n'était légitime que dans la mesure où elle assurait régulièrement ces contre-prestations. Venait un temps de troubles, d'invasions, de calamités naturelles, et le peuple se considérait comme dégagé de ses obligations. Sans aller jusque-là, tous les systèmes politiques reposent sur une entente de ce genre. Tous les régimes sont donc condamnés à la réussite. Dans un régime pluraliste, les responsabilités sont, par définition, divisées entre plusieurs centres de décision. En cas d'échec grave, des contrats locaux seront rompus ; pour que le contrat global soit dénoncé, il faudrait que tous les gouvernés récusent simultanément tous les gouvernants (dans les communes, les syndicats, les entreprises, l'Etat...). Une telle conjoncture est entièrement improbable, hormis le cas d'invasion étrangère. Au contraire, un système monopoliste est très vulnérable à un échec massif. L'accumulation des défaites, des calamités, des désordres conduit presque nécessairement à la chute du pouvoir. Or le cours du monde étant ce qu'il est depuis les origines, l'occurrence de ces échecs est très probable. L'on a ainsi la racine première et principale de la fragilité des systèmes politiques : elle naît des défis que lancent aux hommes la vie en société et la nature et de l'incapacité tendancielle où se trouvent les régimes monopolistes d'y faire face. Comme, inversement, la succession des bouleversements sociaux et politiques entraîne le laminage des contre-pouvoirs possibles et un renforcement du pouvoir, l'histoire humaine est engagée, depuis des millénaires, dans une spirale fatale. Nous retrouvons, derechef, la singularité d'un certain Occident, où les hasards de l'histoire ont brisé la spirale et introduit, au moins provisoirement, le pluralisme, la stabilité et, par conséquent, l'efficacité dans tous les domaines. L'on entr'aperçoit comment la science des révolutions, telle que nous l'entendons, doit être prolongée par une science des mutations sociales, comment elle l'annonce et la prépare. L'on soupçonne aussi que le terrain sur lequel cette science pourra naître et croître sera la politique (1).

B) LES VARIABLES ÉCONOMIQUES

Nous serons bref, aussi bien parce que ces variables sont des banalités, que parce qu'elles nous paraissent peu importantes... Ou du moins, il convient de distinguer entre deux ordres de déterminants économiques : les mutations, c'est-à-dire le passage d'un système à un autre, et les mouvements internes d'un système. Dans les deux cas, nous avons conflit à propos de l'appropriation des richesses, qui constitue le fonds de toutes les variables économiques.

Les *mutations* sont le passage d'un système à un autre. A vrai dire il vaudrait mieux parler au singulier. En effet, nous connaissons passablement les conséquences de la dernière seulement : la mutation industrielle, que l'on peut faire remonter au XIe siècle occidental. La première grande mutation, certainement beaucoup plus importante, puisqu'elle a consisté dans le passage d'une économie préda-

(1) Pour une étude plus détaillée des contradictions du monopole dans les Démocraties populaires, on consultera l'excellente étude de Ghita Ionescu, *L'avenir politique de l'Europe orientale*, Paris, Sédéis, 1967.

trice à l'agriculture et à l'élevage, dont l'efficacité plus grande et les surplus plus abondants ont permis la construction de ce que nous entendons par civilisation : Etats, empires, écriture, religions, sciences..., cette mutation néolithique, avec tous les phénomènes révolutionnaires qui n'ont pu manquer de l'accompagner, nous est à jamais celée par les silences de la documentation (1). La mutation industrielle, lentement pendant huit siècles, à un rythme accéléré depuis cent ans, est caractérisée par une quête incessante de l'efficacité économique, que l'on peut définir comme la maximisation des satisfactions qu'une collectivité peut obtenir par l'utilisation de biens rares. La maximisation s'obtient par la combinaison adéquate des hommes, des capitaux et de la matière et par la multiplication des échanges qui diffusent les meilleures combinaisons. Or il n'existe aucune position d'équilibre stable correspondant à une combinaison maximale. Il s'ensuit que le système industriel est, *par nature*, instable et qu'il ne peut durer qu'en se transformant par les réponses qu'il donne aux problèmes qu'il soulève lui-même (2). Le passage d'un système stable à un système en mouvement entraîne une série de perturbations dont la plus importante, pour notre propos, est l'éclatement des communautés paysannes et la concentration de masses flottantes dans les villes. Ces perturbations ne touchent pas seulement à l'économie, mais à tous les aspects de la vie sociale, provoquant une rupture de tous les équilibres traditionnels. Ces processus, endogènes en Occident depuis près de mille ans, exogènes ailleurs depuis le

(1) Pour nous, il n'y a donc que trois « modes de production » (pour utiliser un terme en vigueur) : la cueillette, l'agriculture et l'industrie, que l'on distingue en fonction de leur efficacité respective. Quant aux modes de production esclavagiste, féodal, de despotisme oriental, ils ont autant de réalité et de consistance que si l'on parlait de modes de production royaliste, républicain ou bureaucratique.

(2) C'est, à notre sens, dans toute l'œuvre économique de Marx, la seule intuition originale et féconde.

XVIe siècle et surtout le XIXe siècle, n'ont cessé d'alimenter toute la gamme des phénomènes révolutionnaires. Nous retrouvons ainsi les fonctions des révolutions que nous avions signalées au chapitre Ier : préservation, restauration, et fondation de l'équilibre. Selon toute évidence, le mouvement perturbateur n'est pas encore parvenu en fin de course, même dans les pays industrialisés : une spéculation particulièrement excitante pour l'intellect consiste à construire les sociétés futures où l'efficacité aura atteint ses limites naturelles, ce qui constituera la troisième grande mutation économique.

Si l'on ne peut nier l'importance des mutations dans la détermination des phénomènes révolutionnaires, il convient d'être plus prudent sur l'appréciation des mouvements internes, des cycles économiques et des crises. Le sens commun voudrait qu'en phase de dépression et de crise, une société entre en ébullition et explose. Effectivement, il y a une certaine corrélation entre les faits révolutionnaires et le cycle économique (1). A quoi il faut objecter immédiatement un fait massif : les dépressions n'entraînent pas partout ni toujours une agitation révolutionnaire. La crise de 1929, la plus profonde que le monde industriel ait connue, a débouché sur une révolution en Allemagne et au Japon, sur des troubles sérieux en France, mais pas en Angleterre ni aux Etats-Unis. Par conséquent — et c'est là une proposition excessivement banale — les crises économiques interviennent tout au plus comme un facteur parmi d'autres, et pas le plus important. Dans un système agraire, les crises économiques sont des crises de subsistance, qui soulèvent aussi bien les villes que les campagnes. Ici, la corrélation est beaucoup plus nette : lorsque les ressources descendent au-dessous du minimum physiologique, quand règnent la disette et la famine, la

(1) Cf. la brillante mise au point d'Ernest LABROUSSE, Comment naissent les révolutions, in *Actes du Congrès historique du centenaire de la Révolution de 1848*, Paris, 1948.

réaction violente est presque automatique. Par contre, lorsqu'une population est soumise en permanence à la sous-alimentation, on ne note rien de tel ; les régions et les pays les plus sous-développés, de nos jours, sont généralement les plus calmes, au moins relativement.

Le contraste entre ces deux réactions établit une proposition un peu moins banale que la précédente : ce n'est pas le degré absolu de la misère qui entraîne des mouvements révolutionnaires, mais la dépression brusque dans une continuité. L'explication est évidente : les individus s'adaptent toujours à la longue à la condition qui leur est faite, pour peu qu'elle soit stable ou se déplace peu de l'équilibre. C'est la rupture qui est perturbatrice et entraîne des perturbations.

Or, et c'est beaucoup plus intéressant et moins perçu, une perturbation peut se faire vers le haut, c'est-à-dire qu'elle se traduit par une amélioration des conditions. L'expérience la plus constante montre que cette évolution positive est la plus propre à déclencher des phénomènes révolutionnaires. D'abord parce que le progrès matériel n'est jamais continu, mais est scandé par des crises et des récessions, ce qui nous ramène aux analyses précédentes, en les précisant : les crises jouent moins par elles-mêmes, que parce qu'elles viennent interrompre une phase ascendante ; c'est le *passage* d'une phase A à une phase B — pour utiliser la terminologie de Simiand — qui est perturbateur. La phase B, pour peu qu'elle se prolonge, est calme. Ensuite, et c'est beaucoup plus important, les phases A de prospérité sont encore plus traversées de phénomènes révolutionnaires que les crises. La plupart des auteurs l'ont noté. Durkheim avait constaté une corrélation entre la prospérité et les suicides (1). Ecoutons aussi Pareto : « Si l'on pouvait établir cette proposition : que les tenta-

(1) Cf. les très belles pages sur l'anomie dans *Le suicide*, Paris, Presses Universitaires de France, 1967, p. 272-282.

tives de révolution sont d'autant plus fréquentes et ont une probabilité de victoire d'autant plus grande que les souffrances sont plus grandes, la cause trouvée aurait de la valeur, en considération de l'intensité des souffrances. Mais en réalité il n'en est pas ainsi. Depuis les temps les plus anciens, on a observé que les révoltes ont souvent lieu quand les conditions du peuple se sont améliorées. C'était même une maxime de gouvernements anciens que les peuples sont d'autant moins dociles qu'ils sont plus aisés » (1).

Les raisons de cette situation, à première vue paradoxale, semblent devoir être cherchées dans les directions suivantes. La croissance économique consiste dans un déplacement de l'équilibre, dans un réajustement de tous les éléments du système économique. Il s'ensuit que, normalement, une fraction plus ou moins grande des sociétaires voit ses positions menacées, ses habitudes perturbées, ses certitudes désavouées. Autrement dit — et on l'oublie trop souvent (2) —, la vie économique est, selon la belle formule de Schumpeter, une « destruction créatrice », où chaque progrès s'accompagne de souffrances et de dysfonctions. Pour certains, qui se trouvent frappés d'obsolescence ou sont incapables de suivre le mouvement, le progrès se traduit par une chute dans la pauvreté ou la misère : la pauvreté au sein de l'abondance est une loi liée aux mécanismes économiques.

Il va de soi que plus la croissance est rapide et plus sont éloignés l'un de l'autre les modèles de civilisation du départ et de l'arrivée, plus les tensions seront grandes (3). Contrairement à une illusion bizarre, propre aussi bien aux révolutionnaires qu'aux contre-révolutionnaires, ce

(1) Vilfredo Pareto, *Traité de sociologie générale*, § 2566.

(2) Bertrand de Jouvenel l'a rappelé récemment avec profondeur, dans son *Arcadie-essais sur le mieux vivre*, Paris, Sédéis, 1968.

(3) Pour toutes ces questions d'une brûlante actualité, on pourra consulter la brillante mise au point de Raymond Aron, *Les désillusions du progrès*, Paris, Calmann-Lévy, 1969.

n'est pas le sous-développement des pays sous-développés qui risque de produire des phénomènes révolutionnaires, mais bel et bien le développement. La probabilité de troubles et de subversions endogènes augmentera avec le recul de la misère, ce qui est conforme aussi bien aux faits qu'au raisonnement (1).

Une deuxième direction, qui ne recoupe pas la précédente, a déjà été notée par Pareto. Laissons-lui la parole (2) :

> « On voit également que les sentiments socialistes augmentent à la suite d'une longue période de paix et de l'augmentation de la richesse. Chez un peuple très pauvre, les rares capitaux sont très précieux, et le travail humain très abondant et de peu de prix ; par conséquent, le pouvoir politique appartient aux capitalistes, très fréquemment aux propriétaires fonciers. A mesure qu'augmente la richesse du pays, l'importance des capitaux diminue, celle du travail augmente : et les ouvriers acquièrent petit à petit le pouvoir et les privilèges qui appartenaient auparavant aux capitalistes (...). Ce n'est point par hasard que l'organisation démocratique s'est développée dans les riches cités d'Athènes et de Rome. Plus tard, au Moyen Age, le hasard n'est pour rien dans cette renaissance de la démocratie, là où apparaît à nouveau la richesse, comme en Provence et dans les républiques italiennes, dans les villes libres d'Allemagne, pas plus qu'il n'intervient dans la disparition de la démocratie dans ces pays, lorsque la richesse vient à diminuer. »

Même si l'on n'accepte pas le parallélisme rigoureux entre richesse et démocratie, il n'est pas niable que le progrès économique entraîne des modifications dans la hiérarchie des facteurs de production et de leurs détenteurs respectifs. Le rapport des forces sociales peut se trouver déséquilibré et entraîner des conflits destinés à introduire des réajustements. Les cas les plus typiques d'un tel processus sont le mouvement bourgeois au Moyen Age et le mouvement ouvrier à l'époque contemporaine.

(1) Cf. Jean BAECHLER, Sous-développement et Révolution, in *Le Centenaire du capital*, Paris-La Haye, Mouton, 1969, p. 109-129.
(2) Vilfredo PARETO, *Manuel d'économie politique*, VII, § 54.

Qu'on ne nous fasse pas dire ce que nous n'avons pas dit : l'évolution économique ne détermine pas des faits révolutionnaires, elle crée des conditions plus ou moins favorables à de tels faits. Nous aurons, d'ailleurs, à y revenir à propos des variables sociales.

Une troisième direction nous conduit sur un terrain incertain, parce que constitué de faits psychologiques. Nous avons déjà noté, dans le chapitre Ier, que les désirs sont, par nature, illimités et excèdent toujours les ressources. Sur le long terme, pour une société donnée et un niveau donné de production, il s'établit nécessairement une proportionnalité entre les ressources et les désirs. Nous voulons dire qu'il existe un système des besoins propre à chaque groupe social, qui détermine avec une grande rigueur ce qui est désirable et ce qui ne l'est pas. La multiplication des ressources qu'entraîne le progrès économique dérange cette proportionnalité et provoque une libération des besoins. Il s'ensuit que l'accroissement des richesses s'accompagne toujours et logiquement d'une augmentation de l'insatisfaction : le point de contentement se déplace en avant à l'infini, probablement plus vite que les satisfactions réelles. Le mécontentement augmente ainsi avec la richesse. Dans quelle mesure contribue-t-il à l'augmentation des faits révolutionnaires ? La corrélation semble bien établie pour le type des marginalités. Le suicide, la folie et la criminalité (1) croissent avec la richesse. Pour le type des contre-sociétés, la corrélation paraît évidente. La prolifération actuelle des sectes idéologiques, politiques, éthiques, philosophiques... laisse pantois. Nous tendons à considérer qu'elles constituent la contrepartie normale des insatisfactions croissantes sécrétées par la société industrielle, du moins là où le système politique les tolère, en système pluraliste. Quant au type des révolutions politiques, aucun exemple ne

(1) Pour cette dernière, on consultera Gérard LAMBOTTE, Structures économiques et criminalité, in *L'Année sociologique*, 1966, p. 89-132.

permet d'en conclure que ces phénomènes jouent un rôle autre que secondaire. Nous voulons dire que le mécontentement latent peut donner des troupes à un mouvement révolutionnaire, lui conférer une certaine orientation et des résonances particulières, mais qu'il n'a, jusqu'à présent, jamais *provoqué* une révolution. Au demeurant, l'insatisfaction née du confort nous paraît trop diffuse, vague, inconsistante et, pour tout dire, trop molle, pour déterminer un mouvement révolutionnaire, qui suppose des objectifs clairs et précis et une détermination virile (1).

Nous voudrions terminer ce paragraphe sur une dernière variable économique, propre aux sociétés agraires, plus précisément aux sociétés complexes à Etat, où la terre fait l'objet d'une appropriation privée. Elles constituent la majorité des sociétés historiques jusqu'à la mutation industrielle. Le fait remarquable de leur évolution économique et sociale est la récurrence des conflits entre grands et petits propriétaires. Ou, plus exactement, ce qui fait problème, c'est l'alternance de la grande et de la petite propriété, comme si les systèmes agraires étaient incapables, pour des raisons intrinsèques, de se stabiliser autour de l'une ou de l'autre. L'explication de ce fait — important pour l'interprétation de nombreux phénomènes révolutionnaires — nous paraît devoir être la suivante. Si, au point de départ, on a une domination de la grande propriété, les nécessités techniques rendent obligatoire la petite exploitation, donc la division du domaine entre des tenanciers (2). On aura inévitablement

(1) Toute analyse des événements de mai-juin 1968 en France, qui prétend rendre compte du processus politique, sans tenir compte des spécificités du système politique et social français, nous paraît une aimable plaisanterie. En chercher la raison dans le complexe d'Œdipe, le mode de production, la crise de civilisation... permet, dans la meilleure des hypothèses, d'en interpréter certaines manifestations, non d'en expliquer la singularité.

(2) Les exemples de grande exploitation esclavagiste sont rares, pour des raisons déjà notées ; cf. p. 73, n. 4.

des conflits entre tenanciers et propriétaires. L'exemple classique est la naissance de la démocratie grecque, fondée contre l'aristocratie terrienne. Si l'on a, au départ, la petite propriété, on obtient nécessairement, au bout d'un laps de temps plus ou moins long, constitution de grandes propriétés. En effet, les aléas climatiques, les hasards de la vie, l'inégalité des compétences et des soins font que certains propriétaires se trouveront en difficulté. Ou bien ils céderont leur propriété, ou bien ils emprunteront, ce qui ne fait que retarder l'échéance. Le processus est cumulatif, les plus riches étant toujours avantagés. Au bout de plusieurs décennies, les dénivellations seront suffisantes pour qu'on puisse parler de grande propriété. Le processus sera d'autant plus rapide que la probabilité de l'insolvabilité sera plus grande. Or cette insolvabilité est en connexion étroite avec la proportion des prélèvements effectués sur la production. Cette proportion, à son tour, croît avec la puissance de l'Etat, qui tire ses ressources de l'impôt. En résumé, plus l'Etat est puissant, plus il exploite le pays ; plus il exploite, plus il multiplie les insolvables ; plus il y a d'insolvables, plus il y a de grands propriétaires. A partir de là, le système se retourne contre l'Etat, car les grands peuvent plus facilement se soustraire au paiement de l'impôt ; à partir d'une certaine importance, ils peuvent même devenir des contre-pouvoirs menaçants pour l'Etat. Il s'ensuit que l'Etat a toujours intérêt à soutenir les petits contre les grands et que, effectivement, les réformes agraires sont le fait des princes plus que des petits. L'histoire chinoise est une illustration merveilleuse de ce processus et de la collusion entre l'Etat et les paysans contre l'aristocratie (1). Nous pensons qu'il ne serait pas sans intérêt de

(1) Voir Etienne Balazs, *Bureaucratie céleste*, Paris, Gallimard, 1968, p. 139-194. L'Etat japonais a tenté la même politique aux VIe-VIIe siècles, mais a complètement échoué, entraînant un effondrement du pouvoir

repenser l'histoire agraire, grecque et romaine surtout, à la lumière de ce processus (1). Nous retrouvons, par ce biais, l'importance des problèmes politiques, car ce qui fait l'intérêt d'une telle problématique — si des études précises venaient la confirmer — c'est la prise en considération de trois termes pour expliquer l'histoire agraire : les petits, les grands et l'Etat, et la tendance à la convergence des intérêts entre les petits et l'Etat.

C) LES VARIABLES SOCIALES

Nous entendons par là le rôle des groupes sociaux dont se compose une société, dans la détermination des phénomènes révolutionnaires. Ce rôle peut être envisagé de deux points de vue. Ou bien l'on part du groupe social et l'on note, avant de les expliquer, les formes révolutionnaires qui lui correspondent. La typologie générale que nous avons construite, nous a déjà donné une indication majeure : il n'y a aucune correspondance directe et exclusive entre un groupe social quelconque et un type révolutionnaire. Le crime, l'émeute brutale, la fuite... se retrouvent, selon les circonstances et avec, bien évidemment, une coloration variable, dans les différents groupes sociaux. Inversement, un même groupe, par exemple les esclaves, peut produire plusieurs types : suicide, millénarisme, marronage, révolte. Par conséquent, il est plus rentable de porter les efforts de recherche sur les types que de s'occuper du groupe social et de ses types révolutionnaires.

central au profit des Grands. Cf. Ivan MORRIS, *La vie de cour dans l'ancien Japon*, Paris, Gallimard, 1969, p. 76 et 80-81.

(1) Actuellement, dans les pays sous-développés où se pose le problème des latifundia, l'identité des intérêts entre les paysans et l'Etat qui se veut moderniste, contre les grands propriétaires, est évidente. Le dernier en date des coups d'Etat militaires au Pérou semble avoir compris où gît son intérêt bien conçu et a décrété une réforme agraire radicale.

La deuxième direction ne doit cependant pas être négligée : il serait intéressant de pouvoir disposer de statistiques sur la répartition variable des types révolutionnaires suivant les groupes sociaux. Il est probable que l'on trouverait, chez les esclaves par exemple, une prédominance des marginalités passives, suivies par les marginalités actives très loin en arrière ; une rareté extrême des contre-sociétés ; l'absence des révolutions. Il est peu probable que l'on retrouve des répartitions identiques pour les aristocraties, les paysanneries, les bourgeoisies, les parias... L'on comprend que nous ayons, à dessein, utilisé une expression aussi vague que celle de « groupe social », plutôt que le terme chargé de dynamite de « classe sociale ». En effet, de ce premier point de vue, le nombre et la hiérarchie des catégories sociales importent peu. Il n'y a donc aucune raison de se servir d'un critère unique pour toutes les sociétés et aucune obligation de parvenir à un même nombre. Il convient d'adopter dans cette activité de classification l'attitude la plus platement empiriste. Si, par extraordinaire, on prétendait collationner les types révolutionnaires de chacune des milliers de castes hindoues, nous n'y verrions aucun inconvénient, sinon que ce travail serait probablement inutile.

Le problème se complique considérablement lorsqu'on aborde le deuxième point de vue, celui de la société globale. Cette complexité tient aussi bien à l'hétérogénéité des questions que l'on peut poser qu'à la nécessité de prendre position dans l'irritant débat concernant les classes sociales. L'on peut s'élever à des hauteurs spenglériennes, en isolant dans le flux infini de l'histoire humaine, un certain nombre d'unités que l'on appellera civilisations. Or les critères de partition sont multiples. Si l'on part d'un critère technico-économique, on aura trois civilisations : la cueillette, l'agriculture, l'industrie. Adopte-t-on un critère politique, nous inclinons à considérer qu'il n'y en a que deux : les systèmes monopolistes et les systèmes pluralistes (1). Le critère religieux obligerait à multiplier les unités, sans qu'on puisse éviter l'arbitraire : le monde protestant n'est pas le monde catholique, il s'en faut de beaucoup ; mais l'un et l'autre doivent être considérés comme une unité distincte par opposition aux mondes musulman ou hindou. L'on peut aussi utiliser un critère éthique, fondé sur les systèmes de valeur : l'on aura ainsi des civilisations à dominante économique, ou militaire, ou religieuse, ou politique, ou ludique. Or tous ces critères ne se déterminent pas l'un l'autre, ils ne constituent pas des systèmes concrets : ce sont des outils intellectuels plus ou moins arbitraires, grâce auxquels on construit des objets qui, du point de vue considéré, ont chacun une réalité équivalente. L'on conçoit, à partir de là, le nombre indéfini des problèmes que l'on peut poser sur les rapports entre civilisations et phénomènes révolutionnaires : l'Islam et la Révolution, la Société industrielle et la Révolution, le despotisme et la Révolution, etc. Chacun de ces problèmes est légitime et pourrait donner lieu à des investigations scientifiquement rentables. Particulièrement rentables nous paraissent devoir être les recherches concernant les « tempéraments » révolutionnaires, variables selon les unités politiques. En dépit de toutes les rationalisations fondées sur la structure et la conjoncture sociales, administratives, politiques, économiques de la France, on ne peut pas ne pas tenir compte d'un je ne sais quoi qui fait que les Français, au moins depuis 1789, ne font aucune difficulté à changer de régime et ressentent une sorte d'exaltation collective à opérer ces changements. Machiavel avait déjà noté la même propension à Florence, et tout le monde sait que les Athéniens se distinguaient par leur instabilité politique. Bien entendu, répétons-le, on peut rendre compte dans

(1) Mais il y a un nombre indéfini d'unités politiques souveraines, qui ne sont jamais identiques et interchangeables.

une large mesure de ces idiosyncrasies, mais il reste toutoujours une part d'impondérable moral. Appelons-le « tempérament politique » (1), en reconnaissant qu'il n'est pas plus satisfaisant que la terminologie de Pareto et de sa 1re Classe de Résidus, dite de l'Instinct des Combinaisons.

Une deuxième difficulté majeure surgit lorsqu'il s'agit d'analyser les rapports du système social avec les phénomènes révolutionnaires. Cette difficulté tient à la définition du système social. On entend par là la combinaison des groupes sociaux en un tout ordonné. La loi de toute combinaison est nécessairement une hiérarchie, qui définit la place de chaque groupe dans le système, par opposition aux autres groupes. Or, toute hiérarchie sociale — ce fut une de nos hypothèses initiales — se définit en fonction du rapport au pouvoir, aux richesses et au prestige. Un système social quelconque se fonde donc toujours sur la distinction et l'opposition entre ceux qui accaparent une proportion plus grande de ces biens rares et ceux qui se partagent le reste. Convenons d'appeler *élite* la première catégorie et *peuple* la deuxième. L'expérience historique la plus constante impose d'introduire une troisième catégorie, qui regroupe tous ceux qui sont, à quelques égards, exclus du système et dont la proportion varie selon les sociétés et les époques. Nous proposons de nommer cette catégorie la *canaille* (2).

Pour définir avec plus de précision la catégorie de l'élite, on ne peut mieux faire que de rappeler la page célèbre de Pareto :

« Supposons donc qu'en toutes les branches de l'activité humaine, on attribue à chaque individu un indice qui indique ses capacités,

(1) Le mot allemand *Stimmung* conviendrait parfaitement.

(2) Plutôt que d'utiliser le terme de Lumpenproletariat, qui est son équivalent exact en allemand, ou celui de sous-prolétariat, beaucoup trop ambigu, parce qu'il désigne une liaison organique imprécise avec les strates supérieures.

à peu près de la manière dont on donne des points aux examens, dans les différentes matières qu'enseignent les écoles. Par exemple, à celui qui excelle dans sa profession, nous donnerons 10. A celui qui ne réussit pas à avoir un seul client, nous donnerons 1, de façon à pouvoir donner 0 à celui qui est vraiment crétin. (...) Et ainsi de suite, pour toutes les branches de l'activité humaine » (1).

« Formons donc une classe de ceux qui ont les indices les plus élevés dans la branche où ils déploient leur activité, et donnons à cette classe le nom d'*élite*. Tout autre nom et même une simple lettre de l'alphabet seraient également propres au but que nous nous proposons » (2).

L'importance que nous tendons à conférer aux phénomènes politiques, qui ont trait au pouvoir, nous fait souscrire à la distinction que Pareto introduit immédiatement après :

« Pour l'étude à laquelle nous nous livrons, celle de l'équilibre social, il est bon encore de diviser en deux cette classe. Nous mettrons à part ceux qui, directement ou indirectement, jouent un rôle notable dans le gouvernement ; ils constituent l'*élite gouvernementale*. Le reste formera l'élite non gouvernementale » (3).

Par conséquent, l'on distinguera, au sein de l'élite, une *élite dirigeante* qui détient les leviers de commande. Suivant les systèmes sociaux, cette élite dirigeante est composée pour l'essentiel de militaires, de bureaucrates, de techniciens, d'entrepreneurs, d'hommes du parti, de prêtres, etc.

La *canaille* est composée de tous les exclus du système social, non pas exlus absolument, mais rejetés à la périphérie. Ce sont les clochards, les chômeurs permanents, les bas-fonds, les esclaves... Lorsqu'une unité politique s'empare d'une autre et impose aux conquis un statut inférieur, ceux-ci font partie de la canaille (4). Quant au

(1) Vilfredo PARETO, *Traité de sociologie générale*, § 2027.
(2) *Ibid.*, § 2031.
(3) *Ibid.*, § 2032.
(4) Du moins la majorité, car une fraction réussit toujours à s'intégrer,

peuple, ce sont tous les autres, que l'on appelle souvent les classes moyennes. Bien entendu, pas plus que l'élite ou la canaille, le peuple ne constitue un universel concret. Chacune de ces *catégories* est constituée de *groupes sociaux*, qui varient, dans leur nombre et leur composition, avec les types de sociétés.

Le système social ainsi défini se retrouve dans toutes les sociétés issues de la mutation néolithique (1). Jusqu'à plus ample informé, on en concluera qu'il est lié par un lien de nature à la vie en société. Cela veut dire que, quelles que soient les perturbations introduites par le devenir des sociétés, ce système se retrouve. Ce qui ne signifie pas qu'un système déterminé est stable. Au point où nous en sommes, il est facile de préciser les types principaux de perturbations qui peuvent bouleverser le système social et provoquer des révolutions, au sens étroit tel qu'il a été défini dans le troisième grand type de phénomènes révolutionnaires. Nous avons déjà récusé le cas du ralentissement ou de l'arrêt dans la circulation des élites, car celle-ci se fait toujours. Quelqu'un qui, dans la docimologie parétienne, mérite 9 ou 10, finira toujours par les obtenir, en y mettant le temps (au besoin une ou deux générations), et un temps d'autant plus long, en général, qu'il partira de plus bas. On admettra aussi la plus grande probabilité pour un individu d'obtenir une note élevée, selon que sa famille ou son milieu d'origine seront mieux classés. Autrement dit, un système social, par un mécanisme normal, tend toujours à se perpétuer, en freinant la circulation des élites, sans qu'il faille absolument faire appel à un complot des élites.

à un niveau plus ou moins élevé. Plus la proportion des assimilés sera grande, plus la conquête a des chances d'être stable. L'Empire romain a tout particulièrement bien réussi cette opération, grâce à la formation de « bourgeoisies » municipales bien romanisées.

(1) Nous réservons le cas des sociétés fondées sur la cueillette, car elles sortent de notre compétence.

— On peut également exclure, comme facteur de perturbation, la canaille, car il n'y a aucun exemple historique de révolution réussie par elle (1).

Les perturbations graves ne peuvent donc survenir que des conjonctures suivantes :

— soulèvement du peuple contre l'élite ;
— division insurmontable de l'élite ;
— surgissement de forces sociales nouvelles, qui modifient l'échiquier des forces (2).

En dehors des cas de soulèvement national contre l'occupant, qui, dans notre terminologie, peut être compris comme un soulèvement de la canaille ou du peuple contre l'élite étrangère, il n'y a pas d'exemple historique d'un soulèvement *général* du peuple contre l'élite, au contraire des soulèvements locaux ou particuliers qui nous ont permis de construire notre typologie. Ce pour des raisons évidentes. Le peuple ne constitue jamais un universel concret, il est composé de groupes sociaux divers, dont les intérêts peuvent être et sont généralement divergents. Ainsi les luttes entre paysans aisés ou laboureurs et paysans pauvres ou brassiers ont absorbé plus d'énergie que la lutte contre les seigneurs ; de même, la lutte entre ouvriers qualifiés et manœuvres au XIXe siècle, par exemple aux Etats-Unis. La constitution du peuple en une entité objective et subjective, que l'on appellera prolétariat ou classe des travailleurs, correspond peut-être à une vue prophétique de l'avenir, mais ne reçoit pas l'ombre d'une confirmation ni dans le présent ni dans le passé. Les clivages introduits par la division du travail, la dispersion de

(1) Nous avons indiqué pourquoi à propos des guerres serviles : en cette occurrence, le peuple et l'élite font front commun et l'emportent nécessairement.

(2) A quoi il faut ajouter une conjoncture évidente et, de loin, la plus fréquente : la guerre et la conquête. Nous laissons ce cas de côté, car il ne pose aucun problème théorique. Nous n'envisageons ici que les perturbations endogènes.

l'habitat, la diversité des genres de vie et des mentalités, font que le peuple n'apparaît jamais comme tel qu'aux yeux des théoriciens, et non dans la réalité. Il faut peut-être faire une exception pour les unités politiques très petites, du type des cités grecques et italiennes. L'exiguïté du territoire, la connaissance où l'on peut être des uns et des autres, la vision quotidienne que l'on a des différences entre l'élite et le peuple font que le peuple a la possibilité de se dresser comme un tout contre l'élite. La démocratie grecque, fondée sur la lutte des petits exploitants contre l'aristocratie terrienne est un fait incontestable. De même, l'on connaît les soulèvements des peuples florentin et siennois, les Ciompi. Mais ces exemples sont exceptionnels. Dès que l'espace et le nombre inclus dans une unité politique augmentent, le peuple intervient soit dans les phénomènes de marginalités et de contre-sociétés, soit, dans les révolutions, en profitant de la paralysie de l'élite pour faire irruption sur la scène politique ou en suivant une fraction de l'élite, qu'elle mène au pouvoir.

Par conséquent, la deuxième conjoncture — la division de l'élite et, plus précisément, de l'élite gouvernementale ou dirigeante — est beaucoup plus déterminante. Nous n'avons pas à nous y arrêter, car ce point a été ou sera examiné. En effet, l'élite peut se diviser en groupes antagonistes qui s'affrontent pour la conquête du pouvoir ; nous l'avons analysé à propos des régimes monopolistiques. Elle peut aussi se diviser sur des problèmes de valeur, sur le sens à imprimer à la société, aussi bien vers l'intérieur que vers l'extérieur. Nous étudierons ces faits avec les variables éthiques. Pareto affirmait que l'histoire était un cimetière d'aristocraties (1). C'est pro-

(1) Les aristocraties prises au sens étroit de strates supérieures d'une société d'ordres ou états semblent fragiles par elles-mêmes. Un système d'ordres est fondé sur le prestige, que vient entériner une disposition légale. Comme l'a dit magnifiquement Chateaubriand, le prestige passe, parce que passe la fonction précise que remplissait l'aristocratie : « L'aris-

bable, mais il y a peu d'exemples qu'elles y aient été conduites par le peuple ; beaucoup ont été tuées par la guerre, beaucoup se sont suicidées, rarement au point de ne pas léguer une de leurs fractions au système suivant.

La troisième conjoncture concerne le surgissement de groupes sociaux nouveaux. Pour que ce surgissement provoque des perturbations graves, il faut que ces groupes, ou bien soient nombreux en effectifs ou bien occupent des points stratégiques dans le système social. La deuxième hypothèse concerne, généralement, des militaires. Là où l'activité militaire est intense, le poids du groupe militaire augmente nécessairement. Pour peu que le pouvoir civil s'avère incapable de résoudre les problèmes de la paix et de la guerre, la probabilité du coup d'Etat militaire augmente. Cette probabilité devient une quasi-certitude, lorsque l'armée constitue, dans le système social, un corps à part qui n'accepte d'ordre que de ses propres chefs. Le passage, entre les Ve et IVe siècles, d'une armée de citoyens à une armée de professionnels a fait basculer de nombreuses cités grecques dans la tyrannie militaire (1). On peut rattacher au cas des militaires celui des partis révolutionnaires, mais avec d'extrêmes précautions. En effet, pour que, dans un système pluraliste, un parti révolutionnaire, qui, par définition, ne reconnaît pas la règle du jeu, voie ses effectifs gonfler au point de bouleverser le rapport des forces, il faut que le système ait atteint un degré de décomposition considérable. Autrement dit, il faut que des perturbations, nées ailleurs dans le système social, le travaillent suffisamment pour que le parti révolutionnaire apparaisse comme la seule solution. Le seul exemple, à vrai dire, est celui du parti

tocratie a trois âges successifs : l'âge des supériorités, l'âge des privilèges, l'âge des vanités ; sortie du premier, elle dégénère dans le second et s'éteint dans le dernier. »

(1) Une excellente mise au point dans Claude MOSSÉ, *La tyrannie dans la Grèce antique*, Paris, Presses Universitaires de France, 1969, 2e partie, p. 93-131.

nazi, qui a réussi l'exploit, unique dans les annales, d'obtenir 44 % des suffrages dans une élection libre. Il a bénéficié de la corruption d'un régime, il ne l'a pas provoquée, pas plus qu'aucun autre parti révolutionnaire. Bref, un parti révolutionnaire l'emporte soit parce que l'élite s'est suicidée, soit parce qu'il bénéficie massivement du soutien ou de la neutralité du peuple ; cette dernière occurrence n'est probable, sauf exception, qu'en régime monopolistique ou en cas de lutte nationale.

La première hypothèse — groupe social nouveau à effectifs nombreux — est rarissime. Nous n'en connaissons que trois exemples : la bourgeoisie aux XIe-XIIIe siècles ; les ouvriers au XIXe siècle ; la jeunesse au XXe siècle. Le rôle joué par la *bourgeoisie* dans le système social occidental est lié à une singularité historique (1) : la disparition quasi complète de la vie de relations et des groupes sociaux qui l'assurent, au haut Moyen Age. La reprise des échanges, à partir du XIe siècle, a fait renaître les villes, les marchands, les artisans, les manieurs d'argent. Or l'ordre qui avait été défini dans la conjoncture précédente n'avait pas prévu ces groupes. Ils ont dû lutter pour être reconnus dans leur légitimité. C'est tout le sens des innombrables révolutions communales contre les seigneurs, laïcs ou ecclésiastiques. Dans cette lutte, la bourgeoisie — au sens originel, qui désigne les habitants des villes — a été aidée par le pouvoir royal, qui s'est appuyé sur elle pour lutter contre les grands. Le processus a été typique surtout en France, moins en Allemagne et en Italie, où l'Etat a mis huit siècles à imposer sa souveraineté. Si l'on veut parler de révolution bourgeoise, c'est à ces faits qu'il faut se reporter. Par contre, les révolutions anglaise et française n'ont rien à voir avec un soulèvement de la bourgeoisie contre la

(1) Pour de plus amples détails, nous renvoyons à notre Essai sur les origines du système capitaliste, in *Archives européennes de sociologie*, 9 (1968), n° 2, p. 205-263.

féodalité. En leur plus grande généralité, il s'agit, comme nous l'avons vu, d'une opposition de l'élite au pouvoir central, opposition qui a mal tourné. Ce qui signifie que, depuis longtemps, les couches supérieures de la bourgeoisie faisaient partie de l'élite (1). La vision d'une lutte séculaire et insurmontable entre la bourgeoisie et l'aristocratie est une illusion idéologique caractérisée, construite par les historiographes français de la première moitié du XIXe siècle, reprise et théorisée par Marx et diffusée par des disciples peu frottés d'histoire.

Les *ouvriers* — entendus comme les travailleurs manuels occupés dans de grands ateliers — sont nés de la mutation industrielle du XIXe siècle. Il s'est reproduit, en plus grand et en plus intense, ce qu'on avait vu du XIe au XIIIe siècle : l'afflux de ruraux surnuméraires dans les villes, la rupture des communautés traditionnelles, l'entassement en des quartiers où rien n'avait été prévu pour les accueillir, etc. En un mot, la mutation industrielle a concentré en quelques zones et surtout dans de grandes villes des cohortes de déracinés. Comme il fallait s'y attendre — du moins avec la sagesse que confère la connaissance de l'avenir —, une double évolution s'est produite. D'une part, la lutte pour des revendications matérielles et morales, pour améliorer le sort quotidien, et être reconnue dans sa légitimité. D'autre part, au fur et à mesure que l'industrialisation s'étendait et s'intensifiait, elle se diversifiait techniquement et géographiquement, et provoquait une diversification parallèle des ouvriers. Par conséquent, à supposer que la classe ouvrière ait jamais constitué un universel concret (2), cela n'a été que circonstanciel et local. Il y a

(1) Mise au point excellente, pour la France, par Denis RICHET, Autour de la Révolution française : élites et despotisme, in *Annales E.S.C.*, 24 (1969), nº 1, p. 1-23.

(2) On accordera que de tous les groupes sociaux définis selon des critères économiques, elle est la seule qui se soit jamais rapprochée de la définition marxiste.

beau temps que la classe ouvrière est incorporée à la société, où elle compose, avec d'autres groupes, le peuple. A ce titre, elle ne bénéficie d'aucun privilège révolutionnaire, ni plus ni moins que les paysans, les employés, les cadres, etc. Même à l'époque où la classe ouvrière était effectivement en marge — jusqu'à la fin du XIXe siècle —, il n'y a aucun exemple de révolution ouvrière (1), même si les soulèvements ouvriers et les contre-sociétés ouvrières abondent. Il est loisible d'expliquer cette stabilité des sociétés industrielles européennes par l'émigration de millions d'individus vers les Amériques. Une telle thèse ne peut être ni prouvée ni réfutée. On notera simplement que le cycle de l'instabilité a été rouvert par les guerres mondiales ; une présomption au moins existe, qui permet de relier la stabilité intérieure des nations européennes à la stabilité de la scène internationale dans la seconde moitié du XIXe siècle. Au total, si l'apparition des ouvriers, puis des salariés a eu des répercussions évidentes sur le paysage social et les lignes qui l'organisent, aucun fait ne vient étayer la théorie qui lui attribue des bouleversements révolutionnaires majeurs.

Nous nous arrêterons un peu plus au troisième cas : la *jeunesse*, car son actualité en fait un problème encore sujet à interprétation. La littérature sur la jeunesse se multiplie à une cadence si rapide qu'on risque l'étouffement. Or, nous ne cessons de nous étonner que personne ne s'avise de s'étonner qu'il y ait une jeunesse, c'est-à-dire un groupe social distinct, défini par des critères biologiques. Comme nous avons eu déjà l'occasion de le noter, la jeunesse en tant que telle n'apparaît que très rarement dans

(1) Ce n'est pas parce que des ouvriers ont participé à la Commune qu'elle peut être décrétée ouvrière. Nous aurions tendance à considérer que, dans notre terminologie, l'évolution a consisté à faire passer la classe ouvrière de la canaille dans le peuple, d'une situation marginale à une situation intégrée. En juin 1848, l'élite et le peuple ont fait front contre les insurgés, comme en mai 1871. Le front uni de l'élite et du peuple contre la canaille est une constante politique.

l'histoire (1), à des époques de décomposition d'un ordre social. Aussitôt naît l'hypothèse raisonnable que la jeunesse apparaît là où les mécanismes de socialisation se grippent. Dans quelle mesure cette hypothèse se vérifie-t-elle de nos jours ?

Admettons des données objectives, sur lesquelles l'accord semble se faire. La baisse de la mortalité infantile et du nombre moyen d'enfants par famille se traduit par une rareté relative par famille et accroît la valeur affective des enfants pour les parents. L'homme naît prématuré, il lui faut un long apprentissage pour devenir adulte ; or l'apprentissage n'a cessé, avec la mutation industrielle, de se raccourcir, enlevant aux adultes l'avantage de la compétence. Parallèlement, on a pu noter une maturation sexuelle plus précoce, d'où un décalage entre cette maturité et la maturité sociale, qui se trouve retardée. L'augmentation massive du revenu national ou, mieux, de la productivité, permet à la communauté d'entretenir des masses croissantes de jeunes inactifs, pendant un temps de plus en plus long. Le mode traditionnel de socialisation, la famille, fonctionne mal, pour des raisons techniques qui paraissent insurmontables. Jadis, et même naguère, l'apprentissage de la vie et du métier se faisait, dans l'immense majorité des cas, dans la famille, il y avait transition graduelle et insensible entre l'enfance et l'âge adulte. Aujourd'hui, la diversification extraordinaire et la mobilité des qualifications font que, sauf exception, cet apprentissage ne peut se faire dans la famille. Il se produit ainsi un approfondissement, qui peut aller jusqu'à la rupture, du décalage entre la cellule familiale et la société globale. Plus le décalage est grand, plus la jeunesse se constitue en lieu d'accueil séparé. La famille tend à perdre son rôle

(1) Dans toute société traditionnelle, il existe des groupements de la jeunesse par classes d'âge, ou bien des fêtes de la jeunesse. Mais tout cela est institutionalisé et se trouve inclus dans un ordre, dans ce que Michel Philibert appelle : *L'échelle des âges*, Paris, Le Seuil, 1968.

de forme privilégiée de socialisation au profit de l'école. Or l'école, telle qu'elle est conçue, consiste en un groupement séparé des jeunes, séparé des adultes et de la vie active. Il se produit ici quelque chose d'analogue à la concentration des bourgeois dans les villes et des ouvriers dans les zones industrielles, accompagnée, bien évidemment, d'une prise de conscience de la singularité et de la séparation.

Tout cela, qui est certain, ne paraît pas décisif. On peut, par là, montrer que la probabilité des ratés de la socialisation a augmenté et expliquer les phénomènes de marginalité, mais non le caractère massif et universel du fait. Nous tendons à considérer que le fond du problème tient à une question de valeurs. Notre civilisation semble en passe de réaliser un objectif millénaire de valorisation des valeurs économiques, au détriment des autres ; il est possible que s'amorcent des mouvements de compensation qui touchent à la qualité de la vie. A quoi viennent s'ajouter des contradictions qui paraissent insurmontables :

— entre la réussite matérielle et la récurrence des noyaux de misère ;
— entre l'égalitarisme poursuivi par les sociétés occidentales et la résurgence des inégalités d'origine techno-bureaucratique ;
— entre l'universalité tendancielle de l'histoire contemporaine et la permanence de la pluralité des unités politiques et des tensions qui en découlent.

Bref, pour reprendre une expression de Raymond Aron, la société industrielle ne peut pas ne pas entrer constamment en contradiction avec les valeurs dont elle se réclame. Or il n'y a pas *une* solution à ces contradictions, mais *plusieurs en concurrence.* Par conséquent, l'ordre où la socialisation devrait intégrer les jeunes n'existe pas, ou, mieux, il y en a plusieurs. L'on peut ainsi interpréter les trois phénomènes majeurs qui constituent ce qu'il est convenu d'appeler le problème de la jeunesse :

— constitution de la jeunesse en groupe social séparé, dans une position d'attente, voire même en groupe qui est à lui-même sa propre fin ;
— possibilité de contestation globale, sans objet parce que globale et fondée sur des forces extérieures à la société industrielle ;
— possibilité de fondations de contre-sociétés défendant et vivant d'autres valeurs.

Ce processus est-il irréversible ? En régime pluraliste, fort probablement, car un régime pluraliste tolère la pluralité des systèmes de valeurs (1). Au contraire, un régime monopoliste, surtout si, comme il est commun de nos jours, il se fonde sur un système idéologique, doit combattre ces tendances à la constitution de la jeunesse en groupe social. Une telle contrainte peut-elle durer sans entraîner des tensions graves, l'avenir nous le dira (2).

D) LES VARIABLES ÉTHIQUES

Nous entendons par ce qualificatif tout comportement qui fait intervenir à quelque égard un jugement de valeur, ou encore tout comportement qui découle d'une décision arbitraire. En ce sens, toute action a un côté éthique. En effet, si l'on entend par action la combinaison de moyens en vue d'une fin, l'arbitraire, et donc le jugement de valeur, porte aussi bien sur la fin que sur les moyens.

(1) Il s'ensuit aussi qu'il n'y a aucune raison pour que la jeunesse constitue un universel concret remettant en question le système social. Selon la probabilité — et selon une constatation quotidienne, au moins dans le monde étudiant — les orientations seront multiples et, en tant que force politique, la jeunesse se répartira entre les forces existantes. Le système social se sera enrichi d'un groupe nouveau, et non d'une catégorie nouvelle, qui viendrait s'ajouter à l'élite, au peuple et à la canaille.

(2) Pour une analyse plus détaillée, voir Jean BAECHLER, Les Jeunes et la Révolution en Occident, in *Contrepoint*, n° 1 (mai 1970).

En ce qui concerne la fin, tout le monde l'admettra sans difficulté : la vie des sociétés comme la vie en société comportent une pluralité de finalités, que seul un choix peut ramener à l'unité soit pour l'individu, soit pour le groupe, soit pour la société. Que les moyens soient eux aussi arbitraires fait davantage problème. L'idéal serait, une fois la fin choisie, une combinaison *rationnelle* des moyens, c'est-à-dire une combinaison telle que la probabilité qu'elle manque le but soit nulle. Or il n'en va jamais ainsi. Même dans le domaine technique, il y a rarement *une* solution à un problème, ou encore une solution permet rarement de concilier tous les objectifs. Ainsi, dans le domaine des transports, la vitesse, la capacité et la sécurité ne peuvent pas être maximisées simultanément. Il faut choisir entre toute une gamme de solutions qui concilient ces trois exigences en proportions variables. En un mot, la vie en société amène nécessairement à introduire des jugements de valeur ou des décisions arbitraires à deux niveaux : d'une part, sur les fins poursuivies ou le sens à donner à la vie en société ; d'autre part, sur les moyens les plus idoines pour réaliser la fin choisie.

1. Les fins

Les valeurs qui guident les hommes et les sociétés sont multiples et exclusives. Il n'est pas question de procéder à un recensement complet et ordonné de ces valeurs, il y faudrait tout un livre. Il semble, cependant, qu'on puisse les regrouper toutes en quelques chapitres, qui désignent celles qui, autant que l'on sache, sont les plus susceptibles de faire se mouvoir les hommes. On distinguera les valeurs *religieuses*, qui font référence à la quête de l'absolu et du sens ultime de la vie ; les valeurs *politiques*, qui ont trait à l'exercice du pouvoir ; les valeurs *économiques*, qui visent les richesses ; les valeurs *mili-*

taires, qui convoitent la gloire ; enfin les valeurs *ludiques*, qui désignent le plaisir (1).

Nous accorderons qu'une telle classification est arbitraire et que, dans la réalité, chaque système de valeurs est un mélange de ces valeurs. Ainsi l'activité militaire, qui convoite la gloire, trouve quelque plaisir dans cette activité, ne dédaigne pas, à l'occasion, la richesse, se sert de la politique et peut se concevoir comme un absolu. On n'a aucune peine pour procéder de même avec les autres valeurs. Il n'en reste pas moins que chacune de ces activités se fonde sur une direction dominante, à laquelle les autres sont subordonnées ; idéaltypiquement, on est donc en droit d'opérer ces distinctions.

Dans toute société, du moins à un certain degré de complexité, toutes ces valeurs coexistent. Comme elles sont exclusives l'une de l'autre, elles entretiennent nécessairement des conflits entre les groupes qui les portent. Une société se suiciderait, si elle laissait ces conflits se poursuivre jusqu'à la victoire définitive d'une valeur. En temps normal, le conflit aboutit à des compromis qui reflètent le rapport des forces. Il s'ensuit que toute société reçoit une coloration particulière de la valeur qui domine le rapport des forces. On a ainsi des sociétés à dominante militaire, de loin les plus nombreuses jusqu'à présent. On connaît aussi des sociétés où l'emporte l'activité politique : les cités grecques classiques et, plus particulièrement, Athènes en sont un exemple, comme l'est probablement la France depuis la Révolution. Rares sont les sociétés à dominante économique : la Phénicie, Carthage, Venise et, tendanciellement, la civilisation occidentale depuis le XIe siècle. Il y a aussi des exemples de

(1) Les activités scientifiques et artistiques ne nous concernent pas ici, car, en tant que telles, elles ne déterminent pas de forces sociales suffisamment puissantes pour contribuer à l'équilibre social, ni à sa destruction.

sociétés religieuses : le système hindou des castes (1) ou le système monachiste du Tibet. A notre connaissance, il n'y a pas de cas de société ludique. L'explication de cette absence est, vraisemblablement, la suivante : pour qu'une valeur domine, il faut qu'elle l'ait emporté sur les autres ; or le principe de plaisir s'accommode mal de l'usage des armes et de la force, qui détermine cette victoire. Normalement, le ludisme est cantonné dans la sphère privée ; ce n'est qu'en des circonstances particulières — sur lesquelles nous reviendrons — qu'il peut connaître une diffusion suffisante pour devenir une force sociale, que l'on appellera alors libertinage.

L'on partira de l'hypothèse — d'ailleurs invérifiable absolument — que chaque société comporte, en son sein, des types humains correspondant à ces diverses activités, et que chaque type humain est passible de l'examen parétien et peut recevoir une note de 0 à 10. On attribuera 10 à Alexandre, Jules César et Napoléon ; au Bouddha, à Jésus-Christ et Mahomet ; à Périclès, Mutsu-Hito et Lénine ; à Fugger, Rothschild et Rockefeller ; mettons Aspasie, Messaline et Mme de Pompadour. On pourrait ainsi, si l'on disposait de critères et statistiques parfaits, répartir tous les individus composant une société sur une échelle graduée. Une société donnée est axée sur une valeur dominante ; il s'ensuit que l'élite est peuplée en majorité d'individus aptes à cette activité et que, pour peu qu'elle dure, apparaîtra, par sélection naturelle et par éducation, une tendance à produire des individus du type dominant (2).

(1) Voir l'étude de Louis DUMONT, *Homo Hierarchicus*, Paris, Gallimard, 1966.

(2) Le paragraphe qui précède ne prétend pas à la rigueur scientifique expérimentale. Nous le prenons comme une hypothèse, qui devrait permettre d'ouvrir une page nouvelle des sciences sociales. Elle pourrait s'intituler : « Les types humains et les civilisations. » Faute de documents statistiques, il est peu probable qu'on arrive à des approximations satisfaisantes pour le passé ; pour le présent et l'avenir, il pourrait être

Sur le long terme, une société tend donc à produire les types humains qui correspondent aux rôles requis par le système social. Ces mécanismes tendent à conserver l'équilibre et à réduire les phénomènes révolutionnaires. Cet équilibre est instable, comme tous les équilibres fondés sur des rapports de forces. Il nous semble que quatre grands facteurs de déséquilibre peuvent intervenir et déterminer des réactions révolutionnaires :

— *Ou bien* l'élite dominante — le groupe qui porte les valeurs dominantes — accentue sa pression et tend à éliminer les autres valeurs. Il se produira nécessairement une réaction, en commençant par les individus les plus haut placés dans l'échelle ; au fur et à mesure que la pression s'accentuera, la réaction descendra l'échelle. Les exemples de tels processus sont innombrables. Les pressions politiques et militaires du Bas-Empire ont entraîné le monachisme. Le pacifisme d'argent de la Monarchie de Juillet a soulevé des indignations véhémentes. Les campagnes vertuistes — comme disait Pareto — déterminent régulièrement une vague d'attentats aux mœurs et d'alcoolisme. Le militarisme du règne de Louis XIV a entraîné l'aimable Régence. Les succès de la société industrielle débouchent sur la critique de la société de consommation. Le militarisme japonais a fait place à une frénésie économique déconcertante, etc. (1). On notera qu'il n'y a pas d'exemple historique qu'une telle réaction ait débouché sur une révolution politique. Il s'agit toujours de phénomènes révolutionnaires des types

intéressant de construire la problématique et la méthode d'une telle enquête.

(1) On pourrait également mettre en relation la stabilisation de la scène internationale en Europe à partir de 1871 et la conquête des empires coloniaux. Les énergies militaires ont pu s'y exercer, car il convient de noter que l'essentiel de la colonisation a été le fait d'aventuriers, qui, *ensuite*, ont été suivis par les gouvernants et les hommes d'affaires. Autrement dit, l'aventure coloniale comme succédané de la gloire militaire. Jacques BERQUE avance des explications qui vont dans ce sens, dans sa *Dépossession du monde*, Paris, Le Seuil, 1964.

de la marginalité et de la contre-société. L'explication est évidente : l'élite dominante dispose de la force.

— *Ou bien* il survient un renversement dans la dominante, c'est-à-dire qu'une nouvelle élite se met en place. Le cas le plus fréquent est l'apparition d'une élite militaire, qui s'empare du pouvoir. On peut signaler également le cas, exceptionnel, du remplacement d'une élite religieuse, dans les Etats pontificaux, par une élite politique. Un tel renversement tire toujours ses origines des variables déjà étudiées : politiques, économiques et sociales. Sauf dans le cas de l'élite militaire, qui l'emporte toujours dans et par une révolution politique, les autres modifications se font généralement imperceptiblement : où placer, en Occident, le remplacement de l'élite ludiste que constituait aux XVIIIe et XIXe siècles l'aristocratie, par des élites économiques et politiques ? Cela dit, les éliminés peuvent réagir par la marginalité et la contre-société. Un dernier exemple, frappant, d'une telle perturbation, est l'investissement de l'Empire romain par le christianisme. Cela n'est allé à aucun moment jusqu'à la théocratie (1), mais a entraîné une redistribution profonde des élites. L'on sait l'accusation portée par les païens contre les chrétiens, d'avoir vidé l'Empire de sa substance et de l'avoir livré aux Barbares, accusation véhémentement rejetée par saint Augustin, reprise par Gibbon et par de nombreux auteurs contemporains. Il n'est pas sûr qu'Augustin ait eu raison.

— *Ou bien* le système social s'effondre purement et simplement. Tout se passe comme si l'on en revenait à la ligne de départ, chaque valeur ayant des chances égales de l'emporter. Un concours s'en suit, dont une nouvelle élite triomphera. Les grandes révolutions, marquées d'un interrègne prolongé, peuvent être rattachées

(1) L'originalité de l'Occident est la séparation constante de l'Eglise et de l'Etat, et la prééminence de l'Etat.

à ce cas. On assiste toujours à une intense activité politique, religieuse, militaire, ludique, voire même économique sous la forme d'une spéculation intense. La fin de la dynastie des Han a connu un tel processus, prolongé sur des décennies (1). Cette circonstance est la seule où l'on constate le libertinage comme activité sociale importante (2).

— *Ou bien* — et c'est une conjoncture fort intéressante — on assiste à la dévalorisation profonde d'une valeur. Cette situation est très différente de la première, où il y avait lutte. Ici, une activité humaine devient comme impossible, parce que personne n'y croit plus. Le cas extrême est celui de l'incroyance européenne depuis le XVIIIe siècle. Nous n'avons pas à en analyser les causes, mais les conséquences du point de vue qui nous intéresse. La dévalorisation des valeurs religieuses a touché avant tout les élites, et surtout l'*intelligentsia*. Autrement dit, les plus haut placés dans l'échelle des valeurs religieuses se sont retrouvés brusquement dépourvus de finalité. Il s'est produit un transfert des valeurs religieuses liées à la religion chrétienne et à l'Eglise, vers la politique — sans parler de la science et de l'art, qui ne nous intéressent pas ici. La corrélation nous paraît évidente : le Peuple, la Nation, l'Etat, le Prolétariat, la Justice, l'Egalité, la Liberté..., qui sont des notions vieilles comme la vie en société, ont gagné leur majuscule et le statut de mythes capables de soulever les cœurs et d'obtenir des sacrifices enthousiastes, en un parallélisme frappant avec le déclin de la croyance en Dieu. Un de ces courants politico-religieux a donné, avec la Révolution française, la croyance

(1) Voir les deux essais d'Etienne BALAZS sur la crise de la fin des Han, réunis dans *Bureaucratie céleste*, Paris, Gallimard, 1968, p. 71-135.

(2) Au niveau de l'idéologie, la défense des valeurs ludiques débouche nécessairement sur la négation des autres valeurs, sur l'exigence d'une société anarchiste, pacifiste, d'abondance et athée. Un avatar contemporain de cette idéologie est le situationnisme. Voir Guy DEBORD, *La société du spectacle*, Paris, Buchet-Chastel, 1967, et Raoul VANEIGEM, *Traité de savoir-vivre à l'usage des jeunes générations*, Paris, Gallimard, 1967.

fanatique en *la* Révolution, alors que, jusqu'ici, les analystes n'avaient jamais parlé que *des* révolutions. Comme il fallait s'y attendre, on assiste depuis peu à un début de retournement, qui semble devoir ramener les valeurs religieuses vers leur lieu d'origine, ce qui se traduit par une renaissance des religions, de la religiosité et des querelles religieuses (1). A côté de cet exemple éclatant, les autres pâlissent. Les activités militaires n'ont jamais cessé assez longtemps pour qu'on puisse savoir quelles suppléances elles se trouveraient ; la probabilité serait une recrudescence des troubles internes, une intensification des conflits entre groupes, une augmentation des névroses, des crimes et des suicides. Il arrive, par contre, de temps en temps, que les valeurs politiques s'effondrent : c'est le propre d'une révolution qui dure. Or nous avons vu qu'une telle révolution débouche sur un pouvoir fort. Cette issue a des fondements quasiment techniques. Mais cela n'explique pas l'adhésion enthousiaste de gens qui, la veille, vouaient tout pouvoir aux gémonies. Le probable est que la vacance du pouvoir est proprement insupportable et n'est donc pas supportée. Le cas des Français est confondant : autant ils accueillent avec enthousiasme la révolution, autant ils se jettent avec délices dans les bras d'un sauveur. Nous tendons à penser que les deux attitudes sont étroitement liées.

Le fait remarquable est que seuls les systèmes pluralistes occidentaux tolèrent la pluralité des valeurs. Ou, plutôt, ce n'est pas tant cette tolérance qui est remarquable — car le pluralisme politique repose sur le pluralisme culturel et réciproquement —, que le caractère unique de l'expérience. Nous avons déjà eu l'occasion de suggérer que cette singularité tient à des faits politiques. Il s'en-

(1) Quelle que soit l'issue de la mutation qui affecte l'Eglise catholique, elle nous paraît manifester un regain de ferveur. L'histoire de l'Eglise est constante : elle est en crise lorsque la religion se porte bien, et inversement.

suit que la remise en cause constante des valeurs, l'équivalence introduite entre elles, l'impossibilité qu'une vision du monde soit acceptée par tous..., tout cela n'est pas le moins du monde le signe d' « une crise de civilisation », mais la manifestation logique et normale du pluralisme. Ceux qui se lamentent sur la dissolution de l'ordre occidental, comme ceux qui proposent de le rebâtir, sont à mettre dans le même sac : ce sont des nostalgiques du despotisme, qui ne sentent pas que la grandeur de l'Occident réside précisément dans la pluralité des projets qu'il autorise et dans la remise en question constante de ses propres fondements. Tant il est vrai que la servitude est plus légère à porter que la liberté.

2. Les moyens

La littérature des révolutionnaires — et des contre-révolutionnaires — tourne toujours autour du complot que leurs adversaires ne cesseraient d'ourdir. L'élite dirigeante est perçue comme un bloc uni, extraordinairement intelligent et efficace, car toutes ses actions viseraient sans défaillir un but unique : le maintien de ses privilèges. Or l'observation la plus quotidienne montre que, si, bien évidemment, l'élite tend à persévérer dans l'être en détournant ou en éliminant les concurrents possibles, il ne se produit pour ainsi dire jamais de situation où il n'y ait point divergences sur les moyens à engager pour parvenir à cette fin. Même lorsque s'est posé le problème de la décolonisation, les gens qui avaient des intérêts directs dans les colonies, étaient partagés entre deux attitudes : maintenir coûte que coûte, ou bien céder, afin de sauvegarder l'essentiel une fois l'indépendance octroyée. D'une manière générale, il y a toujours, lorsqu'un *statu quo* quelconque se trouve menacé, alternative entre la résistance et l'accompagnement du mouvement pour l'infléchir dans un sens favorable. Le choix entre les deux termes est de l'ordre de la liberté, c'est-à-dire de la décision arbitraire.

Ces choix sont un lot quotidien. Plus la quantité des problèmes passibles du choix augmente, plus la fonction d'arbitrage devient importante. D'arbitrage et d'innovation. En effet, avec les transformations issues de la mutation industrielle, les problèmes ne se sont pas seulement multipliés, ils évoluent sans cesse. Il faut donc constamment renouveler les décisions. C'est probablement la racine profonde de deux phénomènes contemporains importants en Occident : l'accroissement du rôle de l'Etat et, dans l'Etat, le rôle croissant des personnalités, ce que l'on appelle aussi la personnalisation du pouvoir (1). Sans vouloir minimiser les facteurs psychologiques ni le rôle de l'information de masse, l'explication de ce phénomène nous paraît être avant tout technique et liée aux contraintes du choix.

C'est là un lot quotidien, disions-nous. Il n'y a aucune raison pour que cela débouche sur une situation révolutionnaire. L'occurrence survient, lorsque le problème posé est suffisamment grave pour, d'une part, diviser l'élite en deux camps opposés de puissance sensiblement égale, et, d'autre part, mettre en jeu les destinées du corps social. Le cas le plus fréquent est le partage sur la légitimité d'un régime issu d'une subversion quelconque. Ainsi l'élite française est divisée depuis 180 ans sur le régime ; l'élite allemande l'a été pendant la République de Weimar. Lorsqu'une telle situation s'instaure, sans qu'une interprétation réussisse à s'imposer pendant un long laps de temps, les révolutions politiques sont toujours latentes et éclatent au moindre prétexte. La France en présente, derechef, un bon exemple. Encore plus frappants sont les coups d'Etat militaires à répétition, en Espagne depuis le début du XIXe siècle et en Amérique latine depuis

(1) Cf. Léo HAMON et Albert MABILEAU (édit.), *La personnalisation du pouvoir*, Paris, Presses Universitaires de France, 1964. En régime monopoliste, la personnalisation du pouvoir est une donnée de nature.

l'Indépendance. Interpréter ces récurrences en termes de classes, de lutte entre la « bourgeoisie » et la « féodalité », entre la « bourgeoisie » et le « prolétariat », c'est manquer l'essentiel et se condamner au rabachage de lieux communs éculés et sans fondement.

Jusqu'à présent, la pomme de discorde était généralement un problème précis : suffrage restreint ou suffrage universel, pouvoir personnel ou régime parlementaire, guerre ou paix (1), empire ou décolonisation (2)... Depuis quelques années, les partages *semblent* s'approfondir et viser le sens même de la vie en société, du moins en Occident. Trois grandes orientations paraissent se dessiner :

— fuite en avant, dans le sens d'une rationalisation et d'une efficacité croissantes de la société industrielle ;
— prise en compte des coûts sociaux de la croissance, dans le sens de l'humanisation de cette même société ;
— refus de la société industrielle, de ses contraintes et de ses réussites.

Ces trois orientations pourraient se transformer en trois politiques cohérentes : technocratique, humaniste et libertaire. Il nous paraît couler de source que la troisième ne peut s'accomplir que dans des contre-sociétés, de type hippy. Or — nous l'avons noté à plusieurs reprises — cet accomplissement suppose le pluralisme politique. En Occident, cela signifie que la condition *sine qua non* en est l'absence de révolution politique. Toute menace directe contre l'ordre ne peut qu'entraîner une réaction de l'ordre, dans le sens d'un renforcement des contraintes et d'une répression des dissidences. Quant aux deux premières orientations, elles ne sont pas exclusives l'une de l'autre, et l'on se laisse aller à rêver d'un système politique stable

(1) Problème dont a dépendu le sort du régime instable issu de la Révolution de février 1917.
(2) Problème dont est morte la IVe République.

où elles alterneraient au pouvoir et se compléteraient en une émulation constante.

Ne nous battons pas sur la véracité de cette analyse. L'important, pour notre propos, est d'avoir établi que la probabilité que l'élite forme bloc n'a jamais été aussi faible que de nos jours. Les clivages et les tensions qui l'ont de tout temps affectée, *paraissent* devoir s'approfondir. Quelle en sera l'issue ? Si nous faisons confiance aux analyses qui précèdent, nous devons considérer que plus un système sera pluraliste, plus il sera stable, parce que les tensions pourront s'exprimer ; plus il sera monopoliste, plus les tensions seront étouffées et risqueront de le faire éclater. Ce qui ne veut pas dire que, sur le court et le moyen termes, les régimes monopolistes disparaîtront ; selon la logique, ils devront accentuer leur pression pour se maintenir. Autrement dit, la convergence des régimes pluralistes et monopolistes nous paraît relever de la fiction. En l'absence de guerre — hypothèse qu'il faut toujours maintenir —, les uns devraient évoluer vers une intensification du pluralisme culturel, les autres vers un renforcement du monopole. En tout cas, l'évolution présentement constatable va dans le sens d'une telle divergence.

Chapitre V

LES OBJETS DE LA STASÉOLOGIE

Les chapitres qui précèdent, dans leur inachèvement, représentent une masse considérable d'interrogations, de problèmes et d'orientations de recherche. On peut et on doit aller plus loin, pour aborder l'analyse d'une autre dimension des phénomènes révolutionnaires, que nous proposons d'appeler des objets de l'analyse. Quel que soit le phénomène considéré, on peut toujours distinguer en lui cinq dimensions :

— *L'idéologie* ou système de pensée où s'expriment une vision du monde, des intentions, des justifications...

— Les *révolutionnaires*, c'est-à-dire le personnel des phénomènes étudiés.

— Les *sociétés révolutionnaires*, ou les groupements originaux que constituent ces révolutionnaires.

— Les *crises sociales*, c'est-à-dire les situations concrètes qui produisent des phénomènes révolutionnaires.

— Enfin *l'anatomie des phénomènes révolutionnaires* ou leur déroulement dans le temps.

Il va de soi que ces cinq objets, s'ils se retrouvent toujours à quelque degré, ne revêtent pas partout la même importance. Ainsi, l'idéologie joue un rôle mineur dans les brigandages et les mafias, qui constituent, par contre, des sociétés particulièrement complètes. Inversement, dans les sectes révolutionnaires contemporaines, la fonction idéo-poiétique est essentielle et suffit presque à épuiser leur essence. — L'on partira de l'hypothèse générale que ces cinq objets sont largement autonomes et doivent être étudiés séparément. En effet, il est impossible de ramener l'un quelconque à un autre, en affirmant que telle idéologie détermine telle structure sociale, ou que tel type humain sécrète telle idéologie, ou que telle crise produit automatiquement telle idéologie ou telle forme révolutionnaire. Ces affirmations ne feront guère problème, sinon en ce qui concerne l'idéologie. Au-delà de la simple doxographie ou exposé des idées émises par un groupe révolutionnaire quelconque, deux grandes interprétations dominent. Ou bien l'on ramène l'idéologie à la psychologie et l'on prétend expliquer des idées à partir de sentiments, motivations ou pulsions sub- ou inconscientes. A quoi l'on peut objecter — outre des objections d'ordre épistémologique qui visent l'impossibilité de combler le hiatus qui sépare deux ordres aussi différents que la pensée rationnelle et les sentiments — d'une part, une impossibilité pratique : sauf pour d'éventuels phénomènes contemporains, la documentation est toujours insuffisante pour qu'on puisse espérer procéder à la psychanalyse des révolutionnaires ; on est donc amené à construire l'inconscient *à partir des* formulations idéologiques, de retrouver l'homme que fut Joachim de Flore à partir de ses écrits, autrement dit de construire un discours sur un discours, ou de transcrire dans le langage codé de la psychanalyse des données exprimées selon un autre code ; or une traduction ne saurait constituer une explication. On objectera, d'autre part, que les concepts de la psychologie et de la psychanalyse sont beaucoup trop généraux et universels pour rendre compte du détail des pensées révolutionnaires. Un même principe qui rendrait compte à la fois des Oracles Sibyllins et de Karl Marx, ne présente aucun intérêt, ou, du moins, ne permet pas de comprendre les différences.

Ou bien l'on ramène l'idéologie à des groupes sociaux

concrets, et l'on parlera d'idéologie bourgeoise, paysanne, prolétarienne. Une telle position ne mériterait même pas que l'on s'y arrêtât, si elle n'était aussi répandue. Elle est encore plus tautologique que la précédente, car la pensée d'un groupe ne peut être reconstruite qu'*à partir des* documents écrits ou parlés. Or ces documents sont toujours l'œuvre d'individualités. Ce n'est donc qu'une pétition de principe parfaitement arbitraire qui permet d'affirmer que telle idéologie est ouvrière (1). Nous partirons donc de l'hypothèse que l'idéologie est une production de l'entendement humain ; que, à ce titre, elle se résout en systèmes intellectuels cohérents et intelligibles, dont on peut rendre compte en dégageant les rationalisations qui les ont produits.

Ces objets font partie de la réalité sociale. Ils sont donc passibles d'une analyse aux quatre niveaux indiqués précédemment. Nous nous proposons, dans ce dernier chapitre, d'esquisser certaines analyses, en insistant surtout sur le niveau I. Que l'on nous pardonne la brièveté et le caractère superficiel de ces pages. Nous voudrions qu'on les prît, non comme un bilan, mais comme un programme de recherche et une promesse de travaux futurs.

A) L'IDÉOLOGIE

1. Prémisses

Nous partons donc de l'hypothèse que l'idéologie révolutionnaire est un système intellectuel cohérent et clos, dont les articulations essentielles doivent pouvoir être

(1) Il va sans dire que cela ne signifie pas que n'importe quelle idéologie sera reçue par n'importe quel groupe social. Le libéralisme a plus de chances de recruter dans l'élite que dans la canaille. De même, si la peinture non figurative est mieux reçue dans les milieux cultivés et la photographie dans les milieux peu cultivés, il ne s'ensuit pas que les premiers produisent la première. Elle est l'œuvre des peintres, donc d'une activité spécifique, qui trouve son public ou non.

reproduites en refaisant le même itinéraire intellectuel. De ce fait, elle s'apparente aux systèmes théologiques. Comme eux, elle présente deux caractéristiques fondamentales :

— Toute la construction intellectuelle repose sur un axiome indémontrable et irréfutable. Le christianisme, par exemple, repose sur la divinité du Christ. L'idéologie révolutionnaire, elle, repose sur l'axiome suivant : la Révolution est un bien inéluctable. Cette proposition — évidemment irréfutable — a un versant éthique qui est dispensé de toute justification. Elle a aussi un versant qui se veut objectif. Cela entraîne deux conséquences importantes. La première est la nécessité de pousser la perception du présent jusqu'aux limites du supportable : de l'excès du Mal, par un renversement lié à une psychologie élémentaire, ne peut que naître le Bien, car jamais les choses humaines ne se maintiennent dans un état-limite. La deuxième est le scandale que provoque l'absence de révolution. Une énergie et une habileté inlassables sont déployées pour justifier l'échec des prévisions. Là où certaines techniques sont requises pour que le bouleversement survienne (danses, rites, ascèse ; ou bien technique révolutionnaire rationnelle), on n'a aucune peine à suggérer un manquement qui explique l'échec. Là où la révolution est perçue comme une rupture organique, il faut montrer comment un sursis a été accordé à la société. La plus grandiose de ces rationalisations a été les théories de l'impérialisme, qui ont fleuri à la fin du XIXe siècle jusqu'à la guerre de 14, dans le seul but d'expliquer par l'expansion coloniale l'absence de révolution en Occident.

— Cette procédure révèle une deuxième caractéristique : un système idéologique est toujours en mesure d'intégrer des données nouvelles, en introduisant des hypothèses supplémentaires qui ne remettent pas en question les fondements du système. La théorie de l'impérialisme, primitivement conçue pour justifier l'absence de révolution en Occident, a basculé à partir du moment où la Révolution russe a éclaté dans un pays non industrialisé ; par toute une série d'inflexions, les pays non industrialisés sont apparus comme les lieux authentiques du socialisme et l'avant-garde de l'humanité. Il est probable que la recrudescence actuelle des phénomènes révolutionnaires en Occident va entraîner un nouveau basculement et un nouvel avatar de la théorie de l'impérialisme.

Par adjonctions successives et raffinements logiques se constituent de véritables corpus, dont la pérennité est étonnante. Le judaïsme hellénisé avait produit une série de discours oraculaires sous forme d'hexamètres grecs, qui annonçaient la venue du Sauveur. Puis les propagandistes chrétiens reprirent ce fonds juif, en l'enrichissant d'une tradition issue de l'Apocalypse, et le transmirent au Moyen Age. « Leur capacité d'adaptation était infinie : constamment réédités et réinterprétés en fonction des circonstances et des préoccupations de l'heure, ils pourvurent à tout moment aux aspirations éternelles des mortels, soucieux de disposer d'une prescience infaillible de l'avenir. Même au temps où les seules versions de ces textes connues en Occident étaient en latin, donc inaccessibles au vulgaire, leur contenu pénétra vaguement jusqu'aux couches inférieures de la population. A partir du XIVe siècle, les versions en langue vulgaire se répandirent, et dès l'invention de l'imprimerie, ils figurèrent parmi les premiers titres publiés. A la fin du Moyen Age, alors que les espoirs et les craintes qui façonnèrent les premiers oracles sibyllins dataient déjà de plus de mille ans, ces livres étaient encore lus et étudiés de toutes parts » (1). Un autre corpus extraordinaire est représenté par le marxisme, dont rien ne permet de supposer qu'il soit en passe de perdre ses vertus de renouvellement. Il

(1) Norman COHN, *Les fanatiques de l'Apocalypse*, Paris, Julliard, 1962, p. 30.

va de soi que ces systèmes ne sont pas produits par n'importe qui, mais requièrent l'activité de véritables spécialistes. Ils ont donc le plus de chances de connaître un développement intense là où existe une catégorie sociale de professionnels de l'intellect. Les grands centres de production révolutionnaire coïncident donc toujours avec les grands centres de la vie intellectuelle.

2. Méthode

L'analyse des idéologies révolutionnaires commence par un rebutant travail d'archiviste. Il consiste dans la recension, si possible exhaustive, de tous les textes. Il ne s'agit pas seulement des textes écrits, facilement repérables, mais aussi des poèmes et chansons, des témoignages recueillis par les observateurs (1). Par exemple, à notre connaissance, aucune étude systématique n'a été menée sur les chansons qui, par milliers, ont répandu les idées de la Révolution à travers toute la France.

Sur ce matériel brut s'exerce un travail d'élaboration, qui doit aller dans plusieurs directions. Il faut découper les documents en fonction des thèmes, puis regrouper ces thèmes sous un certain nombre de rubriques : les thèmes religieux, philosophiques, politiques, économiques, esthétiques, eschatologiques... Il faut distinguer, ensuite, les niveaux d'élaboration : le niveau conceptuel (par exemple Marx), le niveau catéchistique où le système se résout en un certain nombre de formules figées et stéréotypées (les œuvres de Staline en sont un exemple parfait), enfin le niveau vulgaire, fait de slogans et de balbutiements (les tracts par exemple).

Ce n'est qu'après ce travail long et fastidieux que commence l'élaboration scientifique. Elle consiste dans la saisie des concaténations logiques qui rendent compte

(1) C'est la seule source possible pour toutes les sociétés sans écriture.

de tous les thèmes et de toutes les rubriques. Car les propositions idéologiques ne sont pas des émanations d'un inconscient quelconque ou les traces d'on ne sait quelle structure sous-jacente, ce sont des rationalisations conscientes, qui procèdent par questions et réponses. Prenons un exemple simple. La métempsychose est une croyance fréquente. C'est la seule solution logique à un problème qui peut s'énoncer ainsi :

— tout ce qui est, est frappé d'un Mal essentiel ;
— mais tout pourrait être bon ;
— le passage du Mal au Bien doit être étalé dans le temps ;
— par réincarnations successives la proportion de Bien grandit aux dépens du Mal.

Par conséquent, la métempsychose est une croyance presque nécessaire là où le monde est perçu comme divisé entre le Bien et le Mal et où le Bien finira par l'emporter. Autre exemple simple. Lorsqu'à la fin du XIXe siècle, il apparut que le prolétariat tardait par trop à accomplir ses destinées grandioses, deux issues logiques étaient possibles :

— Ou bien l'on décrétait que la révolution, perçue comme le grand jour, n'était plus nécessaire, mais pouvait être économisée par un passage organique au socialisme dans le cadre du système parlementaire.

— Ou bien l'on était amené à envisager que la classe ouvrière devait être aidée par l'action d'un groupe de professionnels de la révolution. L'idée d'une avant-garde consciente du prolétariat n'a pas germé dans la seule tête fertile de Lénine. Tout le monde semble y avoir pensé : Kautsky (dont *Que Faire ?* porte une longue citation en exergue) ; un travailleur clandestin de Pétersbourg qui écrivit en ce sens à Lénine ; Savinkov, futur fondateur du Parti Socialiste Révolutionnaire, qui envoya un projet à l'Iskra ; Martov aussi, qui affirma que lui et ses amis avaient eu la même idée.

Incidemment, cela permet de faire un sort au problème, déjà évoqué, de la diffusion. Savoir qui a eu le premier telle idée ou si une influence est perceptible ne présente jamais qu'un intérêt anecdotique, de notre point de vue. L'important n'est pas de savoir qui, où, ni quand l'on a conçu les Juifs comme des incarnations du Mal, mais de montrer qu'une idéologie révolutionnaire opère nécessairement un partage dans la société et produit une source de tout mal ; que le groupe concret victime d'une telle attribution soit tel ou tel importe suprêmement à ce groupe, mais point au système idéologique lui-même. De même, il y a nécessairement un sujet de l'histoire porteur du salut : que ce soient les pauvres, les ouvriers, la bourgeoisie ou la jeunesse, n'importe guère à la cohérence du système.

3. Quelques thèmes constants

Nous n'avons pas l'outrecuidance de prétendre avoir achevé ce travail et pouvoir en présenter les résultats (1). Nous nous contenterons de signaler cinq thèmes qui nous paraissent constants et constituer les fondements de toute idéologie révolutionnaire.

— *Le dualisme :* il se trouve au centre de toute pensée révolutionnaire, du fait du duel que constitue effectivement tout mouvement révolutionnaire. C'est un combat à deux entre le Bien et le Mal, entre le Sujet de l'Histoire et l'Autre. Le Sujet peut être n'importe quel groupe — voire même un individu isolé : la communauté paysanne ou nationale, la bourgeoisie, le prolétariat, les pauvres... Ce point ne fait jamais vraiment difficulté. Par contre la détermination de l'Autre fait problème. En effet, au moins au point de départ, les révolutionnaires ne sont jamais

(1) Nous renverrons à un résultat timide et imparfait de la méthode, esquissée dans notre : *Politique de Trotsky*, Paris, Armand Colin, coll. « U », 1968.

qu'une infime minorité ; on ne peut donc définir l'Autre comme tous ceux qui ne sont pas révolutionnaires, car la disproportion des forces serait telle qu'une victoire ne pourrait être escomptée. Il s'ensuit qu'un troisième terme doit être produit. L'on a, ainsi, nécessairement et partout : les révolutionnaires conscients (une minorité infime), la source du Mal (une minorité) et les révolutionnaires potentiels qui ne savent pas encore (l'immense majorité). D'où deux directions constantes de la pratique révolutionnaire, qui vise aussi bien la conversion du troisième terme que l'élimination du deuxième. Cette vision ternaire peut être prise comme une formule algébrique : la définition concrète des symboles est extrêmement variable. La situation la plus simple, où le réel coïncide presque avec l'idéel, est la situation impériale ou coloniale, où l'Autre est l'étranger. Comme nous l'avons souvent indiqué, cette situation débouche le plus aisément sur une révolution. Par contre, à l'intérieur d'une société, la partition est plus difficile à opérer et peut déboucher sur des êtres de raison : les Juifs ont été la source du Mal pour tous les mouvements millénaristes du XIe au XIIIe siècle, comme pour le nazisme ; les riches pour les mouvements des XIVe et XVe siècles, comme pour les socialismes ; de nos jours on a forgé les notions particulièrement obscures d'impérialisme, de révisionnisme, de communisme... Cette particularité permet d'interpréter un aspect constant de ces idéologies : le complot. L'Autre ou le Mal étant une infime minorité, peut être conçu comme un groupement réel et cohérent, à qui l'on peut imputer tous les malheurs comme des méfaits conscients et volontaires. Le bon abbé Barruel attribuait la Révolution française à un complot franc-maçon ; les nazis voyaient dans le complot juif la source unique du capitalisme et du communisme ; la C.I.A. est responsable de toutes les contre-révolutions et les Chinois des révolutions...

— *La liberté et l'égalité :* ce sont deux exigences

constantes, les deux motivations les plus universelles de tous les types révolutionnaires. Cela n'a rien de mystérieux, puisque cela découle des racines des phénomènes révolutionnaires, telles que nous les avons dégagées au niveau de l'unité. L'exigence de liberté est l'expression de l'arbitraire des valeurs et des institutions ; l'exigence d'égalité est issue de la rareté du pouvoir, des richesses et du prestige. Quel que soit le type révolutionnaire considéré : marginalité, contre-société ou révolution, on retrouve, au moins à l'état latent ou embryonnaire, ces deux orientations. Or elles sont objectivement contradictoires. En effet, nous avons essayé de montrer que la liberté repose sur le pluralisme politique, qui lui-même repose sur la pluralité des centres de décision, donc sur des inégalités. C'est pourquoi l'égalitarisme mène logiquement et pratiquement au totalitarisme, alors que la quête de la liberté se soucie peu ou pas de l'égalité. Il s'ensuit que la dialectique de la liberté et de l'égalité constitue une dialectique essentielle de toute idéologie et de toute réalité révolutionnaires, et qu'il est probable que c'est elle qui constitue le principe fondamental de différenciation entre les idéologies et les mouvements.

— *Le retour aux origines :* même si l'on reste insensible au jeu des étymologies, il faut rappeler que le mot de révolution a d'abord un sens astronomique, qui vise le retour périodique à un point de départ. Ce n'est guère qu'à partir du XVIIIe siècle que le mot désigne un mouvement linéaire de passage d'un état à un autre (1). Or c'est le premier sens qui, en toute rigueur, est le bon. Dans le cas d'un retour à un état antérieur considéré comme bon (par exemple dans le fascisme, le conservatisme, tous les mouvements qui s'opposent à la croissance de l'Etat), cela

(1) Cf. Franz-Wilhelm SEIDLER, *Die Geschichte des Wortes Revolution ; ein Beitrag zur Revolutionforschung*, Munich, 1955. D'accès plus facile : Ferdinand BRUNOT, *Histoire de la langue française*, t. 6, p. 44-45 et t. 9, p. 617-622.

est évident. Même là où les fins dernières sont projetées en avant, dans un avenir plus ou moins lointain, cela reste vrai. Ici encore, une telle position répond à une logique inexorable. En effet, la conception d'un salut absolu suppose la notion de chute. Une conception qui verrait à l'origine un Mal absolu est hors de mesure de concevoir l'émergence et la victoire du Bien. Le manichéisme repose sur la lutte du Bien et du Mal ; pour que le Bien finisse par l'emporter, il faut que le Mal soit affecté d'une insuffisance originelle, qu'il soit donc second ; or la meilleure figure concrète de cette situation est celle de la chute du Bien dans le Mal. C'est pourquoi une idéologie révolutionnaire fait toujours référence à quelque chose comme l'Age d'or ou un état d'innocence qui, un jour, fut perdu. L'occasion de la chute peut être une faute (Adam), la perte de l'indépendance (dans le cas des nationalismes), la propriété, l'ambition de certains... Le mythe du bon sauvage, de l'état de nature, comme du « tiers mondisme » sont des mythes révolutionnaires.

— *La rupture catastrophique :* les temps qui précèdent la révolution et le passage au salut, apparaissent toujours comme une accentuation à la limite des malheurs de l'humanité ; de l'excès du Mal naîtra le Bien. La catastrophe peut prendre différentes apparences concrètes : famine, déluge, guerre, invasion, oppression, crise économique... La catastrophe est, cependant, intérieure à la société et révèle sa nature profonde. Une telle vision peut déboucher sur des constructions intellectuelles grandioses, comme le système marxien, qui tourne entièrement autour des notions de contradictions intimes du système capitaliste et d'accentuation tendancielle de ces contradictions. Cette position découle, elle aussi, logiquement des prémisses révolutionnaires. La victoire définitive du Bien sur le Mal suppose une victoire préalable du Mal. En effet, tant que les deux pôles coexistent, le monde est partagé et évolue alternativement vers l'un ou l'autre : seule une évolution décisive vers le pôle du Mal peut laisser espérer un retournement essentiel. Une telle vision s'oppose radicalement à deux autres conceptions, tout aussi cohérentes et répandues. L'une considère que les avantages et les inconvénients que détermine la vie en société sont en proportion fixe ; il est donc inutile de s'évertuer à y changer quoi que ce soit et plus sage de conserver l'état présent ; c'est une position fréquente chez les intellectuels (Montaigne en est un exemple parfait). L'autre considère que la proportion est variable et qu'il est possible de multiplier les avantages au détriment des inconvénients, à condition d'y mettre le temps ; elle fonde toutes les variétés de réformisme.

— *L'inversion :* elle est étroitement liée aux thèmes précédents. La rupture est perçue comme un changement général de signes. Les pauvres deviendront riches, les faibles puissants, les obscurs considérés... Cette conception peut atteindre des extrémités bizarres. Ainsi, certains millénarismes polynésiens prévoient le blanchiment de la peau, d'autres l'inversion des sexes. Ici aussi, la formule algébrique générale de l'inversion se résout en équations concrètes en fonction des données sociales particulières. Il s'ensuit qu'une enquête révélatrice pourrait être menée, qui déterminerait, à partir des inversions signalées par telle ou telle idéologie locale, les exigences profondes d'un groupe ou d'une communauté. L'universalité de l'inversion pauvres-riches témoigne de l'universalité de la rareté, et n'est une surprise pour personne. Par contre, le fait que, en mai-juin 1968, une revendication majeure ait visé le droit à la parole, peut être une indication intéressante. L'abandon de la rue aux automobiles, la construction d'ensembles résidentiels où le groupement des gens est aléatoire et instable, l'inondation par des moyens d'information qui sont des monologues, peuvent avoir mené à une situation où le besoin de s'exprimer — même lorsqu'on n'a rien à dire, ce qui est le cas général — devient incompressible : une revanche des muets. Une telle enquête pourrait constituer une attaque originale des problèmes, combien difficiles, que pose la psychologie historique.

B) LES RÉVOLUTIONNAIRES

Le problème du personnel révolutionnaire reste posé. Sans doute disposons-nous de biographies localisées, mais il n'existe pas d'étude systématique sur la composition humaine des mouvements révolutionnaires. Elle pourrait s'orienter dans plusieurs directions. La première devrait faire appel aux techniques de la psychologie pour déterminer s'il existe quelque chose comme un type universel du contestataire. Il va sans dire que tous ceux qui participent à un mouvement révolutionnaire ne sont pas intéressants de ce point de vue, car, suivant les types de révolutions, n'importe qui peut y être entraîné. Il s'agirait d'individus qui, en vertu de certains traits de caractère structurels, sont toujours au bord de la dissidence. Il est probable que le trait essentiel de ces caractères serait le besoin d'absolu, l'impossibilité d'accepter les limitations imposées à la condition humaine et les compromissions sur quoi repose la vie en société. En tant que chercheurs d'absolu, les révolutionnaires seraient donc des âmes religieuses. Un autre trait paraît être la conviction quasi névrotique de détenir la vérité et d'être capable d'assurer le salut et le bonheur des autres. Ce sont des fanatiques, inaccessibles au doute et incapables d'envisager la légitimité des points de vue opposés. Des individus comme Robespierre, Saint-Just, Lénine, Trotsky, Hitler paraissent particulièrement représentatifs. Ces deux traits sont fort précieux pour des hommes qui prétendent soulever des masses, tant il est vrai que l'excès de conviction est le meilleur moyen de convaincre les hésitants et les tièdes. On imagine mal un révolutionnaire qui aurait quelque doute sur la malignité radicale des juifs, des bourgeois, des impérialistes ou des communistes, et qui réussirait à se faire entendre.

Une deuxième direction chercherait à déterminer la diversité des types révolutionnaires en fonction des types de mouvement. On pourrait concevoir deux grandes interprétations. Dans une première perspective, on partirait de l'hypothèse que les types humains possibles sont en nombre limité et se retrouvent dans toutes les sociétés — ce qui paraît une hypothèse raisonnable — et l'on tenterait de voir comment chaque forme révolutionnaire sélectionne les types qui l'incarneront. L'on parviendrait, ainsi, à construire les types humains des quatre types de messianismes, ceux des brigandages, des mafias, etc. Une deuxième hypothèse — plus au goût du jour — admettrait la spécificité de chaque forme révolutionnaire et l'indifférenciation des caractères humains. Il s'ensuit que chaque mouvement produirait, par une sorte de pédagogie interne et par le jeu de la sélection des plus aptes, le personnel qui lui conviendrait. Dans la mesure où des révolutionnaires se sont posé la question, c'est la deuxième issue qu'ils ont dû choisir, puisque aussi bien ils se présentent comme une avant-garde qui ne fait qu'exprimer les aspirations d'un groupe plus large.

Personnellement, nous pencherions plutôt pour la première hypothèse. Pour l'étayer, il faudrait procéder à une vaste enquête. On ne peut espérer la réaliser sur les groupes révolutionnaires actuels, car il y faudrait des méthodes d'approche qui s'apparentent fort à l'investigation policière. Un autre matériel est disponible. On peut utiliser les biographies, les histoires de tel ou tel mouvement, les écrits — en particulier la correspondance — des révolutionnaires eux-mêmes, et soumettre toutes ces données à un questionnaire. Dans l'état actuel de dispersion des sciences sociales, seule une équipe pluridisciplinaire pourrait s'atteler à cette tâche, car il faudrait unir les compétences respectives du psychiatre, du psychologue, du sociologue et de l'historien.

Nous avons tenté, bien imparfaitement, un tel travail à propos des *millénarismes*. En voici les résultats essentiels (1). Il faut commencer par faire une distinction radicale entre les messies et les fidèles, car ils représtenent un matériel humain hétérogène.

1. Les messies

a) *Données psychologiques*

Elles sont incertaines, car les observateurs (historiens, ethnographes, missionnaires, administrateurs), sont rarement des spécialistes. Ce sont souvent des individus à tendance schizophrénique, des hypersensibles de type hystéroïde ou épileptoïde. Mais ce ne sont jamais des malades qui, de nos jours, relèveraient de l'asile psychiatrique. Ce mélange de normal et de pathologique fait irrésistiblement penser à d'autres types humains bien connus : le shaman, le magicien, le sorcier. Il est probable qu'il s'agit du même matériel humain, qui prend telle ou telle orientation en fonction des circonstances, et constitue une donnée structurelle de toute société. Incidemment, cela permet de résoudre un problème que le lecteur s'est peut-être posé en examinant notre typologie. Une même réalité politico-économico-sociale produit plusieurs types révolutionnaires. Qu'est-ce qui fait que l'on a une guerre paysanne, un millénarisme, des brigandages ? La seule explication raisonnable est le rôle des individualités, qui canalisent les énergies disponibles dans tel ou tel sens. Autrement dit, l'apparition des messianismes, des brigandages ou des révolutions politiques suppose, au-delà des données générales, la présence de certains types

(1) Ils doivent beaucoup au livre de Wilhelm MÜHLMANN, *Messianismes révolutionnaires du Tiers Monde*, Paris, Gallimard, 1968.

humains, qui font passer une situation de la puissance à l'acte.

On trouve aussi, du moins dans l'aire occidentale, un autre type humain, celui du débile mental. On connaît le statut ambigu de l'idiot du village, objet à la fois de dérision et de crainte, de respect et d'attentat. Il est possible qu'il faille mettre ce fait en rapport avec la tradition chrétienne qui privilégie le simple d'esprit, dont la modestie intellectuelle est plus proche de l'état de grâce que l'orgueil des savants. A moins que ce ne soit une situation universelle, qui fasse intervenir une pente naturelle à l'entendement, qui tend à identifier les extrêmes.

Il suit de ce portrait-robot que le messie n'est pour ainsi dire jamais un imposteur : il croit à sa mission. L'on retrouve ainsi le trait général déjà signalé de fanatisme. Il suit aussi que le messie est presque toujours insignifiant ou ridicule aux yeux des autres. Les moqueries dont il est l'objet ne font que renforcer son prestige aux yeux des croyants. C'est là une situation logique, qui découle de la position révolutionnaire : il faut — s'il ne suffit pas — que le dissident soit rejeté par l'ordre, sinon il ne saurait représenter une alternative.

b) *Les données sociales*

Le trait le plus constant et le plus frappant est qu'ils ne sont pas des gens du peuple. Ils représentent une sorte d'*intelligentsia marginale* de moines en rupture de ban, de prêtres défroqués, d'autodidactes issus de l'artisanat ou du petit monde des fonctionnaires seigneuriaux, de nobles surnuméraires... Ce sont des intellectuels ou para-intellectuels frottés, sinon de science, du moins des traditions religieuses hétérodoxes. L'on comprend la permanence et l'enrichissement, du moins en Occident, de l'idéologie révolutionnaire. Il arrive fréquemment que, derrière les messies, se tiennent des individus plus ou moins sincères, franchement issus de l'élite, qui prétendent utiliser le prestige du messie à leur profit.

Dans les sociétés primitives, les messies ont toujours été en contact avec les Blancs et constituent une élite hybride : policiers, catéchistes, voyageurs... Généralement, ils sont issus de l'ancienne élite dirigeante, détruite par le contact avec l'Occident.

L'on tient, ainsi, un indice sûr qui prouverait que les révolutionnaires ne sont pour ainsi dire jamais issus de la canaille ni même du peuple, mais des dissidents de l'élite. Il serait du plus haut intérêt de vérifier cette hypothèse par une enquête menée sur les autres types. Au demeurant, cette hypothèse est fondée par la théorie, puisqu'une de nos premières propositions posait qu'une situation révolutionnaire naissait toujours d'une division de l'élite.

2. Les fidèles

Rien n'indique qu'ils présentent des traits psychologiques particuliers, qui les distingueraient des « infidèles ». Ce sont donc les variables sociales qui jouent. Dans le cas des millénarismes nationalistes, la totalité du groupe peut être gagnée. Dans les autres sous-types, la masse ne se recrute ni dans les communautés paysannes intégrées, ni chez les artisans regroupés dans les corporations, mais dans la population flottante des villes et des campagnes. Ce sont des éléments désintégrés et dépourvus de toute possibilité institutionnelle de formuler leurs revendications.

C) LES SOCIÉTÉS RÉVOLUTIONNAIRES

Il vaudrait mieux parler de sociétés *de* révolutionnaires. Il va sans dire que des enquêtes sur ce point s'orienteraient avant tout vers notre deuxième grand sous-type : les contre-sociétés. Il n'est pas sûr, cependant, que l'analyse des foules en colère, telles qu'elles apparaissent dans les guerres serviles ou paysannes, ne serait pas intéressante. En l'absence d'études précises — et l'on voit difficilement sur quels documents l'on pourrait se fonder —, on ne peut que se livrer à quelques hypothèses fondées sur des impressions de lectures. Ces foules ne paraissent pas de simples masses en ébullition, mais constituent des sociétés éphémères aux contours instables. A ce titre, elles contiennent, au moins à l'état naissant, toutes les formes qui caractérisent les activités humaines. On peut, par exemple, noter des ébauches de hiérarchies politiques. En effet, il est frappant que ces mouvements ont pour ainsi dire toujours à leur tête des chefs, dont le pouvoir a un fondement charismatique. C'est pourquoi il est fréquent que le chef ait une auréole religieuse qui le fait apparaître comme investi de vertus particulières d'ordre surnaturel. Rappelons (1) que les chefs des insurrections serviles de Sicile étaient l'un en rapport avec la Déesse syrienne, l'autre versé dans l'haruspicine, un troisième astrologue. De même, en Russie, les chefs des grandes révoltes paysannes se présentaient toujours comme les vrais tsars, échappés au glaive de l'usurpateur. Une autre dimension intéressante de ces mouvements est une étonnante impuissance à concevoir et produire du neuf. Malgré leur opposition à l'ordre, ils ne font que le reproduire. Ainsi les esclaves révoltés ne suppriment pas l'esclavage, mais asservissent les hommes libres. De même, les paysans ne tentent pas de bouleverser les structures, mais visent tout au plus à changer les titulaires. On a là la forme la plus primitive de l'inversion révolutionnaire, qui vise à mettre les derniers en premier et *vice versa*. Quand nous parlons de forme primitive, cela ne veut pas dire que ces formes aient disparu. Il est probable qu'elles sont constantes dans toutes les sociétés. Elles sont dites primitives, parce qu'au fond elles menacent peu l'ordre

(1) Cf. *supra*, p. 74 et 75, n. 1.

lui-même. Il est bien connu que les anciens esclaves constituent les maîtres les plus exigeants.

Les analyses les plus enrichissantes pourraient être menées sur les contre-sociétés. Les sciences sociales disposent d'un matériel d'enquête aussi prometteur que les sociétés archaïques. En effet, la petitesse des effectifs, l'isolement volontaire des sociétaires et l'intensité de la vie sociale en font de véritables laboratoires. Il est à souhaiter que des équipes aussi patientes et compétentes que celles qui ont étudié les Kwakiutl, les Murngin ou les Bororo, se penchent sur ces contre-sociétés présentes et passées. En attendant de pouvoir nous fonder sur des études précises, contentons-nous d'indiquer quelques orientations.

Ces contre-sociétés constituent des sociétés complètes, des phénomènes sociaux totaux selon l'expression de Mauss. On y retrouve les organes et les activités qui définissent toute société. Notons, par exemple, les organes politiques. Autant que nous sachions, le pouvoir a une configuration généralement charismatique. Au sommet, l'on a un chef qui est détenteur de la vérité et connaît la voie qui mène au salut ; c'est de lui qu'émane tout pouvoir. Immédiatement en dessous de lui, on trouve une couche intermédiaire d'apôtres, qui sont ses lieutenants et reçoivent délégation de pouvoir. C'est le chef qui les choisit, en fonction de critères définis par la finalité propre de chaque contre-société. Ainsi le critère principal pour un mouvement messianique est celui de sainteté, c'est-à-dire en fait, de l'intensité de la foi de l'impétrant envers le messie. En principe, n'importe qui peut être élu. Pratiquement, il arrive que ce critère coïncide avec un critère prémessianique. Ainsi, au Brésil, les millénarismes frontaliers et fondateurs reproduisent souvent la structure de la société paysanne en en maintenant les hiérarchies. Ces lieutenants sont chargés des problèmes matériels et d'organisation et d'assurer le prosélytisme. En dessous on a la masse des fidèles. Ainsi le chef apparaît comme un médiateur entre le monde et le sacré (qui peut être le monde des idées), et les apôtres, entre le chef et la communauté. Le nombre des apôtres est toujours très limité, quelle que soit la masse des fidèles. Le chiffre évangélique de douze, sans découler d'une loi, est une bonne approximation. Il s'ensuit que la masse des fidèles ne détermine guère l'orientation d'une contre-société ; c'est un magma informe qui *se rallie à* une hiérarchie préexistante. C'est précisément tout le problème de la situation révolutionnaire que de préciser dans quelles conditions les hiérarchies trouvent des troupes. Une autre conséquence de ce fait est qu'il n'est pas nécessaire de tenir compte des effectifs pour juger de l'intérêt scientifique d'une contre-société : tel groupuscule trotskyste peut être plus instructif qu'une secte qui a réussi et a pignon sur rue. Il va de soi qu'une lutte intense d'influence et d'autorité s'instaure entre les lieutenants. Par contre, le chef lui-même est placé tellement haut qu'il paraît impossible de le combattre. C'est pourquoi les luttes entre clans se font toujours au nom du chef, dont ils représentent une interprétation plus ou moins pure (1). Inversement, le chef a intérêt à entretenir ces rivalités, sur quoi il assoit son autorité arbitrale.

Les contre-sociétés révolutionnaires ont également des préoccupations économiques. D'abord en ce qui concerne les sources de leurs revenus. Plusieurs solutions sont disponibles. Il arrive que la société subvienne entièrement à ses besoins par le travail et vive en quasi-autarcie. C'est le cas des moines bénédictins et cisterciens d'autrefois. Ou bien la hiérarchie vit des contributions des fidèles. C'est la solution générale des millénarismes. Pour peu que les effectifs soient importants, ces contributions peuvent

(1) Cette situation est poussée à la caricature dans les régimes hitlérien, stalinien et maoïste, où les pires dissensions se font toujours au nom de la fidélité au chef, lorsqu'elles ne surviennent pas à son instigation.

représenter des sommes considérables et assurer au messie et à ses lieutenants un niveau de vie sans commune mesure avec celui des fidèles. On peut même poser comme loi que plus la communauté est misérable, plus ses chefs seront prospères. L'explication de ce paradoxe est évidente : les miséreux assurent à leur chef la consommation ostentatoire dont ils rêvent, et vivent l'opulence sur le mode imaginaire. Cette notation ne vaut pas seulement pour les contre-sociétés, mais pour toutes les sociétés : plus elles sont pauvres, plus les chefs sont prospères et plus les sujets s'accommodent de cette différence... Incidemment, cela permet de renforcer un point que nous avions déjà établi : la misère n'est pas une condition favorable aux menées révolutionnaires. Dans une société industrielle développée, on peut concevoir et constater une forme originale de résoudre le problème économique. Lorsque les valeurs défendues dans le cadre de la contre-société s'accommodent de la frugalité alimentaire, vestimentaire et résidentielle, l'adepte a la possibilité de consacrer une partie de son temps à une activité au sein de la société industrielle et d'en utiliser les revenus pour vivre selon ses désirs pendant le reste du temps. Plus les revenus seront élevés et plus le marché du travail sera fluide, plus une telle économie sera possible. Il n'est donc pas étonnant qu'elle soit apparue aux Etats-Unis, où certains beatniks et hippies partagent ainsi leur temps et leurs activités. Selon la probabilité, en tout cas selon la logique, on peut estimer que dans les décennies à venir ils devraient faire école (1).

Des enquêtes de type ethnographique devraient être

(1) Au fond, les vacances constituent un embryon de ce système. Un embryon seulement, car, dans l'état actuel des choses, des vacances de trois semaines - un mois sont tout juste suffisantes pour récupérer et éliminer la fatigue accumulée pendant l'année. Par contre, des vacances pendant deux, trois, quatre mois détermineraient nécessairement une transformation radicale de leur fonction. Il est probable qu'on assisterait à une multiplication des contre-sociétés.

menées sur la symbolique des contre-sociétés, sur leur alimentation, leur vêture, leur vie sexuelle... Nous pouvons préciser un point important, auquel nous avons déjà fait allusion : la scissiparité des sectes révolutionnaires. Nous avions suggéré que ce phénomène, qui est une réalité constante, tenait à l'exigence de pureté qui anime les membres actifs de la secte. La pureté, c'est-à-dire l'élan originel qui a fait naître le mouvement, est toujours, à la longue, ternie par les compromissions et les rivalités. Nous pouvons aller plus loin et envisager des données dévoilées par les psychologues. Les révolutionnaires sont, par définition, des inadaptés. Ils constituent des contre-sociétés où ils puissent trouver un principe d'identité. Le mouvement premier est donc de fusion avec l'organisation révolutionnaire : on s'identifie à elle, on y investit tous ses désirs et tous ses phantasmes. Cependant, l'homme, s'il a besoin de s'identifier à quelqu'un ou à quelque chose, a également besoin de se différencier pour affirmer sa réalité individuelle. Il s'ensuit que le procès d'identification se double d'un procès de différenciation. Or la seule solution logique à cette postulation simultanée et antinomique est la scission, c'est-à-dire la production d'une nouvelle identification à partir d'une différenciation. Cela explique un trait que nous avons déjà noté et qui vise l'intensité des conflits et des haines *entre* contre-sociétaires. La charge d'agressivité qui habite tout homme et toute communauté ne peut que difficilement et occasionnellement se déverser sur l'ordre, parce que celui-ci est trop fort et indiscernable. Elle explose donc vers l'intérieur. Lorsqu'on n'a pas de « flics » sous la main, on se tourne contre les autres révolutionnaires. Cette situation est à ce point constante qu'elle peut être prise comme une loi (1). Cette loi introduit, ce faisant, une autre limi-

(1) Nous avons mis à profit quelques notations intéressantes éparses dans le livre suggestif d'Anthony STORR, *L'agressivité nécessaire*, Paris, Robert Laffont, 1969.

tation aux phénomènes révolutionnaires. Une fraction importante de l'agressivité et de la violence que, selon le bon sens, les révolutionnaires devraient adresser à l'ordre, s'adresse en fait aux révolutionnaires eux-mêmes (1). Cette situation explique l'extraordinaire prolifération idéologique des révolutionnaires. Ce n'est pas parce qu'on se divise sur les principes, que l'on combat, mais l'on se bat, et ensuite, on trouve une justification idéologique. Cette situation rappelle très exactement celle qui explique la prolifération prodigieuse des systèmes de parenté ou des costumes régionaux.

Nous disposons ainsi des principes généraux qui devraient nous permettre de rendre compte des idéologies révolutionnaires : dégager les hypothèses initiales qui les fondent et suivre toutes les variations logiques rendues possibles par ces hypothèses. Les mêmes principes devraient présider à l'analyse de toutes les idéologies, en particulier des systèmes théologiques. En rappelant que ces systèmes ne se développent ni inconsciemment ni au hasard, mais sont des productions logiques destinées à démontrer quelque chose, en l'occurrence que les révolutions sont nécessaires.

D) LES CRISES RÉVOLUTIONNAIRES

Les questions que l'on peut évoquer à leur sujet paraissent moins individualisées que celles qui précèdent. Il semble que l'analyse puisse s'orienter dans les directions suivantes. Au niveau I, la staséologie rejoint la science

(1) C'est pourquoi l'on peut douter de la justesse d'une tactique qui consiste, pour l'ordre, à poursuivre, en temps normal et en régime pluraliste, les contre-sociétés révolutionnaires. Outre qu'elles représentent des réceptacles d'éléments asociaux et des formes utiles de sociabilité, le danger qu'elles incarnent est des plus limités. L'essentiel de leur énergie est dirigé contre leurs congénères. L'observation des groupuscules idéologico-politiques parisiens en convaincra aisément.

des mutations. En effet, il s'agit de déterminer le rôle et la nature des crises qui animent le devenir des sociétés. Comme une de nos premières exclusives, dans ce livre, concernait les mutations, nous nous contenterons de quelques mots. L'ensemble des analyses que nous avons menées et des propositions que nous avons établies mène à une conclusion, qui constitue une introduction à la science des mutations : les sociétés changent, d'une part en raison des contacts, essentiellement guerriers, qu'elles entretiennent entre elles, d'autre part en fonction des conflits internes qui naissent de l'arbitraire des valeurs et des institutions et des contraintes de la rareté. Et s'il fallait ramener les facteurs à l'unité, nous pencherions à valoriser les conditions exogènes et à privilégier le rôle des relations internationales, pour expliquer que les sociétés se transforment. En effet, les facteurs endogènes de dissentiment sont si constants qu'ils filent les liens sociaux, ce qui revient à dire que tout système social tend vers un point d'équilibre où les tensions se neutralisent. Comme nous l'avons vu, pour que ce point se déplace ou que l'équilibre soit rompu, il faut très souvent tenir compte de la guerre et de son issue heureuse ou malheureuse.

Au niveau II, il convient de distinguer et d'analyser séparément les crises qui affectent les différents sous-systèmes du système social. On examinera les crises politique, économique, religieuse, militaire, culturelle..., ou bien les crises générales qui peuvent miner un système. Nous n'entrerons pas dans de telles analyses, car elles restent à faire. Sans doute l'étude des crises économiques a-t-elle bénéficié d'une attention particulière du fait de leur importance particulière pour les hommes. Cependant, ces analyses sont, en grande partie, tombées en désuétude depuis 1945, du fait de la croissance continue des économies occidentales, qui pouvaient donner l'illusion qu'elles avaient rompu la fatalité des cycles économiques. Il est probable que les difficultés renouvelées du système économique international vont à nouveau fixer l'attention sur les crises.

En fait, il est entendu que le staséologue ne s'intéresse pas aux crises en elles-mêmes, mais à la manière dont elles surviennent et à leurs répercussions dans les esprits. Or sur les deux points plane un mystère dont on ne voit guère comment on pourrait le lever. En effet, l'éclatement d'une crise est presque toujours une surprise, du moins en ce qui concerne ses formes concrètes. En dehors des professionnels de la prédiction qui, à force d'annoncer une crise, finissent par avoir raison de temps à autre, la majorité est frappée de stupeur. Pour nous, qui arrivons assez facilement à reconstituer les enchaînements qui ont mené à 1830 ou 1848, il semblerait que les contemporains, en tout cas ceux qui se piquaient d'analyse politique, dussent vivre dans l'attente de ces événements inévitables. Il n'en est rien, la surprise a été totale. De même en mai-juin 1968, si l'on pouvait raisonnablement prédire que le système universitaire français était dans une impasse et devait être transformé à la racine, la forme explosive qu'a revêtue l'impasse a été une surprise totale. Que cette révolte universitaire ait débouché sur une remise en cause du système politique, et peut-être social, a paru encore plus stupéfiant. Toutes les explications que l'on a pu fournir ne permettent pas d'expliquer cet effet de surprise (1). Cela vient du gouffre qui sépare les facteurs qui concourent à la détermination d'une action et la prise de décision qui débouche sur l'action elle-même. L'on peut détecter par quel itinéraire mental et pour quelles raisons un homme en est arrivé à envisager le suicide comme une alternative possible. La décision elle-même

(1) On est même allé jusqu'à reprocher aux sociologues de n'avoir pas prévu l'explosion. Comme si l'on reprochait aux économistes de ne pas avoir prévu la crise de 1929. Tout ce que l'on peut faire, c'est prévoir des types d'événements et supputer leur probabilité : la prédiction de l'événement lui-même est du domaine des voyantes.

et le passage à l'acte restent mystérieux, car ils relèvent d'une alchimie interne qui échappe à la rationalisation. Il en va de même dans le domaine collectif. Il y a un abîme entre une famine et une guerre paysanne, entre une situation et un comportement collectif.

L'on peut tenter de réduire en partie cette zone de mystère, en faisant appel à quelques explications simples. La première est qu'il existe, probablement dans toute société, des individus — que nous avons appelés des révolutionnaires structurels — qui sont des médiateurs quasi institutionnels entre une situation et un comportement révolutionnaires. Du fait de leur refus constant de l'ordre, ils sont à l'affût de tout élément susceptible de les confirmer dans leur opposition. Ils saisissent, à l'état naissant, les symptômes de crise, les développent, les expriment et les proclament (1). Ces éléments constituent des passerelles structurelles entre une situation de crise et un comportement révolutionnaire. Il serait, en particulier, du plus haut intérêt de comparer les statistiques des suicides, des crimes et des maladies mentales à la veille d'une crise sociale grave. Il est hautement probable que dans les mois ou les années qui précèdent, les courbes présentent un brusque gonflement (2). On

(1) C'est pourquoi une rationalisation constante des événements révolutionnaires par les soutiens de l'ordre consiste à en attribuer la paternité à ces éléments. On ne les rend pas seulement responsables de l'agitation révolutionnaire — ce qui va de soi —, mais aussi de la crise elle-même. Malgré la stupidité évidente d'une telle position, elle ne manque jamais. Ce sont les « enragés » de Nanterre qui ont provoqué mai-juin — éventuellement aidés par la C.I.A. ou les Chinois —, et nullement la structure et la conjoncture du système politico-social français.

(2) Dans son *Journal*, DELACROIX note, peu avant 1848, qu'il lui semble que la politesse semble disparaître entre les hommes et il en conclut qu'on aura bientôt une révolution. C'est une notation fort intéressante. En effet, la politesse peut être interprétée comme l'ensemble des gestes symboliques sécrétés par un groupe pour évacuer l'agressivité entre ses membres. Il est de fait qu'en période révolutionnaire, la politesse disparaît — remplacée par la spontanéité ou la grossièreté du peuple, selon les points de vue. La notation de Delacroix, si l'on pouvait l'étayer par des témoignages plus étendus, montrerait qu'il y a situation révolutionnaire lorsque les socié-

comprend aisément que les meneurs ne manquent jamais à un mouvement révolutionnaire quelconque. Ils ne sont pas enfantés par une situation, ni n'apparaissent par génération spontanée, mais sont toujours présents et disponibles.

Il est plus difficile d'interpréter l'extension du comportement révolutionnaire à des masses généralement fort calmes. Parler de contagion ou de psychose collective n'avance guère. L'explication la plus probable nous paraît devoir être la suivante. Le comportement soumis ou contestataire n'est pas une donnée, mais le résultat d'une tension entre l'illimité des pulsions et les contraintes de la réalité — où entrent tous les aspects de la vie en société. Cette tension est intériorisée et agit de façon latente dans les phantasmes et les maladies mentales et peut-être même physiques. Cette tension latente est individuelle, ce qui veut dire que chacun doit trouver la solution personnelle la plus adéquate. Il suffira d'une perturbation exogène assez forte pour que ces équilibres individuels instables soient rompus et libèrent des masses d'énergie disponible. La rupture interviendra d'abord chez les individus où l'équilibre était le plus instable et déterminait dès avant un comportement plus ou moins anomique (1). Il se produit, à partir de là, une réaction en chaîne, l'énergie libérée chez certains provoquant des perturbations chez des éléments plus stables, et ainsi de suite. A la limite, on peut concevoir des situations où tous les sociétaires s'écartent de leur comportement « normal ». On se rapproche de cette situation dans le type des révolutions prolongées. Il semble, pourtant, que ces comportements se rencontrent plus fréquemment au début des guerres générales. L'exal-

taires cessent d'utiliser entre eux ce système symbolique propitiatoire qu'est la politesse.

(1) D'où la tendance universelle des contre-révolutionnaires à interpréter ces comportements en termes psychiatriques. Ce qui, en un sens, correspond à quelque réalité, mais n'explique pas la nature des facteurs perturbateurs.

tation universelle et déraisonnable qui présida à l'éclatement de la guerre de 1914 en constitue un bon exemple, qui continue à susciter l'étonnement et les interrogations. Ainsi, chacun d'entre nous serait un révolutionnaire en puissance, de même que chacun est un mort en sursis. Si l'on avait le goût du paradoxe, on pourrait même inverser entièrement l'ordre des questions. Au lieu de se demander, comme nous l'avons fait jusqu'ici, comment il se fait que quelque chose comme des révolutions est possible, on chercherait à savoir par quels mécanismes les sociétés ont réussi, jusqu'à présent, à les rendre si rares. La réponse générale doit être cherchée dans la dissymétrie du rapport des forces, qui joue au bénéfice de l'ordre. Il est probable — c'est, du moins, la conclusion qui découle de toutes nos analyses — que cette victoire est payée par le suicide, la criminalité, la folie et la maladie. Nous revenons à une de nos hypothèses initiales, qui était qu'un système social ne se comprend qu'en faisant intervenir tout ce qui le nie, que norme, anomie et antinomie sont liées par des liens indissolubles.

E) L'ANATOMIE DES RÉVOLUTIONS

Dans notre tour d'horizon bibliographique, nous avons eu l'occasion d'indiquer qu'une orientation de la production concernait ces problèmes. Il s'agit d'étudier l'évolution interne d'un phénomène révolutionnaire et de montrer quelles sortes d'événements l'accompagnent. Au niveau I, nous avouons ne pas apercevoir la possibilité d'établir des propositions constructives. En effet, tout ce que l'on pourrait dire, c'est qu'un phénomène révolutionnaire couve, éclate, se développe et meurt. Ou bien, si l'on tient à noyer la banalité de ces affirmations sous un langage plus savant, on dira qu'un phénomène révolutionnaire consiste dans le passage d'un équilibre à un autre.

Il semble donc que seul le niveau typologique puisse présenter quelque intérêt. Cet intérêt semble variable suivant les types révolutionnaires. Ainsi, il n'est pas renversant d'apprendre que les brigands ont la vie brève, qu'ils durent en moyenne deux à quatre ans et sont, le plus souvent, victimes d'une trahison. On ne sera pas non plus bouleversé de savoir que les guerres serviles et paysannes passent presque sans transition de la mise à feu à la fission et disparaissent tout aussi rapidement. Deux types paraissent devoir être plus révélateurs et nous nous y arrêterons quelque peu.

Ainsi les *millénarismes*. Le cas le plus général et le plus fréquent reproduit les phases suivantes : surgissement brusque et imprévisible, suivi d'une phase de recrutement intense ; puis la société intervient, par le truchement des forces de l'ordre, un bref combat survient et le mouvement se disperse ; généralement il se prolonge par des résurgences, soit que des survivants décident de relancer le mouvement ailleurs, soit que les événements aient donné à d'autres des idées. Il y a donc, souvent, des épidémies millénaristes. Il semble donc que deux moments soient intéressants et méritent une étude plus approfondie : la phase de diffusion et la consolidation, lorsque le mouvement n'est pas interrompu par la force.

— La *propagation* : elle est d'une étonnante rapidité et évoque les images de l'incendie ou de la traînée de poudre. Brusquement, en quelques semaines, toute une foule est saisie par l'exaltation religieuse. En fait, une analyse plus fine montre que, quelles que soient l'intensité et l'extension du phénomène, il subsiste toujours des zones froides ou tièdes. La carte d'un millénarisme affecte toujours l'aspect d'une marqueterie. Pourquoi ? Les documents manquent pour répondre avec certitude. Il est probable que l'explication tient à des faits d'ordre psychologique. Une communauté placée dans les conditions favorables à l'éclosion d'un millénarisme, peut être comparée à une masse d'air gorgée de vapeur d'eau. Pour qu'il y ait condensation, il faut des noyaux qui accumulent les molécules. Ces noyaux sont les individus dont les barrières internes sont les plus fragiles et cèdent le plus facilement à l'exaltation. Il suffit qu'ils manquent ou soient en nombre insuffisant pour que la condensation ne se fasse pas. Cette phase d'expansion brusque est, généralement, précédée par une période d'incubation, pendant laquelle le messie commence à prêcher, recrute ses lieutenants et ses premiers fidèles ; souvent cette période est caractérisée par l'errance du groupe messianique, comme s'il était à la recherche du milieu le plus favorable pour s'y fixer. Une fois le mouvement bien engagé, il se produit aussitôt des phénomènes de dérivation et de dispersion de cultes annexes. Ces mouvements schismatiques relèvent de la logique des sectes, déjà analysée. Parfois, mais plus rarement, l'on a un courant principal et une série de courants parallèles, à racine indépendante et non schismatique. Le cas le plus célèbre est celui des Croisades, en tout cas des premières, qui se voyaient doublées de mouvements concurrents. Ici, l'explication peut, raisonnablement, faire référence aux groupes sociaux, car tous n'étaient pas également touchés par le mouvement. L'on eut, ainsi, des croisades de pauvres, d'enfants, de pastoureaux, etc.

— La *consolidation* : le mouvement ou bien a échappé à la répression ou bien lui a survécu. Elle entraîne toujours des changements profonds. Deux grandes issues sont possibles. Ou bien le mouvement se transforme en chapelle ou en église. Cela se traduit par l'institutionalisation, par la mise au point de règles, de rites et de conduites stéréotypées, qui ont pour fonction et pour résultat de neutraliser l'effervescence originelle. Dans le domaine idéologique, la stabilisation mène au dogme et à la théologie, c'est-à-dire à la rationalisation du message. Bien entendu, il y a toujours plusieurs interprétations possibles, si bien qu'on aura nécessairement des phases plus ou moins longues et récurrentes de scissions et d'hérésies. Enfin, le recrutement social évolue aussi. Alors que dans sa phase active le mouvement recrute avant tout dans la canaille, chapelle et église touchent le peuple et l'élite. Il va de soi que, à partir de ce moment, la canaille est éliminée et se retrouve disponible pour d'autres mouvements.

Ou bien, dans les sous-types nationalistes et fondateurs, le mouvement passe au statut de société autonome. On note les mêmes processus que ci-dessus, mais dans un sens plus laïc. Le schéma général est la prise en considération de la réalité, des obstacles et des nécessités de la vie en société : constitution d'une hiérarchie sociale, problèmes économiques, apparition de conflits... Bref, la victoire condamne le mouvement millénariste à la banalité de la condition humaine.

De toute façon, un millénarisme qui a réussi finit toujours par s'en prendre à l'exaltation révolutionnaire et religieuse et par scotomiser les ferments révolutionnaires qui ont survécu dans le dogme. Sun Yat-sen revint d'un voyage en Occident confondu d'admiration pour une société qui avait réussi à se construire sur un message chrétien dont le contenu lui apparaissait — à juste titre — comme évidemment subversif. On reste de même sidéré que le marxisme soit érigé en vérité d'Etat dans des systèmes sociaux qui se rapprochent le plus du modèle que Marx poursuivait de sa haine. A une moindre échelle, on retrouve la même contradiction dans le Parti Communiste Français, type parfait de contre-société qui a réussi à s'imposer et à durer (1) et qui, bien entendu, voit dans toute exaltation révolutionnaire un danger, au même titre que l'ordre. Si, en mai-juin 1968, au-delà des stratégies et des tactiques politiques, l'attitude du P.C.F. a été à

(1) On trouvera une excellente analyse de cette contre-société dans Annie KRIEGEL, *Les communistes français*, Paris, Le Seuil, 1968.

ce point en retrait et a visé avant tout les « gauchistes », cela tient au simple fait que le P.C.F. est déjà au pouvoir, qu'il dirige une contre-société stable et cohérente, qu'une révolution menacerait tout autant que l'ordre dominant.

— Le passage d'une phase à l'autre pose, évidemment, des problèmes. Il pose surtout le problème du messie lui-même. Sa simple présence gêne le processus de consolidation, car il peut difficilement se satisfaire de la baisse de tension qu'elle entraîne. Il aura toujours tendance à relancer le mouvement, à déboucher sur quelque chose comme une révolution permanente. L'idéal est que le messie soit tué par les autres ; il se transforme en martyr et en symbole d'identité. Le même problème se pose aux sectes idéologico-politiques qui accèdent au pouvoir. Il se produit toujours une scission entre les croyants qui veulent relancer le mouvement et les tièdes qui veulent consolider l'acquis. L'issue dépend du rapport des forces et peut être variable : la Convention a éliminé le Comité de Salut Public et Staline Trotsky, mais Hitler a dominé l'Armée et les Affaires, et Mao Tsé-toung a éliminé Liu Chao Chi.

Revenons aux millénarismes caractérisés. Le passage est souvent provoqué par une crise très particulière. Un trait fréquent du mouvement millénariste est la prédiction datée d'une catastrophe universelle. Ces prédictions sont régulièrement démenties. Contrairement aux indications du sens commun, ces échecs ne conduisent pas à l'éclatement du mouvement, mais à sa consolidation. C'est parce que la prédiction a échoué, que les fidèles se sentent contraints de resserrer les rangs et de se constituer en chapelle, sinon ils seraient voués à la dispersion et à l'horreur du désespoir qui a produit le mouvement. Il va sans dire que l'imagination théologique saura toujours montrer par des arguments irréfutables les raisons de l'échec de la prédiction.

Au total, les millénarismes peuvent rappeler les lois

de la sélection des espèces. Il y a d'innombrables mouvements, dont la plupart disparaissent, tués par l'ordre. Seuls quelques-uns survivent, grâce à des circonstances locales favorables, mais en se transformant radicalement. A ce titre, ils constituent un facteur essentiel d'innovation sociale. La même constatation vaut pour tous les phénomènes révolutionnaires qui réussissent, plus particulièrement les révolutions politiques.

Le deuxième type dont l'anatomie peut être révélatrice est la révolution prolongée. Nous y avons déjà fait allusion, aussi bien dans l'orientation bibliographique en rappelant brièvement l'ouvrage de Brinton Crane que çà et là en cours d'exposé. Le caractère frappant de la révolution prolongée est son aspect total. Du fait de la vacance de l'ordre — due elle-même à la division profonde de l'élite — tous les groupes sociaux peuvent pénétrer dans l'arène politique et y porter leurs projets propres ; la dissolution des barrières sociales, morales, institutionnelles, mentales fait que le corps social se présente sous l'aspect d'un cratère bouillonnant, où sa créativité peut se donner libre cours. Quelque convaincante que soit la force des arguments de Tocqueville, qui montre que l'œuvre de la Révolution n'est pas une création *ex nihilo*, mais prolonge et réalise bien des tendances perceptibles dans l'Ancien Régime, il n'en reste pas moins que la forme prise par cette réalisation reste profondément originale et irréductible à toute rationalisation rétrospective. Voilà un premier aspect fondamental des révolutions prolongées, qui a trait à ce que nous avons appelé la fête. Un deuxième trait a déjà été signalé. L'enchaînement des événements et la succession des solutions politiques provisoires mènent d'abord à la radicalisation du phénomène par émergence d'équipes porteuses de solutions extrêmes, puis à une réaction souhaitée par la majorité, lasse de l'incertitude ou décidée à profiter de ses acquêts. Cette réaction prend toujours la forme d'un pouvoir monopoliste. Par conséquent, on ne peut prendre la révolution prolongée comme une réalité positive, mais bien plutôt comme une absence ou une vacance d'ordre. On ne peut comprendre ce type de révolution comme une totalité qui déterminerait chacun de ses éléments, mais comme la *somme* des événements qui ont été rendus possibles par la vacance. Il s'ensuit que, comme la chimère de la légende, la révolution prolongée constitue un être composite, où la quasi-totalité des types révolutionnaires sont représentés. On y trouve une guerre paysanne, des émeutes plébéiennes, des sectes, de la fuite sociale, presque toute la gamme des idéologies révolutionnaires, le brigandage, la criminalité, le jeu des catégories et des groupes sociaux... Du fait que le contenu d'une révolution prolongée est une somme d'événements, chaque révolution est unique et incomparable. Du moins les comparaisons auxquelles l'on peut se livrer et auxquelles s'est livré Brinton Crane, conduisent à un canevas abstrait, qui contraste par l'ennui profond qu'il dégage avec la fascination qu'exerce une révolution concrète. Un peu comme si l'on tentait de dévoiler les traits communs de toutes les finales de Wimbledon ; on aboutirait ou bien aux règles abstraites du tennis ou bien à des courbes sans signification, en manquant tous les événements qui en font la beauté. Au contraire, tous les autres types que nous avons étudiés, sont, en général, insipides au niveau des cas historiques. Rien n'est moins passionnant qu'un coup d'Etat militaire particulier ; par contre, la construction intellectuelle d'un type de révolution militaire à partir d'une recherche comparatiste ne manque pas d'être intéressant. Cette différence vient de ce que tous les types, sauf un, sont des êtres positifs, régis par des lois internes, dont l'élucidation apporte un savoir réel, alors que la révolution prolongée n'est qu'une fiction mentale, qui n'est devenue une réalité rétrospective qu'à partir du moment où sont apparus des groupes qui avaient la révolution à leur programme. Autrement dit, les révolutions prolongées sont des éléments de l'idéologie révolutionnaire contemporaine. On n'a ainsi aucune peine à comprendre que ce soit précisément ce type qui ait été choisi, et non la révolution militaire, ou les millénarismes : son inconsistance essentielle permettait à chaque groupe révolutionnaire d'y projeter ses phantasmes et ses aspirations et de le construire en fonction de ses propres postulats. On a ainsi une histoire libérale, socialiste, anarchiste, conservatrice, fasciste... de la Révolution française. Par conséquent, si 1789 est devenu un bien commun de l'humanité ou, plutôt, si chacun a *sa* Révolution française, cela ne tient pas à quelque vertu positive de cette décennie, mais à une plasticité qui tolère tous les modelages. Mais ne jouons pas plus avant les iconoclastes, car c'est une tâche aussi déplaisante qu'inutile.

CONCLUSION

L'exposé, tel que nous l'avons conçu et tenté de le réaliser, ne saurait se terminer par une conclusion. En effet, il se présente comme une longue introduction à des travaux à venir. Aussi terminerons-nous en insistant sur les points qui nous paraissent les plus incertains et requérir un examen plus approfondi. La typologie que nous avons construite n'est qu'une esquisse, nous en sommes profondément conscient. Il faudra poursuivre la collecte des données, construire probablement d'autres types et raffiner ceux dont nous disposons, avant d'espérer aller au-delà et parvenir à en dégager le système et peut-être la combinatoire. Nous tendons aussi à considérer qu'il serait utile de prolonger l'enquête dans une direction que nous avons seulement suggérée. Il faudrait, sur la base d'une typologie des systèmes sociaux, procéder à des regroupements statistiques de phénomènes révolutionnaires, pour tenter de révéler comment, en chaque système social, ils se répartissent les uns par rapport aux autres : peut-on mettre en corrélation les marginalités, les contre-sociétés et les révolutions ? Y a-t-il des courbes de fréquence significatives pour chaque type ? Chaque courbe est-elle déterminée par toutes les autres ou est-elle indépendante ? On pourrait espérer parvenir à une vision des systèmes sociaux à travers les types révolutionnaires qu'ils produisent avec la plus grande fréquence, ou qu'ils ignorent. Que l'on nous permette une hypothèse générale, qui pourrait constituer le fil d'Ariane d'une étude future. Le pouvoir étant à l'horizon de tout phénomène révolutionnaire — ce qui a constitué notre fil conducteur tout au long de ces pages —, il faudrait prendre les systèmes sociaux sous leur aspect politique et opérer une distinction majeure entre systèmes pluralistes et systèmes monopolistes, en allant, au besoin, jusqu'à distinguer des variétés des uns et des autres. Il est probable que l'on finirait par établir que plus un régime est monopoliste, plus il connaîtra de phénomènes de marginalité et de révolutions ; au contraire plus un régime est pluraliste, plus les contre-sociétés abonderont. Si cette hypothèse pouvait être vérifiée, cela nous donnerait un fondement assuré pour tenter de saisir les orientations des sociétés contemporaines. En l'absence de conflit international, on pourrait tenir pour probable que les démocraties occidentales iront dans le sens du pluralisme culturel, d'une multiplication des contre-sociétés défendant des valeurs diverses et développant des genres de vie variés ; que les démocraties populaires se dirigeront de plus en plus vers une période de tempêtes politiques et d'instabilité. Quant aux sociétés non industrielles ou sous-développées, elles devraient connaître, sinon chacune séparément du moins toutes ensemble, une gamme extrêmement large de phénomènes révolutionnaires, puisqu'elles sont en état de mutation générale, où l'on peut tout craindre ou espérer.

Après avoir sacrifié au goût du jour et à une esquisse de prospective, nous avouerons que les tâches les plus urgentes concernent ce que nous avons appelé — faute d'une terminologie plus satisfaisante — les objets de la staséologie. Plus précisément les trois premiers : l'idéologie, les révolutionnaires et les sociétés révolutionnaires. Nous avons, à portée de l'entendement, un champ immense de recherches, dont nous avons tenté d'indiquer l'intérêt et la difficulté. Si la validité d'une science s'appuie sur la spécificité et la quantité des données qu'elle permet de construire et d'interpréter, c'est sur les résultats qu'elle atteindra sur ces points que la staséologie vérifiera sa réalité ou son inconsistance. Que le lecteur nous pardonne d'avoir prétendu anticiper sur l'avenir en présentant ces réflexions et veuille bien considérer que, si nous nous sentons pris au piège de notre problématique, seules des contributions extérieures nous permettront de progresser vers des solutions provisoires.

ORIENTATION BIBLIOGRAPHIQUE

N. B. — Nous ne reprenons pas tous les titres cités, mais ceux qui nous paraissent devoir apporter quelque stimulation à la recherche staséologique.

AKAMATSU (Paul). *Meiji, 1868. Révolution et contre-révolution au Japon.* Paris, Calmann-Lévy, 1968.

ALLEN (William S.). *Une petite ville nazie (1930-1935).* Paris, Robert Laffont, 1967.

ARENDT (Hannah). *Essai sur la Révolution.* Paris, Gallimard, 1967.

ARISTOTE. *La Politique.*

ARON (Raymond). *Paix et guerre entre les nations.* Paris, Calmann-Lévy, 1962.

BALAZS (Etienne). *Bureaucratie céleste.* Paris, Gallimard, 1968.

BASTIDE (Roger). *Sociologie des maladies mentales.* Paris, Flammarion, 1965.

BAUER (Arthur). *Essai sur les Révolutions.* Paris, 1908.

BRENNAN (Gerald). *Le labyrinthe espagnol.* Paris, éd. Ruedo Iberico, 1962.

BRINTON (Crane). *Anatomy of Revolution.* New York, 1952.

CAMUS (Albert). *L'homme révolté.* Paris, Gallimard, 1951.

CHESNEAUX (Jean). *Les sociétés secrètes en Chine (XIXe-XXe siècle).* Paris, Julliard, coll. « Archives », 1965.

CLAUSEWITZ (Karl von). *De la guerre.* Paris, Editions de Minuit, 1955.

COHN (Norman). *Les fanatiques de l'Apocalypse.* Paris, Julliard, 1962.

CROZIER (Michel). *Le phénomène bureaucratique.* Paris, Le Seuil, 1963.

DURKHEIM (Emile). *De la division du travail social.* Paris, Presses Universitaires de France, 1967.

— *Le suicide.* Paris, Presses Universitaires de France, 1968.

FOUCAULT (Michel). *Histoire de la folie à l'âge classique.* Paris, Plon, 1961.

HOBSBAWM (Eric J.). *Les primitifs de la révolte dans l'Europe moderne.* Paris, Fayard, 1966.

LORENZ (Konrad). *L'agression. Une histoire naturelle du Mal.* Paris, Flammarion, 1968.

MANDROU (Robert). *Magistrats et sorciers en France au XVIIe siècle.* Paris, Plon, 1968.

MARX (Karl). *Œuvres économiques*. Paris, Gallimard, La Pléiade (2 vol.).
— *Les luttes de classes en France*. Paris, Editions sociales.
— *Le 18 brumaire de Louis-Napoléon Bonaparte*, *ibid*.
— *La guerre civile en France*, *ibid*.

MONOD (Jean). *Les Barjots. Essai d'ethnologie des bandes de jeunes*. Paris, Julliard, 1968.

MOSSÉ (Claude). *La tyrannie dans la Grèce antique*. Paris, Presses Universitaires de France, 1969.

MOUSNIER (Roland). *Fureurs paysannes. Les paysans dans les révoltes du XVIIe siècle (France, Russie, Chine)*. Paris, Calmann-Lévy, 1967.

MÜHLMANN (Wilhelm). *Messianismes révolutionnaires du Tiers Monde*. Paris, Gallimard, 1968.

PARETO (Vilfredo). *Traité de sociologie générale*. Genève, Droz, 1968.

PEREIRA DE QUEIROZ (Maria Isaura). *Réforme et révolution dans les sociétés traditionnelles. Histoire et ethnologie des mouvements messianiques*. Paris, Anthropos, 1968.

SOROKIN (Pitirim). *Sociology of Revolution*. Philadelphie, 1925.

STORR (Anthony). *L'agressivité nécessaire*. Paris, Robert Laffont, 1969.

TOCQUEVILLE (Alexis de). *L'Ancien Régime et la Révolution*. Paris, Gallimard, 1952.

VEXLIARD (Alexandre). *Introduction à la sociologie du vagabondage*. Paris, Marcel Rivière, 1956.

WEBER (Max). *Wirtschaft und Gesellschaft*. Köln-Berlin, Winkelmann, 1964 (2 vol.).
— *Gesammelte Aufsätze zur Religionssoziologie*. Tübingen, J. C. B. Mohr, 1963 (3 vol.).

TABLE DES MATIÈRES

LA PETITE VERMILLON

1. Adrien Baillet — *Vie de Monsieur Descartes*
2. Jean Freustié — *Auteuil*
3. Ernst Jünger — *La Paix*
4. Jean Lorrain — *Monsieur de Phocas*
5. Frédéric H. Fajardie — *La Nuit des Chats bottés*
6. Michel Déon — *Les Gens de la nuit*
7. Henry Jean-Marie Levet — *Cartes postales*
8. Antoine Blondin — *Certificats d'études*
9. Eugène d'Auriac — *D'Artagnan*
10. Ernst Jünger — *Voyage atlantique*
11. La Rochefoucauld — *Mémoires*
12. Madame de Lafayette — *La Princesse de Montpensier*
13. Jean-Claude Pirotte — *Un été dans la combe*
14. Richard Millet — *Le Sentiment de la langue*
15. Barbey d'Aurevilly — *Memoranda*
16. Frédéric H. Fajardie — *Tueurs de flics*
17. Tarjei Vesaas — *Le Vent du nord*
18. Gabriel Matzneff — *Nous n'irons plus au Luxembourg*
19. Arnould de Liedekerke — *Talon rouge*
20. Paul Valéry — *Vues*
21. Henri Garcia — *Les Contes du rugby*
22. Denis Lalanne — *Le Grand Combat du XV de France*
23. Gabriele D'Annunzio — *L'Innocent*
24. Jean Racine — *Abrégé de l'Histoire de Port-Royal*
25. Louis Chadourne — *Le Pot au noir*
26. Marc Chadourne — *Vasco*
27. Gilberte Périer — *La Vie de Monsieur Pascal*
28. Robert Louis Stevenson — *Ceux de Falesa*
29. Robert Marteau — *Fleuve sans fin*
30. François Mauriac — *La Rencontre avec Barrès*
31. Alexandre Dumas — *Antony*
32. Pol Vandromme — *Le Monde de Tintin*
33. Paul Bourget — *Le Disciple*
34. Marguerite de Navarre — *Trois Contes*

35. Paul Gauguin	*Avant et Après*
36. Gabriel Matzneff	*Le Taureau de Phalaris*
37. Alexandre Dumas	*La Jeunesse des Mousquetaires*
38. Jacques Ellul	*Exégèse des nouveaux lieux communs*
39. Alphonse Allais	*La Vie drôle*
40. André Fraigneau	*Le Livre de raison d'un roi fou*
41. Jean de La Fontaine	*Poésies et œuvres diverses*
42. Paul Vidal de La Blache	*Tableau de la géographie de la France*
43. Henry de Montherlant	*Carnets*
44. Alexandre Micha	*Fabliaux du Moyen Âge*
45. Roger Judrin	*Boussoles*
46. Françoise Joukovsky	*Images de la femme au XVIe siècle*
47. Dominique de Roux	*Immédiatement*
48. Frédéric H. Fajardie	*La Théorie du 1 %*
49. Cyrano de Bergerac	*La Mort d'Agrippine*
50. Frédéric H. Fajardie	*Le Souffle court*
51. Sylvia Plath	*Le jour où Mr. Prescott est mort*
52. Jacques Chardonne	*Romanesques*
53. Boris Pahor	*Pèlerin parmi les ombres*
54. Félicien Marceau	*Chasseneuil*
55. Jude Stéfan	*Chroniques catoniques*
56. Emmanuel Bove	*Un homme qui savait*
57. Yves Martin	*Le Partisan. Le Marcheur*
58. Antoine Blondin	*Sur le Tour de France*
59. Pierre Benoit	*Erromango*
60. Jean Anouilh	*Œdipe ou le Roi boiteux*
61. Frédéric H. Fajardie	*Polichinelle mouillé*
62. Stendhal	*Notes d'un dilettante*
63. Victor Hugo	*Torquemada*
64. Gabriel Matzneff	*Le Carnet arabe*
65. Jean-Louis Guez de Balzac	*Le Prince*
66. Francis Carco	*Le Roman de François Villon*
67. Gustave Lanson	*L'Art de la prose*
68. Erckmann-Chatrian	*Histoire d'un conscrit de 1813*

69. Pol Vandromme	*Georges Brassens, le petit père*
70. Jack Kerouac	*Avant la route*
71. Sylvia Plath	*Carnets intimes*
72. Frédéric H. Fajardie	*Au-dessus de l'arc-en-ciel*
73. Léon Bloy	*Le Désespéré*
74. Jean-Claude Pirotte	*La Légende des petits matins*
75. Denis Tillinac	*Spleen en Corrèze*
76. Julie de Lespinasse	*Lettres*
77. Boris Nicolaïevski & Otto Mænchen-Helfen	*La Vie de Karl Marx*
78. Alphonse Allais	*Le Captain Cap*
79. Charles Baudelaire	*Les Fleurs du mal*
80. William Shakespeare	*Trois Comédies*
81. Molly Keane	*Un beau mariage*
82. Jean Anouilh	*Médée*
83. Frédéric H. Fajardie	*Brouillard d'automne*
84. Maurice Barrès	*Greco ou le Secret de Tolède*
85. Geoffroy de La Tour du Pin	*Chateaubriand, lequel ?*
86. Guy Lagorce	*Les Héroïques*
87. Émile Nelligan	*Poésies complètes*
88. Jean de La Ville de Mirmont	*Les Dimanches de Jean Dézert*
89. Frédéric H. Fajardie	*Jeunes femmes rouges toujours plus belles*
90. Jules Renard	*Mille neuf cent*
91. Chateaubriand	*Analyse raisonnée de l'Histoire de France*
92. Jacques Chardonne	*Le Ciel dans la fenêtre*
93. Chateaubriand	*Napoléon*
94. Pol Vandromme	*Jacques Brel*
95. Jean Racine/ Pierre Corneille	*Bérénice/Tite et Bérénice*
96. Jacques Ellul	*Anarchie et christianisme*
97. Jacques Ellul	*Métamorphose du bourgeois*
98. Jim Harrison	*L'Éclipse de lune de Davenport*

69. Pol Vandromme	*Georges Brassens, le petit père*
70. Jack Kerouac	*Avant la route*
71. Sylvia Plath	*Carnets intimes*
72. Frédéric H. Fajardie	*Au-dessus de l'arc-en-ciel*
73. Léon Bloy	*Le Désespéré*
74. Jean-Claude Pirotte	*La Légende des petits matins*
75. Denis Tillinac	*Spleen en Corrèze*
76. Julie de Lespinasse	*Lettres*
77. Boris Nicolaïevski & Otto Mænchen-Helfen	*La Vie de Karl Marx*
78. Alphonse Allais	*Le Captain Cap*
79. Charles Baudelaire	*Les Fleurs du mal*
80. William Shakespeare	*Trois Comédies*
81. Molly Keane	*Un beau mariage*
82. Jean Anouilh	*Médée*
83. Frédéric H. Fajardie	*Brouillard d'automne*
84. Maurice Barrès	*Greco ou le Secret de Tolède*
85. Geoffroy de La Tour du Pin	*Chateaubriand, lequel ?*
86. Guy Lagorce	*Les Héroïques*
87. Émile Nelligan	*Poésies complètes*
88. Jean de La Ville de Mirmont	*Les Dimanches de Jean Dézert*
89. Frédéric H. Fajardie	*Jeunes femmes rouges toujours plus belles*
90. Jules Renard	*Mille neuf cent*
91. Chateaubriand	*Analyse raisonnée de l'Histoire de France*
92. Jacques Chardonne	*Le Ciel dans la fenêtre*
93. Chateaubriand	*Napoléon*
94. Pol Vandromme	*Jacques Brel*
95. Jean Racine/ Pierre Corneille	*Bérénice/Tite et Bérénice*
96. Jacques Ellul	*Anarchie et christianisme*
97. Jacques Ellul	*Métamorphose du bourgeois*
98. Jim Harrison	*L'Éclipse de lune de Davenport*

99. Jean de La Ville de Mirmont	*L'Horizon chimérique*
100. Gabriel Matzneff	*Maîtres et complices*
101. Molly Keane	*Et la vague les emporta...*
102. Paul-Jean Toulet	*Mon amie Nane*
103. Charles Simmons	*Rides*
104. Alphonse Boudard	*L'Hôpital*
105. Alphonse Boudard	*Les Combattants du petit bonheur*
106. Charles Le Quintrec	*Poètes de Bretagne*
107. Charles Le Goffic	*Poètes de la mer*
108. Sicca Venier	*Poètes d'Italie*
109. P. Dauzier & P. Lombard	*Poètes délaissés*
110. Frédéric H. Fajardie	*Sniper*
111. Michael Jenkins	*Un été dans les Flandres*
112. Pascal Jardin	*Je te reparlerai d'amour*
113. Denis Tillinac	*Rugby blues*
114. Christian Péchenard	*Proust et les autres*
115. Donald Prater	*Stefan Zweig*
116. Oswald Wynd	*Une odeur de gingembre*
117. Frédéric H. Fajardie	*Le Faiseur de nuées*
118. Jean-Claude Perrier	*Le Rap français*
119. Alphonse Boudard	*La Métamorphose des cloportes*
120. Alphonse Boudard	*La Cerise*
121. Louis Brauquier	*Je connais des îles lointaines*
122. Guy de Maupassant	*La Vie errante*
123. Jean-Claude Perrier	*De Gaulle vu par les écrivains*
124. Ferdinand Alquié	*Plans de philosophie générale*
125. Michel Maffesoli	*Le Temps des tribus*
126. Max Stirner	*L'Unique et sa propriété*
127. Caroline Haedens	*La Cuisine de Caroline*
128. Frédéric H. Fajardie	*L'Adieu aux Anges*
129. Conrad Aiken	*Un cœur pour les dieux du Mexique*
130. Charles Pinot-Duclos	*Histoire de Madame Luz*
131. Frédéric Beigbeder	*Mémoires d'un jeune homme dérangé*
132. Calvin Tomkins	*Tendre était la vie*

133. Matthew J. Bruccoli	*F.S. Fitzgerald*
134. André Jean Festugière	*Socrate*
135. Denis Tillinac	*Le Bonheur à Souillac*
136. Karl Marx	*Les Luttes de classes en France* *Le 18 Brumaire de Louis Bonaparte*
137. Michel Déon	*Je me suis beaucoup promené…*
138. Philippe Guillard	*Petits Bruits de couloir*
139. Daniel Herrero	*L'Esprit du jeu, l'âme des peuples*
140. Sonia Faessel	*Poètes de Tahiti*
141. Raymond Radiguet	*Œuvre poétique*
142. John Hopkins	*Adieu, Alice*
143. Aldous Huxley	*L'Éminence grise*
144. Éric Neuhoff	*Précautions d'usage*
145. Jacques Ellul	*La Subversion du christianisme*
146. Alain	*Minerve ou de la Sagesse*
147. André Reszler	*Le Pluralisme*
148. Bernard Charbonneau	*Prométhée réenchaîné*
149. Denis Lalanne	*La Guerre à l'envers*
150. Josepha et Claude-Jean Launay	*Poètes de la Loire*
151. Paul Morand	*Entretiens*
152. Pierre Joannon	*Antibes, ou l'Éden retrouvé*
153. Jean-Paul Kauffmann	*L'Arche des Kerguelen*
154. Gabriel Matzneff	*Le Défi*
155. Cécile Sauvage	*Œuvres complètes*
156. Muriel Spark	*Le Banquet*
157. André Dhôtel	*Saint Benoît Joseph Labre*
158. Jean-Claude Pirotte	*La Pluie à Rethel*
159. Alfred de Musset	*Les Deux Maîtresses*
160. Benvenuto Cellini	*Vie de Benvenuto Cellini écrite par lui-même*
161. Denis Lalanne	*Le Temps des Boni*
162. Michel Maffesoli	*La Transfiguration du politique*
163. Jean-Claude Perrier	*Nouvelle Vague*
164. Patrick Besson	*Vous n'auriez pas vu ma chaîne en or ?*
165. Augustin Thierry	*Vie et mort de Thomas Becket*

166. Stéphane Denis	*Le Cœur net*
167. Yves Charnet	*Proses du fils*
168. Xavier Patier	*Reste avec moi*
169. Henry Muller	*Trois pas en arrière*
170. Hamidou Dia	*Poètes d'Afrique et des Antilles*
171. Chantal Delsol	*L'Irrévérence*
172. Ferdinand Alquié	*La Philosophie des sciences*
173. Georges Gusdorf	*Le Crépuscule des illusions*
174. Roger Géraud	*Les Vaches rouges*
175. Jacques Borel	*Le Versant nocturne*
176. Jean Lorrain	*Les Noronsoff*
177. Michel Host	*Les Attentions de l'enfance*
178. Pierre Mac Orlan	*Chansons pour accordéon*
179. Pol Vandromme	*Un été acide*
180. Paul Clavier	*Dieu sans barbe*
181. Pierre George	*Le Temps des collines*
182. Denis Tillinac	*Le Mystère Simenon*
183. Louis Lavelle	*L'Erreur de Narcisse*
184. Louis Bromfield	*La Colline aux Cyprès*
185. Gabriel Matzneff	*Isaïe réjouis-toi*
186. Bernard Delvaille	*Poètes symbolistes*
187. G.-E. Clancier	*Terres de mémoire*
188. Stephen Hecquet	*Faut-il réduire les femmes en esclavage ?*
189. Michel Fauré	*Histoire du surréalisme sous l'Occupation*
190. H.-E. Kaminski	*Bakounine. La vie d'un révolutionnaire*
191. Jacques Ellul	*Sans feu ni lieu*
192. Jean Bobet	*Louison Bobet : une vélobiographie*
193. Jean Prévost	*Plaisirs des sports*
194. Benoît Duteurtre	*À propos des vaches*
195. Muriel Spark	*À cent lieues de Kensington*
196. Jean de Tinan	*Penses-tu réussir !*
197. Henri Pourrat	*Les Jardins sauvages*
198. Patrick Besson	*La Maison du jeune homme seul*
199. Jean-Marie Dallet	*Je, Gauguin*

200. Jacques Peuchmaurd *Le Plein Été*
201. Xavier Patier *Horace à la campagne*
202. Jean-Paul Caracalla *Vagabondages littéraires dans Paris*
203. Frédéric H. Fajardie *Patte de velours*
204. Richard Millet *Le Sentiment de la langue*
205. Jean-Claude Perrier *Petite Mythologie du havane*
206. Dominique Folscheid *L'Esprit de l'athéisme et son destin*
207. Ferdinand Alquié *Leçons sur Spinoza*
208. Michel Maffesoli *L'Instant éternel*
209. Olivier Poivre d'Arvor *Flèches*
210. Muriel Spark *Portobello Road*
211. Yannick Haenel *Les Petits Soldats*
212. Anatole France *Histoire contemporaine*
213. Xavier Darcos *Mérimée*
214. Jacques Ellul *L'Illusion politique*
215. José Sarney *Capitaine de la mer océane*
216. François Taillandier *Les Nuits Racine*
217. Michel Adam *Essai sur la bêtise*
218. Pol Vandromme *Les Gradins du Heysel*
219. Régis Debray *Journal d'un petit bourgeois entre deux feux et quatre murs*
220. André Dhôtel *Rimbaud et la révolte moderne*
221. Chantal Delsol *Le Souci contemporain*
222. Gabriel Matzneff *Mamma, li Turchi !*
223. Jean-Paul Caracalla *Petite anthologie de la poésie ferrovaire*
224. Andres Trapiello *D'un vaisseau fantôme*
225. Angélique de Saint Jean Arnaud d'Andilly *Aux portes des ténèbres*
226. G.-E. Clancier *L'Éternité plus un jour*
227. Ferdinand Alquié *Leçons sur Descartes*
228. Ferdinand Alquié *Leçons sur Kant*
229. Jacques Perret *Articles de sport*
230. Richard Millet *Un balcon à Beyrouth*
231. José Sarney *Au-delà des fleuves*
232. Denis Tillinac *L'Été anglais*
233. Jean-Paul Caracalla *Montparnasse. L'âge d'or*

234. René Schérer — *Zeus hospitalier*
235. Georges Gusdorf — *Les révolutions de France et d'Amérique*
236. Ferdinand Alquié — *Qu'est-ce que comprendre un philosophe*
237. Michel Maffesoli — *Éloge de la raison sensible*
238. Gemma Salem — *Thomas Bernhard et les siens*
239. Gabriel Matzneff — *L'Archimandrite*
240. Balzac — *Sur Catherine de Médicis*
241. Raymond Dumay — *La Mort du vin*
242. Alexandre Najjar — *L'École de la guerre*
243. Frédéric H. Fajardie — *Un pont sur la Loire*
244. Jean Baechler — *Les Phénomènes révolutionnaires*
245. Sainte-Beuve — *Mes poisons*
246. Jacques Ellul — *L'Idéologie marxiste chrétienne*
247. Vladimir Dimitrijevic — *La vie est un ballon rond*
248. Patrice Delbourg & Benoît Heimermann — *Plumes et crampons*
249. Robert Margerit — *Mont-Dragon*
250. Denis Lalanne — *Rue du Bac*

Cet ouvrage a été achevé d'imprimer sur système Variquik par l'imprimerie Darantiere à Quetigny en mars 2006, pour le compte des éditions de La Table Ronde. – Dépôt légal : avril 2006. N° d'édition : 140353. N° d'impression : 26-0440.

Imprimé en France.